LES LUNES DE TERRA

3. Jeux de voleurs

DU MÊME AUTEUR

Aux éditions *Syndrome de la Plume*

Syndrome Mantis, 2020

Cyle *Les Lunes de Terra*

1. *La trahison d'un père*, 2020
2. *De surprise en surprise*, 2020
3. *Jeux de voleurs*, 2020

Albéric MONNIER

LES LUNES DE TERRA

3. Jeux de voleurs

www.syndromedelaplume.fr

Couverture : Albéric MONNIER

ISBN : 978-2-9572352-4-7

Prologue

Je m'appelle Béroc. Béroc d'Émeraude. La Pierre d'Éther a trouvé son porteur. Jour après jour, nuit après nuit, le poids du passé ne cesse de peser plus lourd sur mes épaules. Car c'est à moi qu'il échoit d'expliquer les évènements qui se déroulèrent autrefois sur Terra, d'apporter les réponses aux questions. D'expliquer quand, comment, par qui, pour quoi, à cause de qui*, tout cela est arrivé. J'ai peur de ne pas être capable de les guider jusqu'à la prochaine étape sans m'effondrer. Ou pire : de ne pas pouvoir les garder avec moi…*

Chapitre 1

Quelque part sur Éther

La main striée de rouge s'abattit.

« Maintenant ! »

Les archers relâchèrent la corde de leur arc et les flèches chargées de braises incandescentes s'envolèrent. Les lèvres du Paria s'étirèrent, un mince sourire laissa apparaître les dents blanches, seule tache immaculée au milieu d'un visage de pourpre.

Le village était une cible idéale. Coincé sur un haut plateau, entouré des sommets acérés qui faisaient la réputation d'Éther, le bourg se situait dans un endroit reculé, érigé en havre de paix. Et un piège parfait. La solitude, érigée en refuge, était supposée protéger ses habitants contre les turbulences de ce monde. Ils avaient raison, en un sens : les sommets de ces montagnes étaient difficilement accessibles, voire impossibles à atteindre durant la saison des glaces, mais la forêt et la rivière à proximité offraient gibier et irrigation pour les cultures en été, bois pour se chauffer l'hiver. Cet endroit n'avait pas échappé à Polònn lorsqu'il s'y était aventuré une unique fois, lors d'un voyage marchand de nombreuses années auparavant. Ce souvenir était resté ancré dans sa mémoire et il s'y était promis d'y revenir.

Ce qu'il n'avait pas prévu en revanche, c'était son nouveau statut. Celui qui se voyait aux yeux de tous, sur son visage ravagé par cette couleur de sang. Il sourit amèrement. La Pourpre. Cette punition issue du sang même du Grand-Prêtre. Une abomination qui devait châtier les criminels à la hauteur de leurs méfaits. Pour avoir tué un marchand rival qui lui volait sa marchandise, on l'avait condamné à subir la douleur et cette faiblesse insupportable qui l'empêchait de courir, de fuir les pierres que les gamins lui lançaient pour s'amuser. Et quand l'une d'elles le heurtait sur sa peau tachée, la douleur résonnait de façon encore plus insupportable. Deux condamnations supplémentaires avaient continué de propager cette malédiction sur son corps jusqu'à presque le recouvrir entièrement : une fois pour le vol d'une pomme parce que la faim lui tenaillait trop les entrailles ; une autre fois pour avoir frappé un môme qui le battait jusqu'au sang. Mais la faim et la défense de sa propre vie n'étaient pas raisons suffisantes pour le juge : un Paria ne pouvait être innocent, peu importaient les circonstances. Par trois fois, il avait été réprouvé. Par trois fois, il avait dû supporter la morsure du Sceau de Pourpre, vaillamment, pour leur montrer à tous qu'être Paria ne signifiait pas moins être un humain et en posséder la fierté. Ses bourreaux n'en avaient eu cure.

Tout aussi vaillamment Polònn avait essayé de résister à la douleur. Il s'était juré de rester digne devant le bourreau, digne lorsqu'on lui avait apposé chaque fois le Sceau sur la poitrine. Digne jusque dans sa mort. La première épreuve s'était montrée beaucoup plus éprouvante que tout ce qu'il s'était imaginé. Les deux autres, il les avait redoutées autant qu'elles l'avaient terrifié. Il avait rassemblé ses derniers lambeaux de fierté, mais n'avait pu empêcher les larmes de couler avant même que le Sceau ne touchât sa peau.

Chaque fois on lui avait rendu sa "liberté", chaque fois plus faible, chaque fois plus misérable. Plus le temps avait passé, plus il avait pensé devenir fou à cause de la douleur. Il avait fini par être l'un de ceux à avoir supporté ce châtiment le plus longtemps sur Éther, mais n'en avait retiré aucun orgueil. Qui le pourrait ? Il avait seulement été pouilleux plus longuement que les autres. Il ne comptait plus le nombre de Parias qui s'étaient donné la mort pour échapper à ce tourment. Lui-même avait bien failli faire partie de ceux-là. Sa dignité n'avait plus pesé bien lourd à côté des coups qu'il avait reçus et de la loque qu'il était devenu. Jusqu'à ce qu'on lui offrît une deuxième chance qu'il avait saisie sans hésiter. Aux diables cette dignité qui l'avait tant fait souffrir ! À présent, il voulait se venger… On ne lui avait donné aucune directive précise, seulement un objectif. Il restait maître de ses actions. Alors il s'était souvenu de ce village dans lequel il avait voulu finir sa vie dans la sérénité. À défaut de fin, il y trouverait le renouveau. Il remodèlerait le village pour lui, et seulement pour lui. Ce serait sa vengeance pour avoir été rejeté lorsqu'il réclamait un abri, sa vengeance de rétablir un ordre avec des Parias qui compteraient dans cette nouvelle société qu'il créerait. Sans les autres, sinon comme esclaves.

Lorsqu'on lui avait confié cette mission quelques mois auparavant, il n'avait guère eu de difficultés à recruter d'autres Parias eux aussi libérés de leur Mal, tout aussi avides que lui de revanche. Une fois sa petite armée réunie – une trentaine de malfrats en tout genre, du tire-laine au bandit de grand chemin, tous diversement tachés –, ils avaient fait route, marchant la nuit, dormant le jour, et avaient silencieusement rallié une forêt dans une vallée voisine, afin d'éviter d'éveiller les soupçons. La nuit juste avant l'attaque, le nouveau chef des Parias avait expliqué son plan, vérifié les tranchants des armes et commandé le départ jusqu'au bois qui jouxtait ce village, dans les hauteurs d'Éther. Marchant sous les cinq Lunes – tous avaient remarqué la réapparition de la Lune de Nuit, mais ne s'en étaient guère émus –, ils avaient rejoint ce bois quelques heures avant l'aube. Malgré l'excitation, Polònn avait forcé ses recrues à prendre quelque repos : les derniers jours avaient été fatigants et la condition physique des Parias ne s'améliorait que lentement. Le poison qui parcourait leur corps était lentement purgé par un miracle inexplicable, mais les corps subissaient encore les séquelles de cette faiblesse, ne retrouvant que très lentement cette endurance qui leur avait si longtemps fait défaut. Tous avaient également guetté la disparition de la Tache Pourpre, promesse d'un retour à la vie normale à laquelle tous aspiraient : se ranger de la vie de bandit, retrouver un métier et pourquoi pas prendre mari ou femme, avoir des enfants ; ou bien, au contraire, poursuivre une carrière lucrative dans le pillage sur terre ou sur mer, retrouver une vie de débauche qui leur avait été durablement refusée. Mais la Tache était restée, indélébile : l'eau, le savon, même l'acide, rien ne l'entamait. Si la peau était brûlée, la carnation reparaissait plus loin sur la peau saine, ou à un autre endroit. Les Parias avaient renoncé à l'enlever : d'une part, parce que la douleur s'était éteinte et qu'il était inutile de s'infliger une nouvelle souffrance ; d'autre part – et pour des raisons plus pratiques –, elle faisait une excellente marque de reconnaissance. Et ce dernier point serait une qualité non négligeable dans les minutes qui allaient suivre.

Le Paria connaissait son travail : avoir été marchand préparait à subir toutes sortes d'imprévus, y compris lorsqu'il s'agissait de manier l'épée ou de reconnaître tous les signes d'embuscade. Autant d'éléments qui lui avaient permis de mettre en place la sienne avec soin. Choisir le terrain, recruter les hommes, repérer les compétences, préparer l'approvisionnement, planifier le trajet, anticiper les difficultés qu'ils pourraient rencontrer – le froid de ces montagnes, par exemple –, les préoccupations ne manquaient pas. Aussi, lorsqu'il donna l'assaut, tous ces soucis s'envolèrent en même temps que la première nuée de flèches, chassés par une adrénaline salvatrice.

Les traits enflammés s'abattirent au hasard, transperçant un chien qui traversait la petite place et embrasant les toits. La seconde nuée faucha les habitants qui sortaient paniqués et désorientés de leurs maisons en flammes, leurs yeux encore ensommeillés qui s'écarquillaient devant ce spectacle d'apocalypse. La surprise se transforma en terreur quand des hurlements retentirent de l'autre côté du village. Des hommes surgirent de la forêt, traversant à toutes jambes l'espace découvert en quelques secondes, bondissant par-dessus les irrégularités du terrain pour gagner les maisons et semer la mort. Les premiers cadavres tombèrent dans la poussière, jeunes et vieux, hommes et femmes. Quelques villageois tentèrent de résister, mais quand ils firent face à ces diables peinturlurés de rouge, criant et vociférant, leur courage fondit, balayé par une épée, un couteau, une hache ou une masse qui s'abattait sans distinction sur les membres, les torses, les crânes, laissant les victimes à l'agonie, le visage enfoui dans la terre ou tourné vers le ciel, une dernière supplication muette sur les lèvres adressée à des dieux devenus tout aussi muets, sourds et aveugles. Seules les Lunes les regardèrent, dérivant tranquillement loin au-dessus d'eux. Mais quand leurs yeux se posèrent sur le mince croissant de la Lune bleu nuit, un éclair de compréhension les transperçait et ils mourraient résignés : le Grand Bouleversement débutait et ils en étaient les premières victimes.

Polònn avait précédé ses hommes, les emmenant vers une victoire assurée. Il avait goûté à la joie, au plaisir de se mouvoir, de manier cette épée légère comme une plume. Autrefois, elle lui aurait paru peser des tonnes. Il éclata de rire. Oui, décidément, la journée commençait bien.

Polònn regarda autour de lui. Déjà, le silence reprenait ses droits. Les cadavres épars, l'aura pourpre que leur faisait un sang fuyant, les portes des maisons ouvertes à tous vents, le feu consumant les toits, tout contribuait à créer une scène de désordre indescriptible. Le silence aussi. Le Chef des Parias respira profondément. Il aimait ce calme. Peu lui importait le désordre. Quelque chose bougea dans son champ de vision. Non loin d'une maison en flammes, un homme agonisant rampait en grognant. Le Paria l'observa un instant, mécontent d'avoir été interrompu dans son moment privilégié. Cet homme qui se traînait dans le sang et la poussière n'était qu'à moitié mort, et c'était bien là le problème. Polònn s'approcha lentement. Il l'achèverait, mais pas trop vite, qu'il comprenne que ses derniers instants qu'il vivait étaient ce que lui avait vécu pendant de trop nombreuses années.

« Ça fait mal, hein ? »

Quand il entendit cette voix derrière lui, le villageois eut un sursaut qui lui arracha un cri de douleur. Il tenta de ramper plus vite pour se rapprocher de… Il mesura toute l'étendue de sa vaine entreprise : de la poussière, des corps, des flammes, des montagnes, mais aucune arme. Résigné, il tourna la tête vers la voix qui venait de l'apostropher. Ses yeux tombèrent sur la carnation pourpre qui marquait le visage du chef des Parias. Un mélange d'horreur et de répulsion traversa son regard.

« Ma trogne te revient pas ?

– Vous… Vous…

– Prends ton temps, sourit Polònn en s'agenouillant devant lui. J'ai tout le mien…

– Le Grand-Prêtre… nous vengera ! », éructa péniblement sa victime. À ces mots, Polònn s'esclaffa bruyamment. Avant de se calmer l'instant d'après, la pointe de son épée sur la carotide palpitante de l'homme.

« Crétin… Tu m'as fait rire, alors je vais te faire une petite confidence. Mais ne le répète à personne ! »

Le Paria se pencha un peu, sondant le regard apeuré du moribond.

« C'est lui qui nous protège. »

La lame s'enfonça sans effort dans le cou, tandis qu'une lueur d'incrédulité passait dans les yeux du futur mort. Polònn souriait de toutes ses dents.

« Ça te la coupe, pas vrai ? »

La lueur s'éteignit en même temps que sa conscience. Le Paria se releva, guilleret. Il s'étira et regarda tout autour de lui avant de se diriger vers le cadavre d'une vieille femme qui gisait un peu plus loin, devant une maison en bois plus grande que les autres. Après un dernier petit travail, il pourrait profiter d'un moment de détente bien mérité. Décidément, cette journée s'annonçait magnifique. Et l'avenir, radieux.

Chapitre 2

Le Siège

Vu du ciel, aucun évènement ne semblait pouvoir altérer l'honneur et la magnificence du Siège. Montagne et citadelle s'élevaient fièrement vers les cieux. Les superstitieux et les conteurs affirmaient qu'il en était ainsi afin que l'oreille des souverains soit plus proche de la bouche des dieux qui leur soufflaient leurs conseils. Pourtant, celles et ceux qui levaient les yeux vers les immensités ne pouvaient empêcher un frisson d'inquiétude sinuer entre leurs épaules, les effleurant juste assez pour semer le doute. Derrière les nuages matinaux, tous savaient qu'un corps céleste indésirable mais bien présent dérivait dans l'espace. Même les quatre autres Lunes n'avaient rien pu faire durant son apparition. Alors, pour se rassurer, les regards se portaient sur l'une des hautes tours du Siège. Car dans un de ces bureaux travaillait le Grand-Prêtre Prodotès, l'un des deux survivants du dernier Bouleversement et leur dernier rempart contre le fléau du monde, celui qui se terrait sur un continent coupé de la civilisation et de sa lumière. Heureusement ! D'ailleurs, qui aurait voulu que ces Bêtes circulassent librement et en toute impunité sur un sol qu'ils avaient cherché à détruire ? La terre des Sables en portait encore les stigmates. Rassérénés par ces pensées réconfortantes et la conviction que la Lune de Nuit ne serait qu'un mirage face à la détermination du Grand-Prêtre, celles et ceux qui s'étaient laissés aller à de saugrenues inquiétudes retrouvaient leurs occupations nettement plus terre-à-terre et immédiates qu'une lointaine et effroyable fin du monde. Dans le ciel, les croissants des cinq Lunes indifférentes poursuivaient leur course, lente, inéluctable.

Cependant, dans ce bureau vers lequel se tournaient les regards du plus grand nombre, un calme froid régnait. Les grandes fenêtres des baies vitrées étaient fermées. Aucun bruit de l'agitation extérieure ne parvenait à briser le silence qui prédominait en ces lieux. Un oiseau fatigué par son long vol se jucha sur la rambarde du balcon. À peine posé, il se figea. La paroi de silence l'enveloppa, l'isolant de la cacophonie environnante. Dans cet espace invisible, les sons mouraient contre ce mur qu'il ne voyait même pas. Soudain, l'oiseau eut peur. Ce silence n'était pas naturel. Il s'enfuit à tire-d'aile et chercha pour son prochain atterrissage la présence rassurante d'un arbre lointain.

Dans son bureau, Prodotès ne leva aucunement la tête de son labeur, malgré le battement d'ailes précipité qui résonna brièvement de l'autre côté de la fenêtre. À l'aide d'une très fine plume, il traçait sans hésitation des caractères précis, minuscules, sur un parchemin à peine plus grand que la première phalange de son pouce. Tout autour de lui régnait cette atmosphère vibrante qui emplissait l'espace, dissuadant sans peine quiconque menaçait de venir le déranger. Depuis que la Hiérarque Daïna s'était volatilisée, les jours qui s'égrenaient n'amoindrissaient aucunement sa colère. Celle-ci restait entière, intacte. Et s'était même renforcée lorsqu'il avait constaté son bureau forcé et la disparition du coffret contenant la Pierre d'Éther, la dernière en sa possession. Si les ultimes recommandations de Miarah n'avaient pas été imprimées au fer rouge dans son crâne, sa fureur d'alors se serait transformée en rage meurtrière, peu importaient les enjeux qui auraient pourtant dû transcender sa haine personnelle. Non. Quand il avait découvert son bureau dévasté, il avait conservé un remarquable sang-froid et s'était contenté de donner les ordres nécessaires à la réparation des dégâts. Les menuisiers étaient intervenus dès le lendemain et avaient travaillé d'arrache-pied pendant deux jours pour remettre son office dans son état initial. Durant ces deux jours, Prodotès avait fait disposer des Élites dans la pièce en nombre suffisant pour dissuader toute tentative d'intrusion. Certainement une stimulation supplémentaire pour les menuisiers de terminer leur travail au plus vite devant l'air patibulaire de ces plantons peu diserts malgré quelques vaines tentatives de leur part.

Sitôt la remise en état achevée, Prodotès avait repris son travail sans relâche. Si son rythme n'avait guère faibli durant les travaux – le Siège regorgeait de lieux calmes où il était aisé de s'affairer en toute tranquillité, Prodotès n'avait eu qu'à choisir –, le Grand-Prêtre avait redoublé d'ardeur au point qu'un renfort de messagers fut nécessaire pour tenir la cadence de l'Éminence. Il fallait au moins ça pour tromper sa rage : chaque fois qu'il entrait dans son cabinet, ses yeux se posaient sur le meuble devant lequel il s'asseyait pour vaquer à ses très nombreuses occupations. Là où le coffret avait reposé ne subsistait plus qu'un trou béant. Prodotès avait refusé qu'on le réparât. D'une part, parce que cet espace lui était devenu inutile maintenant que son contenu avait disparu ; d'autre part, parce qu'il lui rappelait ces échecs qui étaient les siens : la perte de la Pierre d'Éther et la fuite de Daïna. Sur ce dernier point, un nombre croissant de subordonnés en étaient venus à conclure que l'ancienne Hiérarque demeurait brisée et noyée au fond du puits. Pour en avoir le cœur net, le Grand-Prêtre avait donné l'ordre qu'un Saurien descende pour voir ce qu'il en retournait. Comme il s'y était attendu, aucun corps n'avait été retrouvé. À peine un morceau de cuir flottant à sa surface, témoignage esseulé du Garde d'Éther, qui avait, sans succès, tenté d'arrêter la Hiérarque dans sa dernière échappée. La soldate avait plongé, sondé les profondeurs du puits et en avait retiré la longue lance typique d'Éther, dernier objet – inutile – vu en possession du Garde. En revanche, quelle n'avait pas été la surprise de la Garde d'Aigue-Marine quand elle avait découvert que le lit du ruisseau souterrain était suffisamment large pour permettre le passage d'un corps humain ! Prodotès avait, quant à lui, fait preuve d'une maîtrise stupéfiante lorsque cette même Garde lui avait relaté l'exploration dudit tunnel et surtout la découverte de grottes au cœur de la montagne. Avec, dans l'une d'elles, les restes abandonnés et fragmentés d'un coffret trépassé. De bois rouge… Les deux fragments que la Garde avait remontés reposaient à présent dans le trou béant de son bureau, à cette place qu'ils n'auraient jamais dû quitter.

Prodotès reposa sa plume avec une légèreté glaçante. Puis, dans ce qui était devenu un réflexe, sa main droite plongea dans son bureau. Les épines de bois brisé égratignèrent la peau de sa dextre. L'épiderme se déchira, mais le sang ne perla point, refusant d'abandonner son hôte. Les doigts du Grand-Prêtre effleurèrent le bois inutile. Aussitôt, ses muscles se raidirent et se refermèrent sur un poing de granit. Prestement, Prodotès retira sa main. Sa colère était intacte, mais il la maîtrisait comme il l'avait promis à Miarah. Mieux, il s'en servait pour progresser. Il en faisait sa force. Et d'une force tellement grande qu'elle les broierait tous. Daïna. Béroc. Tous ceux qui se dresseraient contre lui. Il reprit sa plume.

La porte réservée aux serviteurs s'ouvrit sans bruit. Prodotès reconnut le pas lent mais sûr du Bossu. Cette horreur avait dû emprunter les mêmes passages réservés aux insectes qui le servaient, pour arriver plus vite, discrètement et sans encombre. Sur son chemin, les gens l'évitaient. Si le Bossu avait prêté la moindre attention aux réactions qu'il engendrait, il n'aurait vu que des regards dégoûtés, de la peur ou du mépris. Beaucoup au Siège connaissaient Khélion et, parmi eux, tous savaient qu'il avait l'oreille du Grand-Prêtre, ou du moins le croyaient-ils. Car tous ignoraient comment et pourquoi le Bossu pouvait fréquenter le Grand-Prêtre aussi aisément, un privilège normalement réservé aux plus méritants. Des rumeurs couraient sur son compte, sur ce qu'il faisait, où il allait, comment il vivait. Mais tout le monde ignorait d'où il venait. La rumeur la plus courante faisait état du Grand-Prêtre le recueillant au cours de l'une de ses nombreuses pérégrinations sur Terra. Étreint par la pitié, il l'avait pris sous son aile, l'avait nourri et lui avait donné une fonction, quand la seule qui lui aurait été dévolue dans ce monde aurait été de nourrir la terre, tôt ou tard, par la faim ou par le fer. D'autres langues n'évoquaient pas la pitié, mais un devoir que s'infligeait le Grand-Prêtre pour se rappeler que même la vie la plus misérable devait être défendue devant le Grand Bouleversement. Mais de tous ces on-dit, Khélion s'en serait moqué s'il en avait seulement eu conscience. Car tout ce qui lui importait était de servir son Maître.

Malgré sa corpulence courtaude, le Bossu avançait sans bruit. Tout au plus faisait-il penser au bruissement d'une brise légère agitant les feuilles d'un arbre. La porte du bureau se referma silencieusement. Le bruissement se poursuivit sur quelques mètres et s'arrêta. Prodotès ne s'interrompit qu'après un long moment. Sa plume crissa une dernière fois sur le papier, dessinant une ultime lettre noire au délié parfaitement exécuté. Il la reposa, puis releva négligemment la tête. Quand ses yeux se posèrent sur Khélion, ils gardèrent une expression neutre. Parfaitement indifférente.

Khélion portait des vêtements simples, usés par les intempéries et les voyages successifs. Le mauvais tissu de son pantalon était rapiécé par endroits, voire troué au niveau du séant et des chevilles. Le cuir souple de ses poulaines accusait des réparations de fortune, faites de gros fil rassemblant péniblement les divers morceaux de sa chaussure. Sa chemise et son surcot portaient les mêmes stigmates que le reste de ses atours, victimes d'un entretien remarquable par sa rareté et les taches qui les parsemaient, fruits épars de sueur et de saleté agglomérées. Une capeline de cuir surmonté d'une capuche complétait l'ensemble, tentant vainement de dissimuler ou d'amoindrir la bosse disgracieuse qui coiffait son dos et ses omoplates. Hélas, sans succès : la masse de chair pesait lourdement sur ses épaules. Et pour supporter cette charge bien trop accablante, le Bossu ployait ses jambes contrefaites, se voûtant pour mieux résister au poids qui l'écrasait. Avec pour seul résultat de faire davantage ressortir sa difformité. Son visage, en revanche, conservait des traits qui auraient pu être fins et agréables à regarder s'il n'avait pas été embarrassé d'un chaume noir cisaillé plutôt que taillé, si les joues et le menton n'avaient pas été empâtés, au point qu'ils paraissaient ne faire qu'une unique pièce d'anatomie avec le cou épais. Car celui-ci était pour ainsi dire inexistant, comme si on avait appuyé avec force sur sa tête pour l'obliger à la rentrer dans son corps, avec – malheureusement – des résultats très encourageants.

Sans se préoccuper de son visiteur aussi impromptu que disgracieux, Prodotès s'assura une dernière fois que l'encre avait bien séché et roula le minuscule papier dans un de ces petits tubes de bois qui serait attaché à la patte d'un oiseau voyageur. Il le boucha à l'aide d'une cire molle, puis tendit la main pour s'emparer d'un bâtonnet rouge, également de cire. Il l'approcha de la bougie et attendit quelques instants que la matière se réchauffât. Quand une perle rouge semblable à du sang se forma, il la disposa délicatement sur l'orifice rebouché et scella rapidement les contours de l'ouverture. Déjà la cire se refroidissait et il lui restait encore à apposer son sceau, celui qu'il gardait caché dans les replis de son vêtement. Il appuya la bague lisse et anonyme sur la cire à peine malléable et les quelques secondes qui s'écoulèrent achevèrent de figer la matière nouvellement marquée. Le Grand-Prêtre rangea son matériel sans montrer le moindre signe d'empressement, avant de poser ses coudes sur la table et de fixer son regard sur le nouveau venu, ses doigts entrecroisés devant sa bouche ne laissant apparaître à son interlocuteur que son regard bleu de glace.

Durant tout ce temps que Prodotès avait pris pour mener à bien ce minutieux travail, le Bossu s'était tenu à respectueuse distance et s'était attaché à ne pas bouger le moindre muscle. Il était là parce qu'il devait être là. Parce qu'il n'avait pas le choix. Il aurait aimé être invisible, disparaître ici. Disparaître loin d'ici. Ne jamais revenir. Mais chaque fois qu'il s'en faisait la promesse, sa volonté se délitait ; ses lèvres se scellaient ; son esprit se figeait, incapable de formuler une pensée cohérente. Sa pauvre âme avait beau lutter, se débattre pour tenter de retrouver une liberté, un joug invisible le bridait, l'empêchait d'aller jusqu'au bout. Une volonté plus forte, étrangère à la sienne. Puis, au bout du compte, cette fois-là comme tant d'autres fois avant celle-ci, il se tenait là, devant cet homme si puissant. Jusqu'à ce que le moment tant redouté arrivât. Le grand homme posa son regard sur lui, pauvre hère, et le fixa. Il ne vit pas ses lèvres bouger. Pourtant, il les devina se mouvoir sans peine derrière ses mains, laissant passer cette voix terrifiante :

« Quelles nouvelles m'apportes-tu, mon cher Khélion ? »

Son prénom vibra avec une puissante note de sujétion. Le Bossu se mit à trembler de tous ses membres. Gardant les yeux rivés au sol, il voulut s'incliner dans une attitude de déférence. Mais les tremblements incontrôlés de ses jambes et le poids de sa difformité le firent basculer en avant. Ses genoux absorbèrent le choc avec douleur malgré l'épaisseur du tapis, pendant qu'un réflexe salvateur sauvait son nez, ses doigts largement écartés amortissant le reste de sa chute au sol. Pendant un instant, il se tint là, à quatre pattes, tentant lamentablement de redresser son torse trapu par deux fois, avant de renoncer, pathétique.

Prodotès n'esquissa pas un seul geste vers lui.

« Éh bien ? J'attends… »

La menace était à peine voilée. La cruauté, complètement transparente. Vaincu, le Bossu s'affaissa :

« Vos… Vos ordres ont été exécutés avec… succès, Maître…, ânonna péniblement Khélion.

– Vraiment ?

– Oui, oui, Maître ! s'empressa d'ajouter la pauvre créature. L'attaque du village d'Éther… a été… exemplaire…

– Pourquoi te croirais-je ? »

Le Bossu se recroquevilla sur lui-même. Mentir à son Maître lui était inconcevable : les tourments qui s'abattraient sur lui n'en seraient que pire.

« J'ai reçu… *la* preuve… »

Une de ses mains tremblantes s'enfonça dans sa tunique. Son poing se referma sur un objet emballé de tissu qu'il extirpa péniblement de son habit pour le présenter à Prodotès.

« Je ne vois rien. »

La voix mordante accentua le tremblement apeuré de ses mains et Khélion dut s'y reprendre à plusieurs fois pour délier les fines cordelettes de cuir.

Prodotès attendait patiemment, négligemment. Le Grand-Prêtre connaissait déjà la terreur qu'il inspirait à cet homme, mais voir cette créature à peine humaine s'agiter devant lui ne cessait de lui procurer chaque fois une joie et un plaisir délectables. Quand les doigts malhabiles de Khélion parvinrent enfin à défaire les petits liens, il en extirpa son contenu avec une douceur insoupçonnée. Le Bossu déplia ce qui semblait être à première vue un petit morceau de parchemin, qui lui laissait de curieuses traces noirâtres sur les doigts. Sans se préoccuper de cette salissure, Khélion le tendit à bout de bras pour le montrer au Grand-Prêtre.

« Apporte. »

L'ordre édicté d'un ton tranquille pesa néanmoins lourdement sur la bosse proéminente. Tenant avec précaution son délicat message, Khélion se remit péniblement sur pied pour se rapprocher de son Maître à petits pas précipités. Tête exagérément baissée – bien plus que ne l'exigeait l'étiquette –, il lui tendit craintivement du bout des doigts la preuve attendue, apportée quelques jours plus tôt par un oiseau. Prodotès ne lui jeta pas un seul regard. Il avait déjà vu le signe tatoué sur le petit carré de chair et la pigmentation caractéristique de l'encre : un œil d'aigle stylisé, à la pupille noire et aux contours d'un rouge vif, rappelant l'éclat de la Lune d'Éther magnifié par le soleil. Ce discret dessin était davantage qu'un ornement purement esthétique, contrairement aux habitants d'Émeraude qui arboraient le plus souvent un tatouage pour clamer leur appartenance à un clan, ou, pour les guerriers, marquer une allégeance. Sur Éther, la signification était tout autre : c'était la marque du chef de village désigné par ses pairs. La personne de confiance ainsi marquée ne pouvait se défiler devant ses obligations. En cas de grave manquement, la marque était cautérisée, à moins que le chef ne se fasse littéralement dépouiller de sa charge. Une souffrance qui tournait au supplice lorsque certains des plus grands dignitaires arboraient un tatouage recouvrant une très grande surface de leur corps. Une charge gravée sur la chair était une charge dont il fallait prendre soin pour les autres. Car si les autres venaient à éprouver une injustice dans l'exercice de sa fonction, le porteur du tatouage le payait au prix fort. Être tatoué était sur Éther autant une marque de fierté que de prudence : bien peu osaient défier les lois au péril de leur vie et de leur raison. Ce fut d'ailleurs précisément sur ce fondement que Prodotès avait sciemment ordonné le prélèvement de cette preuve : la portée d'un tel geste était d'une rare provocation. Sur le plan pratique, il n'avait pas non plus d'équivalent : sa petite taille dispensait le bourreau de prélever la tête de la victime, bien moins discrète lorsqu'il fallait acheminer le trophée sur de longues distances. À cet instant précis, le petit carré de peau revêtait un tout autre caractère de satisfaction des plus agréables, mais pour une raison radicalement différente :

« Détruis-le. Maintenant. »

Khélion hésita. Un regard impérieux du Grand-Prêtre vainquit toute résistance. Le Bossu mit le morceau de peau dans sa bouche.

Le sourire de Prodotès s'élargit derrière ses mains. Khélion ne prit même pas la peine de le mâcher. Il lutta péniblement contre le réflexe de régurgitation qui menaçait de déborder ses lèvres. Le goût du mauvais alcool qui avait servi à nettoyer le carré de chair et ralentir la décomposition ne masquait guère celui de ce triste trophée. Le morceau de peau se colla dans sa gorge. Un nouveau spasme l'envoya plus loin. Puis un autre. Tout du long il s'accrocha à son œsophage. Quand il atteignit l'épigastre avec autant de refrènement que de difficulté, le Bossu sentit l'organe se contracter violemment pour refuser cette nourriture contre nature. La peur de son Maître donna à Khélion la force nécessaire pour résister contre son propre corps. Il se raidit entièrement, intimant à son estomac de rester tranquille et d'accepter ce qu'on lui offrait. Lorsqu'il parvint à dompter les derniers réflexes de dégurgitation, le Bossu tremblait de tout son corps. Sa bosse était parcourue de frémissements qui l'animaient de curieuse manière, comme une cime que le vent prenait un malin plaisir à malmener.

« Bien. À présent, je te crois, reprit tranquillement le Grand-Prêtre. J'ai effectivement eu vent de cette déplorable attaque par les Parias sur ce village d'Éther, il y a quelques jours... Les représentants d'Éther s'en sont émus et m'ont fait part de cette nouvelle. Qu'en penses-tu, mon cher Khélion ?

– La mission a été un succès, répéta le Bossu en tremblant. Je… J'ai surpris plusieurs oiseaux… en provenance d'Éther. Les gens… demandent votre… aide… contre les Parias…

– C'était en effet le but recherché. Puisque tu as été si consciencieux, je vais pouvoir te confier une nouvelle mission. Et cette fois-ci, ne me déçois pas (Khélion se recroquevilla devant le ton menaçant) : l'échec d'Émeraude t'est en partie imputable, je te le rappelle… »

Le Bossu se transforma en une masse de chair tremblotante. Après une brève escale au Siège, son voyage sur Émeraude avait été la continuité d'une précédente expédition sur Éther. Depuis plusieurs années maintenant, il arpentait Terra sur les ordres de Prodotès, sillonnant les continents de bas-fonds en bas-fonds, marchant sur les routes les plus désertes et les plus abandonnées de chaque terre avec un travail précis : trouver les Parias, connaître leurs caches, sonder les profils de celles et ceux qui accepteraient le projet d'un mystérieux bienfaiteur. Doté d'une mémoire prodigieuse, Khélion engrangeait les informations, triant les plus intéressantes, susceptibles d'intéresser son Maître. Derrière ce visage déformé, sa mémoire travaillait à plein régime et offrait à Prodotès une cartographie détaillée de ces Parias qui peuplaient les quatre continents. C'était ainsi grâce à Khélion que le Grand-Prêtre avait eu vent de Parias aux connaissances et à l'intelligence qui n'étaient devenues qu'un gâchis de talents sous l'emprise de la Pourpre. Trouver ces candidats avait été une des obligations du Bossu. Mais un recrutement pouvait être un échec, à l'image de celui qui aurait dû permettre la mort de la Hiérarque. Peut-être en avait-il trop attendu pour une première étape… Prodotès réprima un mouvement d'humeur. Il ne servait à rien de s'appesantir sur les erreurs passées, il devait aller de l'avant. C'était ce que voulait Miarah. Oui. Il avait plus important à réaliser.

Prodotès se remit à égrener ses ordres d'une voix monocorde :

« Tu vas te rendre sur le continent d'Éther. Vérifie que tout se déroule comme prévu… Avec Polònn et les autres chefs Parias…

– Bien, Maître.

– Lorsque je t'en donnerai l'ordre, rends-toi aux Sables… Là-bas, cherche Befen. Le reste de ta mission, tu la connais déjà : tu as toutes les informations nécessaires pour t'attirer ses faveurs.

– Oui, Maître.

– Plus important que toute autre chose, tu poursuivras tes recherches : l'alignement est pour bientôt et toutes les conditions sont réunies pour que tu puisses la trouver. Au besoin, fais-toi aider de Befen. Mais cette fois, gare ! L'erreur n'est pas permise et le temps presse…

– Oui, Maître, trembla Khélion.

– Une fois cette tâche accomplie, je te dirais quoi faire après. »

Le Grand-Prêtre se tut. L'entrevue était close. Toujours aussi malhabile, le Bossu s'inclina du mieux qu'il put et tourna les talons. Il s'en fut sans un bruit et ressortit à l'air libre quelques minutes plus tard, à peine plus tranquille qu'à son arrivée.

Khélion quitta le Siège sur l'instant et prit le chemin qui le mènerait vers sa prochaine mission, au sud-est. De son bureau, Prodotès venait de déplacer un nouveau pion sur l'échiquier de Terra.

Chapitre 3

L'Archipel, Île Mès

Un unique chandelier éclairait la petite pièce creusée dans la roche. La chambre avait beau être de taille réduite, la lueur dansante des bougies avait du mal à repousser la gangue de ténèbres. Et c'était tant mieux. Non loin de là, Théïa était assise sur le lit de bois ouvragé et fixait le sol. Elle enserrait par moment ses genoux dans ses bras, ou bien se laissait tomber sur le confortable édredon de plumes, se perdant dans les sculptures aquatiques qui ornaient le plafond. Et le manège recommençait, avec pour seuls témoins les hommes et les Sauriens de pierre.

Lorsque la jeune fille était arrivée dans l'Archipel d'Aigue-Marine, lorsqu'elle avait vu ces îles à perte de vue, elle avait compris qu'elle avait retrouvé une partie d'elle-même. Mais deux jours auparavant, ce qui constituait l'autre partie d'elle-même s'était écroulé. Durant ce laps de temps, elle avait réfléchi, beaucoup, et s'était traitée d'idiote, longuement. Depuis le début, tous les indices avaient été sous son nez. Même si elle ne parvenait pas à expliquer tous les voyages incessants que lui avait imposés Béroc, elle avait compris d'où venait l'argent qui avait servi à payer toutes les prestigieuses écoles qu'elle avait fréquentées jusque-là. Un rire nerveux la secoua. Comment avait-elle pu être aussi naïve…

Cependant, si certaines de ces interrogations avaient bien trouvé une réponse, cette révélation en avait soulevé bien d'autres : pourquoi cet exil ? Pourquoi cette vie d'errance ? Pourquoi toutes ces difficultés pour se nourrir, se loger quand Béroc n'avait pas pu trouver de travail ? Ce dernier point était en totale contradiction avec les sommes astronomiques qu'il avait pourtant dépensées pour ces fameux établissements scolaires, et elle n'avait rien dit !

Ainsi, passant en revue un à un tous ces détails qui autrefois lui avaient paru mettre un peu de sel dans son existence, construire des souvenirs avec Béroc, elle estimait maintenant injuste qu'il lui ait imposé tout ça, injuste de ne pas avoir eu une vie stable parmi son peuple, de ne pas avoir eu d'amis, d'avoir eu à craindre les dangers inhérents à chacun de leurs déplacements ou d'avoir dû se serrer la ceinture les jours de disette par manque d'argent. « Injuste », se répétait-elle comme une litanie. « Injuste… Injuste… »

Mais dans toute cette injustice, rien n'était comparable à cette blessure qu'elle éprouvait encore si douloureusement. *Béroc n'était pas son père.* Ses repères avaient volé en éclats. Elle était restée abasourdie. Tétanisée. Au point qu'elle n'avait aucun souvenir de la façon dont elle avait atterri dans cette chambre, ni depuis combien de temps elle y était. Elle n'en ressentait ni plus ni moins qu'un profond sentiment de trahison. Au bout du compte, se savoir fille de souveraine était bien dérisoire comparé à cette lame de poignard si longue, si effilée, plantée jusqu'à la garde… Cette lame lui avait ôté par la même occasion la capacité à se projeter : qu'allait-elle faire maintenant ? Rester à Aigue-Marine à côté d'une mère qui n'était finalement qu'une étrangère ? Reprendre la route avec Béroc qui n'était finalement plus qu'un étranger ? Repartir seule ? Pour aller où ? Faire quoi ? Les questions s'enchaînaient sans répit dans l'esprit de la jeune fille. Les réponses fusaient, pour s'évanouir aussitôt, inconstantes, chimériques. Démoralisantes.

Quelques coups secs sur la lourde porte en bois ne brisèrent même pas le cours infernal de ses pensées. Ni même lorsque la poignée de bronze poli fut actionnée par une main hésitante.

« Théïa… »

La voix grave, reconnaissable entre mille, la tira hors de ses pensées. Elle posa un regard plein de désarroi mâtiné de colère sur Béroc. Le colosse avait les épaules voûtées. Des cernes creusaient ses yeux brillants. Lui non plus n'avait pas dû beaucoup dormir. Il avait certainement été occupé par les préparatifs de son départ. Sans elle. À cette pensée, une nouvelle vague de rage l'envahit, balayée l'instant d'après par une immense lassitude.

« Pourquoi ? » demanda-t-elle à voix basse.

En entrant dans la chambre de sa fille, Béroc sentit son estomac se nouer. Cela faisait à peine deux jours qu'ils étaient sur l'Archipel, mais déjà il regrettait d'être venu. En arrivant à Aigue-Marine, il savait qu'il n'échapperait pas à révéler la vérité à Théïa. Dix fois, cent fois il avait voulu lui dire sur le bateau de Slétès qui les avait amenés jusqu'ici, l'Insouciant. Jamais le navire ne lui avait paru porter aussi mal son nom. Mais il avait sans cesse repoussé ce moment, préférant se dévouer entièrement à ses missions de matelot temporaire. Nettoyer le pont, hisser les voiles, tirer sur les cordages, veiller aux courants… autant de tâches sur lesquelles se concentrer, qui l'avaient obligé à penser à autre chose qu'à cet instant qu'il avait toujours redouté. Pour tout dire, il s'était même senti terrifié. Et à cet instant précis où il avait passé le seuil de cette chambre où se morfondait *sa fille*, il l'était toujours autant. La perdre restait sa plus grande peur.

Arrivé devant la reine, il n'avait pas eu d'autre choix. Les mots avaient franchi ses lèvres avec, ô ironie, une facilité déconcertante. L'instant d'après, Théïa s'était enfuie. Depuis, elle n'avait pas quitté cette chambre qu'on lui avait assignée.

La reine Kalaïa, sa mère, l'avait regardée partir avec douleur, avec la sensation de perdre sa fille une deuxième fois. Quand Béroc avait avisé son regard, il y avait vu une infinie tristesse. La honte s'était mise à le ronger comme de l'acide. Un chambellan avait informé sa souveraine qu'une affaire urgente réclamait son attention. Kalaïa avait quitté ses hôtes à contrecœur, peut-être aussi avec soulagement : tenir son attention occupée ailleurs l'empêchait de penser à cette fille qu'elle n'avait pas vue grandir. La revoir près d'elle deux décennies plus tard, une femme en lieu et place du nourrisson qu'elle avait dû… Qu'elle aurait dû… Kalaïa avait vivement écarté ces pensées du passé. Et de Béroc. Car, même si elle lui en voulait, elle le comprenait. Un raclement de gorge réprobateur de son chambellan l'avait rappelée à ses obligations. Et Kalaïa s'était aussitôt replongée dans les affaires de l'Archipel pour ne pas sombrer dans l'amertume.

Béroc s'assit lourdement sur le lit. Sa masse s'enfonça dans le matelas pourtant ferme et Théïa dut compenser ce déséquilibre par un léger mouvement du bassin. Un réflexe devenu naturel depuis toutes ces années.

« Je fis connaissance de ton père quelques années avant que tu naisses… », commença simplement Béroc.
Le colosse plongea dans ses souvenirs en même temps que Théïa.

« Si aujourd'hui le nom de Théïos (« Encore un indice ! » songea Théïa malgré elle) est porté par nombre de jeunes habitants d'Aigue-Marine, ce n'est pas un hasard. Quand je le connus, il était déjà roi de l'Archipel. Il faut comprendre que trouver un consensus rassemblant une multitude de terres dispersées n'est jamais chose aisée. À la manière d'Émeraude, les dissensions existent, quoique moins virulentes. Mais ton père avait réussi le tour de force de réorganiser l'Archipel de façon beaucoup plus égale pour tous. Plus humaine aussi. À la différence de nombre de ses prédécesseurs, il voulut sa charge plus proche de ses sujets. Il voyagea beaucoup, à l'écoute de ceux qu'il administrait et engagea plusieurs réformes qui le rendirent très populaire auprès d'une écrasante majorité de la population. La minorité restante et la moins encline à le soutenir étant bien entendu la mieux lotie.

– Est-ce si important ? interrompit Théïa d'un ton las.

– Oui. Tu comprendras pourquoi un peu plus tard. Ton père rencontra Kalaïa – pardon, la reine – au cours d'un de ses déplacements. À l'époque, elle était une de ses plus farouches opposantes contre une mesure que voulait imposer ton père dans l'Archipel : l'allégeance temporaire.

– Mais elle existe toujours, objecta Théïa en fronçant les sourcils.

– Exact. Mais à cette époque, ton père voulait l'allonger d'une année et la mesure ne concernait que les semi-hommes. La reine fit valoir que de nombreuses familles ne pouvaient supporter les absences d'un ou de plusieurs membres de la famille, lorsque les futurs allégeants représentaient une ressource non négligeable – voire la seule – pour faire vivre toute une famille. C'était dans un contexte où, malgré le Sceau de Pourpre, la piraterie menait la vie dure aux habitants de l'Archipel. Une vie d'autant plus difficile que les Îles étaient en période de disette : les récoltes avaient été mauvaises et les poissons fuyaient les filets des pêcheurs à cause des innombrables conflits maritimes. Quand les bateaux de pêche n'étaient tout simplement pas détruits par les pirates. L'allégeance que prévoyait Théïos devait ainsi permettre de lutter plus efficacement contre les pirates. L'alternative de Dame Kalaïa était d'étendre l'allégeance à tous, y compris à ceux dépourvus de Capacités, dont ta mère. Elle avait déjà perdu une sœur et sa mère contre les pirates, et se tourner les pouces chez elle la tuait plus sûrement qu'une épée. Ton père fut impressionné par son caractère et sa vindicte, et eut fort à faire lors des négociations qui les opposèrent. Dame Kalaïa remporta la bataille politique et Théïos la bataille des cœurs. En quelques années, grâce à cette réforme qui mobilisait l'ensemble des habitants et leur redonnait une nouvelle cohésion, la piraterie fut battue en brèche. Dans l'intervalle, Dame Kalaïa devenait la reine Kalaïa et ton père le plus heureux des hommes. »

Béroc marqua une légère pause avant de reprendre d'une voix plus grave :

« Je fis leur connaissance durant un de mes voyages, lorsque je servais sur un navire qui avait eu pour mission de ravitailler le palais. Je fus rapidement conquis par la gentillesse de tes parents et leur dévouement à l'égard de leur peuple. Je fus ainsi amené à les rencontrer plusieurs fois durant quelques-unes de mes escales dans l'Archipel. C'est durant l'un de ces courts séjours qu'une grande nouvelle arriva : tous les Prêtres et Prêtresses de Terra, ainsi que les souverains de chaque continent étaient invités au Siège à un immense congrès pour évoquer ni plus ni moins l'avenir de Terra. Ce congrès, ton père en était l'un des principaux instigateurs. Il travaillait beaucoup sur le Grand Bouleversement et il était très soucieux du devenir de notre monde. Je crois que les guerres contre les pirates l'ont beaucoup marqué et qu'il les voyait comme un avertissement de ce grand évènement de mort, bien qu'il en ignorât totalement l'échéance. Il se sentait simplement concerné. Aussi, très vite après la fin de ces conflits et avec le soutien de ta mère, il commença à nouer d'étroits liens diplomatiques avec le Siège et les autres continents. Au début, beaucoup l'écoutèrent poliment : il était un souverain capable et respecté, mais il évoquait un sujet très – trop – sensible, que tout le monde redoutait. Il réussit néanmoins à convaincre les représentants de chaque peuple de la nécessité de se retrouver pour parler. Et quel meilleur endroit que le Siège, un terrain supposé neutre, sous le conseil éclairé du Grand-Prêtre Prodotès ? C'est précisément à cause de ce dernier point que je décidai de rester à l'Archipel : Théïos était parti deux semaines auparavant, laissant derrière lui son épouse, enceinte de toi, préférant lui épargner les affres d'un voyage épuisant. Sur la proposition de Dame Kalaïa, je me suis mis à son service jusqu'au retour de son mari. Au cours des semaines et mois qui suivirent, j'en appris un peu plus sur le vrai projet de ton père : parler de l'avenir de Terra incluait de renouer le dialogue avec les Loups, de faire revenir Saphir au Siège. Autant te dire que ce pavé dans la mare déclencha un raz-de-marée. Je crois que seul le respect qu'inspirait ton père le sauva d'un procès en bonne et due forme pour blasphème. Mais voilà, il avait publiquement évoqué le sujet et ses arguments – même s'ils manquaient de matière – étaient enflammés, et avaient amené ses interlocuteurs à se questionner : un pardon ne valait-il pas mieux qu'une condamnation si cette dernière menait à notre perte ? La reine elle-même m'expliqua leurs arguments et la nécessité d'être soudés. Les discussions à cette assemblée du Siège durèrent environ trois semaines. Mais de cette assemblée, ton père n'en revint jamais. »

Nouvelle pause. Béroc respira profondément. Quand il se remit à parler, sa voix descendit encore d'une octave. Même après toutes ces années, les souvenirs restaient vivaces.

« Lorsque la nouvelle parvint à l'Archipel, presque quatre mois s'étaient écoulés depuis le départ de Théïos. Tout le monde ignorait encore que la reine était enceinte. J'étais l'un des rares à m'en être aperçu. Je partis le lendemain de cette funeste nouvelle. Je crois que la reine m'en a voulu jusqu'à encore très récemment, de ce qu'elle a pris comme un abandon de ma part. Les évènements me donnèrent raison par la suite. Cet "abandon", je ne le fis pas de gaieté de cœur, mais je devais faire la lumière sur les circonstances qui avaient mené à la mort de ton père, même si je n'avais guère de doute à ce sujet. Je m'embarquai donc pour le Siège. Je ne mis guère de temps à récolter les informations que je cherchai… Je compris rapidement que les idées de ton père n'avaient pas plu. Au point que quelqu'un avait organisé un guet-apens dans le but de freiner son influence grandissante : un chausse-trappe tendu par des bandits de grand chemin, les quelques rares qui échappaient encore à la Pourpre. Mais quelque chose n'était pas cohérent…

– Qu'est-ce qui… n'allait pas ?

– Cette embuscade était très bien organisée. Trop bien pour être le simple fruit du hasard. De fil en aiguille, je me suis aperçu que tous les témoignages rapportaient toujours le même degré de préparation, un évènement pour lequel rien n'avait été laissé au hasard : des bandits qui connaissaient l'itinéraire du convoi, qui ont su précisément cibler les personnes stratégiques du convoi – le roi, les ambassadeurs, les semi-hommes, quelques serviteurs pour brouiller les pistes – et voler un butin dérisoire, facile à écouler… Il m'est déjà arrivé de voir des scènes de ce genre, et le moindre que l'on puisse dire, c'est que c'est le chaos. Il y a toujours des traces, des corps, des indices qui permettent d'identifier les agresseurs. Mais là, les rares survivants furent incapables de me décrire l'origine de l'agression, à quoi ressemblaient les assaillants, comment s'était déroulée l'attaque. Ils avaient frappé et s'étaient volatilisés.

Quelques-uns me dirent que c'était une bande de bandits qui sévissaient depuis longtemps déjà, que leur cruauté n'avait d'égal que leur soif de richesses. Mais quand je demandai où ils avaient frappé les fois précédentes, des lieux précisément identifiés, qui les avait vus, personne ne fut capable de me fournir de réponses. J'en vins à conclure que cette fameuse bande n'avait mené qu'une seule attaque, celle contre ton père. Un indice me mit néanmoins sur leur piste, un morceau de tissu parfumé à l'ambre gris. Un produit suffisamment rare pour réduire le cercle de mes recherches aux assassins les plus fortunés… »

Poursuivant son récit d'une voix aussi neutre que possible, Béroc passa soigneusement sous silence les détails de cette enquête. Théïa n'avait nul besoin de savoir qu'il avait écumé les pires tripots du continent du Siège, qu'il avait incarné un homme d'une rare brutalité et que sa quête avait justifié beaucoup de moyens dont il n'usait habituellement jamais. Des simples interrogations posées devant une insipide boisson aux interrogatoires plus poussés dans d'obscures ruelles où les murs étroits étouffaient les râles de douleur, Béroc avait lentement mais sûrement remonté la piste de ces spadassins, dont le prix des services atteignait les cimes d'Éther. Il ne raconta pas à sa fille comment il retrouva l'un d'eux dans un bordel de luxe en se faisant employer comme garde. Ni comment il l'avait surpris dans ses ébats avec une femme magnifique dont une heure de compagnie lui aurait permis d'acheter une petite maison dans un quartier chic de Béryl.

L'assommer et l'emmener nu quelques rues plus loin avait été d'une facilité insultante. Un tueur réputé et entraîné avait beau avoir d'excellents réflexes, Béroc avait développé le talent du fantôme, se déplacer sans bruit et effacer sa présence, échappant à la vigilance de ses semblables. Le spadassin avait essayé de résister comme tous les autres, avait même dévoilé un dard de Scorpion que le colosse avait arraché sans sourciller. Même après ça, Béroc n'avait pas fait dans la dentelle : il était en rage d'avoir perdu un ami, il avait cogné deux fois, pesant lourdement sur ses frappes. Le bruit des os qui se brisent, le hurlement de douleur comme un pâle reflet de la souffrance infligée, sa voix froide qui résonnait à ses oreilles, la terreur dans les yeux du tueur quand il avait senti les griffes sur sa poitrine. Béroc était reparti, la main souillée, sans un regard en arrière sur ce premier cadavre.

« Lorsque j'interrogeai celui supposé avoir contacté cette présumée bande, j'eus pleine confirmation que ce traquenard n'avait été qu'une vaste mascarade organisée. Il m'avoua que tout avait été un coup monté, moyennant un salaire que lui-même n'aurait jamais pensé à réclamer ou qui aurait seulement existé sur Terra. Malheureusement, il ne put me donner le nom de son commanditaire : tout avait été soigneusement cloisonné de ce côté-là. En revanche, il me donna le nom d'un de ses acolytes et la description d'un bossu… »

Au fur et à mesure que progressait le récit de Béroc, Théïa découvrait une nouvelle facette de l'homme qu'elle avait appelé "Père" pendant si longtemps. Celle d'un homme acharné, qui avait remué ciel et terre pour atteindre son but. Elle ignorait comment, avec quels moyens Béroc avait obtenu ses informations, mais lorsqu'elle coula un regard en coin pour observer le colosse, elle ne put s'empêcher d'éprouver un frisson : à cet endroit de son histoire, l'expression de Béroc s'était durcie, était devenue marmoréenne ; les articulations de ses mains avaient blanchi et tout son corps s'était raidi. L'homme doux et attentionné, qui avait pris soin d'elle durant tant d'années, avait disparu.

« Je remontai la piste avec difficultés, poursuivit sombrement Béroc. Jusqu'à ce qu'un de ces forbans puant la mort – le dernier et le plus méfiant – me donnât l'information qui me manquait. Je réussis à l'approcher en me faisant passer pour un commanditaire prêt à lui payer grassement une somme qu'il ne pourrait pas refuser. Depuis le début, depuis la mort de ton père, j'avais de profonds soupçons sur l'identité son meurtrier. Après quelques moments passés à "discuter", mes doutes se transformèrent en certitudes : il me parla d'un homme de main, un bossu, dernier maillon d'une longue chaîne. Il ne connaissait pas son maître, mais ses derniers mots ne me laissèrent guère de doute. Celui qui avait fomenté ce régicide n'était autre que celui qui se prétendait Grand-Prêtre de Terra, Prodotès. Concernant le Bossu, je n'ai jamais réussi à le retrouver : le brigand se donna la mort avant que je pusse lui extirper son nom, s'il ne l'eût jamais su. J'avais pris la décision de partir à sa recherche, mais je reçus un message qui m'enjoignit de rentrer précipitamment à l'Archipel. C'était quelques semaines avant ta naissance. Quand je revis ta mère, elle eut beaucoup de difficultés à me croire. Qui n'en aurait pas eu en apprenant quel être était réellement Prodotès… Mes preuves ne se résumaient qu'à ce que j'avais entendu. Et Prodotès avait tellement "œuvré" pour Terra que mes certitudes n'avaient que peu de poids face à ses accomplissements. Ironiquement, la preuve qui me manquait vint de Prodotès lui-même.

Quelques jours avant que tu ne viennes au monde, une sage-femme itinérante et son assistante se présentèrent devant Kalaïa. Tout le monde sur Terra était à présent au courant de sa grossesse : il n'était pas rare que des rebouteux vinssent au palais d'Ocle proposer leurs services. Celles-ci n'échappaient pas à la règle et présentaient en outre d'excellentes références, ainsi qu'un équipement qui fit pâlir d'envie le botaniste royal. Mais l'odeur de sang qui les accompagnait était aussi d'une rare intensité. Rien d'étonnant avec le métier qu'elles pratiquaient. Ce qui l'était davantage, c'était cette odeur de sang corrompu. J'ai toujours eu l'odorat sensible et pas seulement à cause de mes origines...

– Qu'est-ce qui distingue le sang corrompu ? demanda Théïa en fronçant les sourcils. Vous ne m'en avez jamais parlé, ajouta-t-elle avec reproche.

– Ce n'est pas une odeur plaisante à décrire. Le sang sain serait comme un alcool pur, qui enivre de manière agréable quand tu le bois ; ou comme un mets délicat fait avec les meilleurs ingrédients, qui te mettrait l'eau à la bouche rien que par le fumet qu'il répand. Le sang corrompu dégage quelque chose de pourri, une odeur de maladie souvent propre aux moribonds. Ces deux femmes, c'était un curieux mélange des deux. Mais une troisième odeur me dérangeait et je mis un peu de temps à la reconnaître. C'était l'odeur d'amande brûlée. Mes connaissances en maïeutique n'excédaient pas l'étape de la délivrance, mais j'en connaissais suffisamment sur les plantes pour savoir que cette odeur était loin d'être l'apanage de ce seul fruit. Alors je suis allé trouver Ìatros, l'apothicaire du palais, pour m'enquérir des usages de l'amande en botanique. Il m'apprit que celle-ci était tout à fait courante et qu'il n'y avait pas lieu de s'inquiéter. Contre la toux, les ulcères ou les démangeaisons cutanées, les applications ne manquaient pas. Néanmoins, je ne pouvais me résoudre à oublier cette odeur de sang putride qu'elles laissaient derrière elle. En insistant, Ìatros m'avoua qu'elle était aussi une caractéristique du cyanure, un poison fulgurant. J'en informai aussitôt ta mère. Kalaïa se montra sceptique, mais accepta de les placer sous une discrète surveillance. Davantage pour me rassurer, j'en fus persuadé. Ces femmes faillirent lui donner raison. Rien ne se passa. Toutes les potions étaient préparées et administrées par l'apothicaire, et les conseils que prodiguaient les rebouteuses soulageaient grandement ta mère. Mais à la veille de l'accouchement, un des espions affectés à leur surveillance vint trouver la reine : il avait surpris l'assistante de la rebouteuse à s'introduire dans le laboratoire de l'apothicaire royal. Elle n'y était restée qu'une dizaine de secondes et en était ressortie avec une bourse de cuir à la main. Ce qui me mit la puce à l'oreille. Leur office était trop bien garni et elles gagnaient trop bien leur vie pour avoir besoin d'un mélange d'herbes aromatiques. Ce qu'on trouva dans la bourse en question. Lorsque je demandai à l'apothicaire s'il lui manquait quelque chose, tout était en ordre. Il trouva même une pièce d'argent en guise de remerciements pour le mélange emprunté. Ce fut précisément à cet instant qu'une servante vint nous avertir que la reine avait ses premières contractions et la sage-femme en titre requérait la présence de Ìatros… »

Ce souvenir, Béroc le revivait avec une acuité toujours aussi intense, même après toutes ces années. L'apothicaire se précipita aussitôt vers les appartements de Kalaïa, emportant au vol un petit sac de voyage dans lequel s'entrechoquaient des flacons de potions et des pots d'onguents. Il passa comme un ouragan devant le colosse et partit à toutes jambes aider les sages-femmes. Béroc se figea à cet instant précis : dans la myriade de parfums que laissa Ìatros derrière lui, il distingua une légère odeur d'amande imprégnant le sac de l'apothicaire. Avec, en arrière-plan et légèrement camouflée, menaçante, cette odeur de mauvais sang. Son propre sang ne fit qu'un tour. Il se rua sur les traces de Ìatros.

Quand elles virent cette énorme masse arriver à toutes jambes, les sentinelles postées devant la chambre de la reine se mirent aussitôt en travers de son chemin, craignant pour la vie de leur souveraine déjà fort malmenée si elles se fiaient aux cris déchirants que poussait ponctuellement la reine. Béroc passa outre sans s'en préoccuper, les projetant en arrière comme des fétus de paille, et entra en trombe dans les appartements royaux, piétinant sans s'en soucier les gardes au sol. Il s'attira néanmoins les regards courroucés de la sage-femme en titre, que cette intrusion dérangeait légitimement. Sur le lit, Kalaïa était en plein travail, tentant péniblement d'expulser le nouveau-né. Béroc remarqua avec inquiétude les draps souillés de divers fluides et sécrétions, dont l'une beaucoup plus sombre, presque noire. Du sang. Toujours impressionnant mais rien de plus normal pendant un accouchement. Ce qui l'était moins, c'était les deux guérisseuses un peu à l'écart, qui discutaient à voix basse mais véhémentement avec l'apothicaire. Une dispute. Béroc ne saisit que les derniers mots : "pommade" et "risque d'hémorragie".

La femme étrangère pointait du doigt la sacoche ouverte de Ìatros. L'apothicaire se tenait debout, hésitant, le visage pâle, coulant des regards nerveux vers Kalaïa qui criait horriblement. Béroc comprit vaguement que la rebouteuse réclamait un onguent à l'armoise, pour en frictionner le ventre de la reine et soulager son accouchement difficile. Ìatros tenta en vain d'attirer l'attention de la maïeuticienne en titre pour avoir son avis, mais celle-ci ne lui accorda pas une once d'attention, préoccupée par l'agitation croissante de la souveraine. La rebouteuse se fit plus pressante encore, tant et si bien que Ìatros céda, vaincu par le savoir d'une femme dans un domaine où son expérience avait trouvé ses limites. D'une main tremblante, il sortit un pot de terre émaillé sur lequel une étiquette indiquait le contenu idoine, et y plongea un tissu propre pour en prélever une généreuse portion. La légère fragrance, indiscernable pour un nez humain parmi toutes les odeurs qui encombraient l'atmosphère de la pièce, traversa la salle et frappa de plein fouet les narines de Béroc. Ce dernier n'eut aucunement besoin de connaître la recette utilisée pour distinguer le parfum d'une plante qu'il connaissait à peine et celle aisément reconnaissable de l'amande. Le colosse bondit pour intercepter le bras de Ìatros. La deuxième rebouteuse tenta de s'interposer devant le géant, en pure perte. D'une bourrade, Béroc écarta la complice en l'envoyant vers les gardes qui se relevaient :

« Saisissez-la ! »

Dans le même temps, la guérisseuse bousculait l'apothicaire pour lui faire étaler de force l'épais cataplasme sur la peau découverte de la reine. Les griffes de Béroc interceptèrent *in extremis* la compresse. La tueuse regarda pétrifiée ces extrémités de corne jaillies de nulle part, et tira sur le tissu qui se déchira. Elle tenta d'appliquer sur Béroc, puis à nouveau sur Kalaïa ce qu'il lui restait d'étoffe, mais une poigne d'acier l'arrêta net.

Ìatros contemplait l'Émeraudien avec des yeux éperdus, ne sachant que faire, pendant que la sage-femme royale demeurait interloquée par tant de violence. Kalaïa, étrangère au drame qui se jouait à côté d'elle, n'aspirait qu'à une chose : pouvoir travailler dans le calme et lutter contre la douleur qui lui tenaillait le bas-ventre.

« Que se passe-t-il ? demanda l'apothicaire d'une voix chevrotante.

– C'est une tueuse, gronda Béroc. Elle a empoisonné une de tes potions… La reine morte, tu étais bon pour la Pourpre. Ou pire. »

Puis se tournant vers la rebouteuse, il la rudoya sans douceur :

« Qui t'envoie ? »

Pour toute réponse, la sicaire extirpa de sa main libre un fin poignard de sa robe et, avant que Béroc n'ait pu esquisser un geste, se l'enfonça dans la gorge. Voyant sa maîtresse rendre son dernier soupir, son assistante l'imita avec une résignation décidée. La scène n'avait duré qu'une poignée de secondes. Moins d'un quart d'heure plus tard, une petite fille naissait dans ce monde tourmenté. Et ce fut juste quelques minutes avant que Ìatros l'apothicaire ne rendît l'âme, empoisonné par cette pommade dont il s'était malencontreusement enduit.

Tout ce souvenir, Béroc le revit avec une lucidité troublante. Aussi ne conta-t-il que brièvement cette tentative de meurtre dont la reine et Théïa avaient failli être victimes. D'une part, parce que ce moment était trop pénible à raconter ; d'autre part, parce que la jeune fille était trop secouée pour qu'elle ait besoin d'en connaître tous les détails. Il termina rapidement :

« Quelques heures après ta naissance, ta mère dut se rendre à l'évidence, bien malgré elle : tu avais beau être née dans un des palais les mieux gardés de l'Archipel, tu courais un grand danger. La rebouteuse à l'odeur d'amande fut confirmée comme une espionne du Siège. À la solde de qui exactement, on ne le sut jamais : en se donnant la mort, elle avait emporté tous ses secrets avec elle. Dans ses affaires, on retrouva néanmoins un assortiment de poisons dignes des meilleurs botanistes d'Émeraude, ainsi que des lettres de crédit anonymes aux montants faramineux. Pas de preuves irréfutables, mais des indices, qui, mis bout à bout avec ce que je savais, ne laissait guère planer de doutes. Le plus horrible pour ta mère, ce fut de réaliser que cette tentative n'était qu'un début. Ses prises de position étaient connues publiquement. Elle-même avait encouragé son époux à partir à cette conférence. Mais à présent, son enfant pouvait se transformer en arme contre elle. Elle prit la décision la plus difficile et en même temps la plus courageuse qui soit. Dans la chambre royale ne restait plus que la sage-femme royale et moi-même. À la sage-femme, Kalaïa lui fit jurer sur la tête des dieux et de ses propres enfants de garder le silence. Puis elle te déclara officiellement morte. »

Les mains de Théïa tremblaient sur ses genoux. Des larmes menaçaient de déborder. Béroc poursuivit, implacable :

« Cette femme qui te mit au monde mourut quelques années plus tard, emportant le secret dans sa tombe. Kalaïa veilla à ce qu'elle et sa famille ne manquassent de rien. Une fois celle-ci congédiée, elle se tourna vers moi. Malgré sa robe souillée par sa nouvelle maternité, malgré sa faiblesse apparente et son épuisement, ta mère était magnifique. Elle avait pris une décision qui allait à l'encontre de tous les protocoles

royaux. Elle t'a embrassée sur le front et m'a donné deux ordres : « Sois son père et ne reviens jamais ». »
Béroc crispa les poings.

« J'ai quitté l'Archipel la nuit même. J'ai tenu parole du mieux que j'ai pu. Kalaïa n'a subvenu qu'aux besoins de ton éducation. C'était une condition que je lui avais imposée, que tu puisses un jour reprendre la place qui t'est due. Le reste, je devais faire en sorte d'être… d'être… »
Les mots se bloquèrent dans la gorge de Béroc. Théïa ne dit rien. Quelque chose d'humide tomba sur la robe de la jeune fille, dessinant une auréole sombre sur le tissu.

Deux coups protocolaires troublèrent le silence de la chambre. Sans attendre la réponse, un serviteur passa la tête par la porte qu'il venait d'entrebâiller, délivrant son message d'une voix lapidaire :

« Je vous prie de m'excuser, mais la reine Kalaïa désire s'entretenir avec vous au plus vite… »

Chapitre 4

L'Archipel, Île Mès

Deux jours. Deux jours qu'elle n'avait pas vu *sa fille*. Obligation après obligation, les heures s'étaient écoulées. Et pas une minute ne s'était passée sans qu'elle revît ce joli visage aux longs cheveux blonds. Le portrait de son père. À plusieurs reprises, son chambellan avait dû attirer son attention en toussotant, essayant de la ramener tant bien que mal à ses affaires courantes. Bien qu'il fût au courant de l'arrivée de ces mystérieux voyageurs, il ne comprenait guère l'ampleur de ce trouble. Aussi s'était-il résigné à composer avec les absences répétées de sa souveraine et à tousser pour la ramener sur Terra. À tel point que des courtisans s'enquirent poliment de sa santé et de sa gorge irritée. Kalaïa avait redoublé d'efforts pour éviter de mettre dans l'embarras le chambellan et s'était astreinte à fixer son attention sur les interventions qui se succédaient devant elle. Mais l'image de Béroc, puis de Théïa, revenait sans cesse devant ses yeux. Ainsi que les circonstances de leur arrivée sur l'Île Mès.

Sitôt prévenue que le capitaine Slétès était arrivé à l'Archipel et faisait route vers l'Île Mès, la reine en avait été troublée. Aucune audience n'avait été prévue et le capitaine de l'Insouciant n'avait aucune raison de s'arrêter la voir. Or, Slétès n'avait pas pour habitude d'arriver à l'improviste. Prendre délibérément cette route n'avait pu signifier qu'une chose : Slétès avait un message d'importance à lui transmettre. Puis ses espions lui avaient appris qu'un marin colossal et deux femmes l'accompagnaient. Des passagers pour le moins inhabituels, surtout lorsque l'ancienne Hiérarque avait été formellement identifiée. Pour le reste, elle ne connaissait qu'un "marin colossal". Et si l'une de ces deux femmes était... ? Son trouble s'était accentué. La dernière fois qu'elle avait vu Béroc et son enfant remontait à plus de vingt étés maintenant. Elle gardait un souvenir confus de son accouchement. Des images de mort et de sang. Ce qui aurait dû être un évènement heureux dans sa vie de femme s'était transformé en veillée funèbre. Elle se souvenait distinctement de l'ordre qu'elle avait donné à Béroc, son regard d'une tristesse infinie, mais animé d'une volonté inflexible. Le revoir lui avait fait un choc. Le colosse était toujours aussi imposant. Il n'avait pas non plus pris une ride ou un cheveu blanc. La tristesse dans ses yeux avait cédé la place à une douceur insoupçonnée.

Les battements de son cœur s'étaient accélérés et elle s'était traitée d'idiote. Kalaïa avait aimé son mari, avait été séduite par sa bonté, son caractère bienveillant et sa volonté tenace. Mais Béroc, c'était autre chose. Un petit "autre chose" qui s'était renforcé au fil de leurs rencontres irrégulières. Lorsque son époux était parti au Siège, elle avait été heureuse de voir arriver Béroc. Elle s'était sentie rassurée de pouvoir s'appuyer sur cet immense pilier qui prodiguait conseils et avis éclairés, sans juger, surpassant nombre de ses propres conseillers dans des disciplines qui dépassaient de loin le strict domaine maritime dont il soi-disant provenait. Leur première rencontre commerciale s'était d'ailleurs déroulée ainsi : celui que Kalaïa avait pris pour un bûcheron engagé comme simple garde du corps du capitaine de l'époque s'était avéré être un redoutable négociateur. Il avait battu en brèche leur meilleur représentant avec une honteuse facilité. Mais contrairement à d'autres requins du métier, il n'avait pas poussé son avantage. Plus tard dans la journée, lorsqu'elle s'en était ouverte à lui, il lui avait avoué que son but avait d'abord été de créer un pont commercial entre l'Archipel et Slétès. Pour cela, il fallait donner à l'autre partie l'envie de faire affaire avec elle. Kalaïa en avait convenu et reconnu que la manœuvre avait parfaitement réussi.

Béroc était reparti, puis revenu. Chaque fois, il était resté un peu plus longtemps pour le plaisir de son époux, et surtout le sien. Mais la mort de Théïos, puis la naissance de Théïa et les évènements qui l'avaient accompagnée avaient fait basculer son existence pour le pire. Combien de fois avait-elle prié pour que Béroc et sa petite fille reviennent ? Combien de fois avait-elle résisté à l'envie d'envoyer ses espions par-devers Terra, secouer terres et cieux pour les retrouver ? Et combien de fois avait-elle espéré que Béroc lui désobéisse et rompe cette promesse qu'il lui avait faite silencieusement ?

Seulement, le colosse avait tenu parole. Durant de longues semaines et de longs mois, elle avait dépéri. Son entourage et ses sujets avaient mis ça sur les pertes successives de son époux et de leur enfant mort-né. Kalaïa était devenue l'ombre d'elle-même, ne devant son salut qu'à la loyauté et au soutien de sa sage-femme. Le départ de Théïa, ce secret commun, les avait rapprochées. Lorsque la maladie avait emporté cette amie, Kalaïa en avait éprouvé un immense chagrin. Mais la vie avait repris ses droits et il ne lui était resté qu'une chose : l'Archipel. Elle avait tant et si bien repris les rênes de ses fonctions qu'elle fut rappelée par trois fois à la tête des îles d'Aigue-Marine. Ce n'était pas le règne le plus long, mais elle en prenait le chemin. L'image de Théïa repassa devant ses yeux.

Cette jeune fille, déjà femme, cachait avec peine une solitude dévorante. Elle n'avait pas non plus réussi à masquer son désarroi quand Béroc lui avait appris la vérité. Kalaïa avait souffert avec elle en silence : Théïa perdait un père, mais la reine avait eu l'impression de perdre sa fille une deuxième fois lorsqu'elle s'était enfuie. La souveraine avait caché ses larmes à grand-peine, avant de fuir à son tour vers des obligations qui ne souffraient bien heureusement aucun délai.

Elle fit quelques pas dans la grotte sous-marine. Ses yeux se promenèrent derrière la vitre où, ordinairement, elle ne se lassait pas d'admirer la faune et la flore multicolores des fonds marins. Aujourd'hui, les couleurs lui paraissaient ternes. Même les bancs de poissons semblaient saisis par une apathie qui les rendait beaucoup moins attrayants dans leurs évolutions habituellement dansantes et tourbillonnantes. Le pas léger d'un serviteur la tira de ses pensées. Elle se retourna et le vit déposer trois sacs de toile cirée abondamment garnis auprès du bassin central. Enok. Le jeune homme qui avait accueilli Béroc le jour de son arrivée.

« Merci, Enok. »

Le messager recueillit l'assentiment de sa souveraine d'un signe de tête.

« Vos ordres ont été exécutés, précisa-t-il en même temps d'une voix claire.

– Bien. »

Enok se retira sans un bruit. Sitôt celui-ci disparu, Kalaïa se dirigea vers son bureau, un meuble magnifique en bois lourd qui résistait de façon remarquable à l'humidité, et s'assit. Avec une dextérité qui trahissait l'habitude, elle déchaussa son pied droit et trouva en un instant le petit creux dans la roche. Un de ses orteils appuya avec précaution. À cet instant précis, quiconque voyait la reine à sa table de travail voyait sa souveraine occupée à quelque affaire d'État. Nul ne pouvait se douter que sous le bureau, une cavité s'était découverte sans un bruit, juste sous ses pieds. Ce mécanisme avait été instauré par un prédécesseur, mais dont l'origine n'était plus clairement identifiée. Le secret de cette cache se transmettait de souverain en souverain et c'était tout. Son emplacement judicieusement choisi ne laissait en rien soupçonner de cet endroit. Et surtout, qui aurait eu l'idée de se déchausser pour en trouver la cache ? Kalaïa aimait à croire que cette obligation était l'humilité dont devait faire preuve le roi ou la reine en se dévoilant vulnérable devant le secret, rappelant sa simple condition d'homme ou de femme. Cela changeait des tiroirs de bureaux à la conception alambiquée dont bon nombre de ses semblables étaient friands.

Avec la même dextérité, la reine en extirpa un épais pendentif, qu'elle ramassa ensuite d'une main preste. Elle referma la cavité de la même manière qu'elle l'avait ouverte et se rechaussa dans l'instant. Dans ses mains, la forme oblongue couvrait une bonne moitié de sa paume. Le pendentif en bois clair pesait, le grain en était parfaitement poli. La fine cordelette qui le traversait de part en part était parfaitement conservée, tout comme le solide fermoir argenté. Aucune trace d'humidité, la cache était on ne peut plus sèche.

Un bruit de pas retentit dans le couloir. Kalaïa dissimula prestement le lourd collier dans les plis de sa robe et se leva. L'instant d'après arrivaient Béroc et Théïa, suivis de près par Daïna, l'ancienne Hiérarque du Siège. Sa fille avait les yeux rougis et Béroc arborait une mine sombre. Kalaïa ignorait si le colosse s'était livré aux explications tant attendues. Elle nota le léger espace qui les séparait tous les deux. Les tensions de ces deux derniers jours n'apparaissaient pas complètement apaisées. Elle croisa le regard de Béroc. Elle y lut une triste confirmation et quelque chose d'autre qu'elle n'arriva pas à définir. Quant à Daïna, elle ne rencontra qu'un regard fermé, préoccupé.

Durant un court et unique instant, Béroc lui avait confié en quelques mots la situation délicate de la Hiérarque. Il avait juste corroboré ce que Kalaïa connaissait déjà, informée grâce à un oiseau envoyé par son ambassadeur à demeure au Siège, et seulement quatre jours après la défection effective de Daïna. Tout comme en avaient dû être avisés les souverains des autres continents. Là où divergeait sensiblement le discours de Béroc avec la version officielle du Siège, c'était bien le motif de destitution de la Hiérarque. Si Kalaïa n'avait jamais eu l'occasion de discuter avec la jeune femme, elle la connaissait de réputation :

une femme à poigne, mais d'une droiture qu'une trahison et un régicide ne laissaient pas d'étonner. À Aigue-Marine en tout cas, et probablement aux Sables. Tout autant que le meurtre de son bras droit, un certain Limane, mort en essayant de l'arrêter. Quant aux Émeraudiens, emmenés par le Prince Karès, ils n'auraient de cesse de la poursuivre pour laver l'affront qui leur avait été fait. Kalaïa était parfaitement au fait de la réputation du Prince et Daïna aurait fort à faire pour se défaire de cette brute sanguinaire. Concernant Éther et tel que la souveraine connaissait les Aigles, ils éprouveraient une telle honte à devoir compter parmi leurs semblables une Aigle de son rang condamnée à la Pourpre qu'ils la renieraient sans autre forme de procès. Et dès que sa mort serait avérée, ils effaceraient toute mention relative à son existence. Être rejetée par son propre peuple n'était sort guère plus enviable que la Pourpre.

À tout ceci, Daïna n'y pensait même pas. Depuis qu'elle était arrivée à l'Archipel, elle n'avait cessé de se morfondre. Les mêmes pensées tourbillonnaient dans sa tête, l'une remplaçant l'autre dans une danse infernale : Prodotès, nouveau visage de la trahison ; la face grimaçante d'Élithios sur son lit de mort ; la Pierre de Lune qui lui faisait comme une plaie béante sur le torse, impossible à soigner ; puis à nouveau Prodotès... Et la danse recommençait, inlassablement. Elle non plus n'avait pas quitté la chambre qu'on lui avait octroyée. Pendant ces deux jours, son corps s'était apaisé de façon remarquable. Plus aucune douleur ne la tenaillait : toutes les coupures s'étaient refermées depuis belle lurette et les trois blessures graves occasionnées par les plumes pendant sa fuite du Siège n'étaient plus qu'un mauvais souvenir. Daïna ne pouvait nier que la Pierre y était évidemment pour quelque chose. C'était l'impuissance qui la rongeait. Elle, qui d'habitude avait toujours fait en sorte de garder la main sur les choix et les évènements qui avaient ponctué sa vie, s'était retrouvée à devoir composer avec ce qu'on lui avait appris à haïr le plus. Quand elle posait les yeux sur Béroc, elle ne pouvait empêcher une vague de haine l'embraser. Tout était de sa faute. Depuis le début. Elle ignorait son histoire, mais se doutait que son implication dépassait de loin son simple statut de bûcheron. Quant à savoir si elle désirait vraiment en connaître tous les détails, sa réponse était catégorique : non. Elle refusait d'avoir davantage à faire avec lui, maintenant ou plus tard. Pour cela, il ne lui était resté qu'une option envisageable dans l'éventail restreint de choix qui lui était offert : partir. Forte de cette décision, Daïna s'était présentée devant l'ascenseur, a priori la seule voie possible de sortie pour un non-Saurien. Un préposé en gardait l'accès avec un air ennuyé. Quand elle s'était arrêtée face à lui, il n'avait pas bougé.

« Remontez-moi à la surface, avait ordonné la Hiérarque d'un ton sec.

– Je regrette, mais je ne peux accéder à votre requête, avait répondu le garde sans se formaliser. Ordre de la reine Kalaïa.

– Et je suppose que la reine vous a aussi ordonné de rapporter tous mes mouvements ?

– Mon devoir se limite à ce que m'a ordonné la reine Kalaïa. »

Aucune animosité, juste un énoncé factuel de l'unique alternative qu'on lui laissait désormais : être assignée à résidence. En d'autres temps, Daïna aurait apprécié la discipline du soldat, mais à cet instant précis, elle avait maudit cette rigidité toute militaire. Elle avait songé à forcer le passage, mais seule, elle ne pouvait manier l'ascenseur qui nécessitait quelqu'un pour actionner le système de cordes et de poulies. La voie des Airs lui était fermée et soudoyer le garde lui était apparu comme une très mauvaise idée. Elle doutait très fortement avoir affaire à un quelconque fantassin, mais plutôt à un Élite, dont la mission de protection de la souveraine était plus en adéquation avec ses Capacités. Il ne lui était plus resté que son frein à ronger.

Lorsqu'un serviteur vint l'avertir que la reine Kalaïa les avait convoqués, Daïna ne savait plus quoi faire pour passer l'attente. Elle s'était levée prestement et avait retrouvé Théïa et Béroc, sortis d'une autre chambre. La Hiérarque remarqua tout de suite les yeux gonflés de la jeune fille et l'air tendu de Béroc. Visiblement, des explications s'étaient tenues pour le meilleur et pour le pire. Quand tous trois pénétrèrent dans la grotte principale tenant lieu de bureau et de salle d'audience aux monarques d'Aigue-Marine, Daïna nota immédiatement le visage préoccupé de la reine. Ses longs cheveux bruns, impeccablement tressés et savamment coiffés, ne cachaient en rien les rides soucieuses de son front altier. Les trois sacs négligemment posés près du bassin central n'échappèrent pas non plus à son regard.

La souveraine examinait d'un œil critique la vêture de ses invités. Tous arboraient de nouveaux atours : pantalon brun d'étoffe épaisse et solide, chemise et surcot pour Béroc et Daïna (Kalaïa n'avait surtout pas osé proposer de robe à la Hiérarque) ; chemise et cotte longues pour Théïa. Tous avaient gardé leurs ceinture et chaussures ou bottes de bon cuir. Les vêtements n'étaient pas tout à fait ajustés aux tailles ni aux bras, mais étaient confortables et de très bonne facture. Surtout, ils étaient neufs et s'assimilaient très bien si leurs hôtes devaient avoir recours à leurs Capacités. Bien que les vêtements n'aient pas été faits sur mesure, ils apparaissaient être la meilleure alternative qu'elle avait trouvée : faire coudre et assembler trois tenues aux dimensions de chacun en deux jours était charge inhabituelle pour ses couturières et couturiers. Trois nouveaux arrivants au service de la reine étaient une explication bien plus convenable et pour lesquels de tels ajustements n'étaient pas nécessaires. Éveiller les soupçons était bien la dernière chose que souhaitait la reine.

« Merci d'être venu aussi rapidement », les accueillit Kalaïa avec douceur.

Comme si le choix nous avait appartenu, pesta intérieurement la Hiérarque.

« Ma reine..., salua Béroc sur le même ton.

– Tout d'abord, j'espère que vous vous êtes bien reposés...

– Oui, ma reine : les lieux sont toujours aussi paisibles », répondit le colosse au nom de tous.

– Béroc ! Cesse d'être aussi formaliste ! le gourmanda gentiment Kalaïa. Malgré toutes ces années, tu es incorrigible !

– Et malgré toutes ces années, vous restez toujours aussi vindicative », répliqua Béroc avec une grimace.

Nonobstant les circonstances, Kalaïa sourit. Un petit rire vint même secouer ses épaules un bref instant, pendant qu'un large sourire se dessinait dans la broussaille de Béroc. Mais une expression de tristesse vint rapidement ternir les traits fins de la reine.

« L'Archipel n'est pas aussi paisible que je l'aurais souhaité, malheureusement. Je n'ai pas pu vous prévenir plus tôt, mais...

– ...nous allons devoir partir, acheva Daïna envers et contre tout protocole.

– En effet, confirma Kalaïa sans s'offusquer malgré le regard désapprobateur de Béroc.

– Trois sacs, désigna la jeune femme du menton. Je suppose qu'ils ont été préparés pour nous...

– Encore exact. Si je vous ai fait garder en ces lieux – et contre votre gré, j'en suis consciente –, c'est parce qu'il subsistait des doutes sur les desseins de quelques personnes. Plusieurs de mes gens m'ont fait part d'individus qui posaient beaucoup de questions sur mes intentions et mon entourage personnel...

– Des espions ?

– Du Siège, très certainement. Très peu de monde sait que vous êtes ici, mais j'ai moi-même pu observer – diplomatiquement parlant – que votre fuite du Siège est un évènement qui n'est pas passé inaperçu. Encore plus depuis la mort d'Élithios d'Émeraude.

– Je n'ai pas tué Élithios ! ne put s'empêcher de réagir vivement Daïna.

– Je le sais, soupira Kalaïa. Élithios était un souverain quelque peu…

– Incapable ? proposa cyniquement la Hiérarque.

– Difficile. Néanmoins, j'ai toutes les raisons de vous croire innocente, excepté que les apparences sont contre vous. Je dois moi-même préserver ces mêmes apparences en ce qui concerne l'Archipel : je ne peux me permettre de prendre position en votre faveur, sans me mettre en porte à faux vis-à-vis d'Émeraude et du Siège. Les intérêts des habitants d'Aigue-Marine passent malheureusement avant mes intérêts personnels et les vôtres. Et cette histoire de Parias qui se rebellent n'est pas pour nous apaiser. Mes dernières informations en provenance d'Émeraude et d'Éther laissent présager d'un avenir bien sombre…

– Je comprends.

– Bien. N'allez pas croire que je vous dis tout cela de gaieté de cœur et que cette décision ne me coûte en rien, bien au contraire… »

Disant cela, Kalaïa glissa un rapide regard à sa fille. Si rapide que personne sauf Daïna ne s'en rendit compte. Brusquement, la Hiérarque se sentit stupide. La fatigue et la rancœur amoindrissaient son jugement : la voilà qui mordait la main qui l'aidait.

« Toutes mes excuses, Majesté : je me suis laissée emporter par des sentiments qui ne m'ont pas permis d'apprécier pleinement la situation.

– Vos excuses vous honorent, Hiérarque. Croyez bien que je déplore tout autant que vous le contexte actuel.

– C'est pour cette raison que nous partirons avec le premier bateau, intervint Béroc. Même si notre séjour a été trop bref, votre hospitalité nous a été profitable... »

Durant tous ces échanges, Théïa resta silencieuse. Tour à tour, elle examina les visages devant elle. La Hiérarque, toujours aussi dure malgré ses récentes blessures. Elle l'enviait. Elle aurait aimé être comme elle, aussi forte, à pouvoir encaisser les chocs les uns après les autres sans broncher, sans tomber… À côté d'elle, Béroc se tenait très droit. Depuis leur conversation dans la chambre, il paraissait plus détendu et la conscience apaisée. Une évidence qui était loin de lui appartenir, tiraillée par ce qu'elle considérait comme une trahison et cette nouvelle solitude qui lui pesait lourdement sur les épaules. Quant à Kalaïa, Théïa ne savait que penser. À présent, cette parenté inattendue lui faisait peur : jamais elle ne s'était imaginée avoir une mère, et encore moins être fille de reine. Quand elle la regardait, la jeune femme avait du mal à y voir sa génitrice. Tout au plus y voyait-elle une étrangère. Une mère étrangère qu'elle ne savait même pas comment appeler… "Mère" ? "Majesté" ? L'un et l'autre résonnaient de façon tellement insolite…

« Théïa ? »

Avec un temps de retard, la jeune fille réalisa que Béroc venait de lui parler.

« Pardon, balbutia-t-elle en rougissant. Je n'étais pas attentive…

– Nous allons avoir besoin de ton aide, répéta patiemment son père adoptif. Pour regagner le bateau en surface…

– Vous devez être le plus discret possible, précisa Kalaïa. Plus votre départ sera découvert tard, plus longtemps vous pourrez déjouer les espions du Siège. Et le meilleur moyen de s'éclipser d'ici sans attirer l'attention est la voie sous-marine, par ce bassin…

– Entendu. Où dois-je retrouver ce navire ?

– Il est déjà en route et passera très lentement le long des récifs, malheureusement un peu au large. (Kalaïa se tourna vers Béroc et Daïna) C'est la raison pour laquelle un non-Saurien se noierait s'il tentait de s'échapper par là : les courants sous-marins sont puissants à cause des grottes comme celle-ci. »

Théïa hocha la tête, déjà concentrée : cette mission tombait à pic. De l'eau et de quoi s'occuper l'esprit… La jeune fille s'approcha du bassin et descendit les quelques degrés qui la séparaient de l'eau clapotante. À l'instant où son pied toucha l'eau, elle ressentit une décharge qu'elle n'avait jamais éprouvée auparavant. L'eau, tiède et salée, l'envahit et l'emporta comme un raz-de-marée d'ivresse. Le Saurien en elle bondit avec un enthousiasme purement animal. Théïa plongea avec grâce pour dissimuler son trouble, sans plus se préoccuper de ceux qu'elle laissait derrière elle. Les vêtements qu'on lui avait donnés furent la deuxième bonne surprise : ils se fondaient sous sa peau en un instant, tranchant littéralement avec l'assimilation parfois impossible de ses précédents atours aux étoffes médiocres. La jeune fille traversa rapidement le boyau étroit sous sa forme reptilienne et déboucha en un instant dans l'immensité sous-marine de l'Archipel. Très vite devant elle, les récifs épars cédèrent la place au vide abyssal qui s'enfonçait dans l'obscurité. Plus loin, la terre renaissait déjà, s'arrachant des fonds marins pour former une cuvette dans laquelle reposait un sable que Théïa savait blanc : sous son épaisse langue, il donnait à la mer une saveur unique. Et ce n'était qu'un subtil parfum parmi les mille autres saveurs que lui portait l'eau. Une eau qui était elle-même sans pareille, qui glissait le long de ses écailles avec une facilité tellement étourdissante qu'elle avait le sentiment d'évoluer dans un vide de douceur. Le Saurien, lui, se sentait transcendé : il avait simplement l'impression de découvrir son élément naturel, d'en avoir été tenu éloigné depuis toutes ces années. Dans cette mer, il se sentait *vivant*. Il replongea avec délice. Tous deux avaient enfin trouvé la mer à laquelle ils appartenaient.

Théïa se serait volontiers perdue dans cette symbiose jusqu'alors inconnue, mais la coque pesante d'un bateau creva la surface de l'eau, la rappelant malgré elle à son devoir. Après avoir pris ses repères, elle rebroussa chemin à contrecœur. Le Saurien ne dit mot, comme à son habitude. Mais derrière son regret, Théïa perçut une sérénité qu'elle ne lui connaissait pas. Ce sentiment diffus se propagea à elle et les troubles de ces derniers jours s'apaisèrent momentanément.

Lorsque sa fille émergea de l'eau, Béroc la trouva… changée. Sa tristesse avait laissé place à un bonheur tranquille et à une nouvelle assurance. Sa fille était une fille de l'eau. S'il avait encore eu un doute à ce sujet, il pouvait être rassuré sur ce point.

« Le navire est en approche, annonça Théïa d'une voix ferme.

– Parfait, approuva la reine sans montrer sa surprise devant ce changement subit. Hiérarque, vous partirez la première. Béroc suivra avec les sacs.

– Votre aide est précieuse, Majesté, remercia Daïna. Mais si vous ne voyez pas d'objections, je me chargerai de ma part : je n'ai pas pour habitude de me décharger de mes fardeaux…

– Je n'y vois aucun inconvénient, sourit Kalaïa. Je crois même que Béroc vous remerciera…

– Malgré les apparences, mes vieux os sont encore solides, protesta faussement le colosse.

– Vous savez bien que votre santé est une de mes préoccupations majeures depuis que vous êtes ici : les Ours sont beaucoup plus sensibles que ce qu'ils ne le laissent croire… En plus, un homme !

– Je m'avoue vaincu… »

Kalaïa laissa échapper un petit rire cristallin. Les circonstances n'étaient certainement pas les plus propices – et il n'y en aurait pas d'autres avant longtemps –, alors ces moments étaient précieux. Quand elle reprit son sérieux, Daïna descendait déjà dans le bassin et attrapait un des sacs posés sur le bord.

Pour Daïna, la complicité entre Béroc et la reine était flagrante et les raisons de cette entente très obscures (comment la reine d'Aigue-Marine avait-elle pu se lier d'amitié avec un bûcheron ?), mais la jeune femme n'eut pas le loisir de s'attarder davantage sur le mystère de cette relation. L'ancienne Hiérarque pénétra dans l'eau avec une moue résignée. Elle n'était pas aussi froide qu'au Siège. Cependant, même si la vie de soldat lui en avait montré d'autres et dans des situations beaucoup plus difficiles, elle commençait à trouver détestable cette habitude de plonger toute habillée. Sans compter cette sensation d'oppression qui la saisissait une fois sous l'eau. Sur ce point, l'Aigle approuva : seules les étendues du vaste ciel pouvaient être synonymes de liberté. Daïna s'empara d'un sac de toile cirée, hermétiquement fermé par une épaisse lanière de cuir. Lorsqu'elle le souleva, elle s'aperçut avec surprise que la partie supérieure des sacs présentait une forme souple, qui s'enfonça sous ses doigts. Daïna se tourna vers Kalaïa.

« Outre les victuailles, j'ai pris la liberté de vous ajouter une tenue supplémentaire, précisa la souveraine en devançant sa question. De la même étoffe que celle que vous portez actuellement. Ce sont des vêtements passe-partout, mais que vos Capacités assimileront très facilement.

– Et nous apprécions pleinement, répondit sincèrement Daïna.

– Je me suis que dit que des vêtements secs vous seraient plus agréables une fois à bord…

– En effet. Merci, Majesté.

– Je vous en prie, Hiérarque. Que les vents de l'Archipel vous soient favorables… »

La jeune femme s'inclina poliment et rentra un peu plus vaillamment dans l'eau, faisant la sourde oreille à l'Aigle qui grommelait. Théïa l'attendait, un unique appendice caudal se mouvant dans l'eau avec grâce. *Elle restait discrète sur ses complètes Capacités,* apprécia Daïna. Une discrétion qui pouvait lui sauver la vie : elle-même en avait fait la désagréable expérience quelques semaines plus tôt.

« Comment procède-t-on ? demanda-t-elle à la jeune fille.

– Pas de ceinture cette fois-ci. Face à moi. Vos mains… (les mains de Théïa se refermèrent sur ses poignets, les siennes sur les poignets de Théïa) Respirez à fond. Quand vous êtes prête, un hochement de tête. Accrochez-vous bien. »

La Hiérarque raffermit sa prise, Théïa fit de même. Daïna prit trois grandes inspirations et donna le signal. Théïa se laissa aller en arrière et l'eau tiède se referma sur elles.

Daïna n'avait que très peu de souvenirs de son périple sous-marin et souterrain au Siège. La Pierre d'Éther en faisait malheureusement partie. Pour le reste, c'était un néant entrecoupé de flashes glacés. Mais en cet instant, elle prenait pleinement conscience que Théïa maîtrisait entièrement des Capacités, que certains de ses anciens soldats avaient mis des années pour les contrôler avec autant d'aisance au prix d'un entraînement acharné. La puissante queue du Saurien les propulsait à une vitesse prodigieuse. Elles sortirent du boyau en un rien de temps et Daïna sentit à peine la pression douloureuse de l'eau sur ses tympans, aussitôt atténuée par la montée rapide de la jeune fille vers la surface. À un moment donné, la Hiérarque essaya bien d'ouvrir les yeux, mais la vitesse et la morsure de l'eau salée la dissuadèrent de prolonger plus longtemps l'expérience. Tout juste eut-elle le temps de voir que Théïa gardait la tête bien droite, ne semblant prêter aucune attention à ce qui se passait dans son dos. L'espace d'un instant, Daïna lui envia ce privilège : savoir se diriger seulement en se guidant au changement de pression exercé sur les tympans, y compris dans des couloirs sous-marins était un petit talent propre à beaucoup d'habitants d'Aigue-Marine. Néanmoins bien insuffisant pour lui faire oublier que l'eau restait un plafond au-dessus de sa tête. L'Aigle ne manqua pas d'approuver d'un glatissement sonore.

Les deux jeunes femmes percèrent la surface. Le trajet avait été beaucoup moins pénible que prévu : la Hiérarque avait encore suffisamment de souffle pour ne pas se sentir oppressée par le manque d'air. Mais quand Daïna ouvrit les yeux pour s'abreuver de soleil à la surface, elle ne vit que l'obscurité. Une odeur de bois et d'épices lui parvint à la seconde bouffée d'air, avant que la lueur diffuse d'une lanterne brillant faiblement ne lui permît de distinguer les formes pansues de tonneaux alignés les uns à côté des autres. En guise de plafond, le fin fond d'une cale de navire. Daïna se hissa avec agilité sur le rebord.

« Comment ça va ? s'inquiéta Théïa.

– Très bien. Vous êtes d'une vélocité incroyable. Ne reste plus qu'à attendre qu'on vienne nous chercher, je suppose…

– Pour ma part, je dois retourner chercher P… Béroc, » marmonna la jeune fille.

Et avant que la Hiérarque n'ait eu le temps de répondre, Théïa disparut dans un tourbillon. Au même moment, un pas lourd résonna au-dessus de sa tête. Daïna se tendit. Une trappe s'ouvrit en même temps que retentissait une voix familière.

*

* *

Sitôt parties Théïa et la Hiérarque, le visage de Kalaïa retrouva une expression grave. Elle sortit prestement de son vêtement la petite coque de bois qu'elle avait extirpée de sa cachette quelques minutes plus tôt et la tendit à Béroc. Elle disparut l'espace de quelques secondes dans la main du colosse avant de disparaître de nouveau dans la tunique de l'Émeraudien, suspendue à son cou.

« Merci de l'avoir gardée tout ce temps.

– Elle était chez elle, répondit Kalaïa avec sa douceur habituelle. Et il était normal que je partage cette charge avec toi… Tu aurais quand même dû m'en parler bien avant.

– Non. Et vous savez pourquoi. Le danger n'en aurait été qu'accru. La mort de Théïos n'aurait jamais dû se produire.

– Laisse mon époux là où il est ! s'emporta vivement la reine. Nous connaissions les risques et les actions qu'il a menées étaient le fruit de ses propres réflexions !

– Et j'ai échoué à veiller sur lui. Sur vous. Théïa en est devenue orpheline.

– Théïa a eu le meilleur père qui soit ! répliqua aussitôt Kalaïa. Elle est perdue, mais elle te retrouvera. Et quand les Lunes seront alignées, que le Bouleversement reviendra, tu seras sa meilleure protection sur Terra. Non, Béroc ! La question est : qui veille sur toi ?! »

Kalaïa se tut. Les larmes lui montaient aux yeux, mais elle les réprima brutalement. Sa colère croissait en même temps que son angoisse. À présent qu'elle était seule avec Béroc, elle menaçait de s'effondrer. Elle espéra une réponse du colosse, cette réponse qui la satisferait au moins une fois dans son existence. Les lèvres de Béroc tremblèrent, mais l'eau du bassin bouillonna et la tête de Théïa en émergea. Les lèvres se scellèrent définitivement.

Théïa gravit les marches du bassin central avec nervosité. L'heure de la séparation avec la reine Kalaïa approchait et elle n'avait strictement aucune idée de la conduite à adopter. Elle retrouva la souveraine le visage fermé et son père adoptif tendu comme un arc. L'instant d'après, ils se retournaient vers elle, toute tension – presque – dissipée. Ne sachant sur quel pied danser, Théïa s'abstint de poser des questions et se contenta d'un unique nom :

« Béroc ?

– J'arrive tout de suite !

– La Hiérarque est à bord du navire…

– J'en déduis que c'est mon tour ! » lança Béroc faussement jovial.

Le clin d'œil accompagnant la boutade n'eut pas l'effet escompté. Béroc n'insista pas et chargea sur ses épaules les deux sacs restant avant de descendre les degrés le menant à l'eau. Juste avant d'être emporté par sa fille, Béroc inclina la tête en direction de la souveraine d'Aigue-Marine. Kalaïa s'était approchée et guettait un signe, un geste du géant.

« Ma reine, fit simplement Béroc.

– Que les dieux soient avec vous… », répondit Kalaïa en cachant son dépit.

Elle se tourna vers Théïa. Cette dernière hésita.

« Merci », fit-elle simplement.

Une simple pression sur les poignets de Béroc et la jeune fille plongea rapidement. Trop rapidement, comme si elle s'enfuyait, entraînant le géant dans son sillage vers une destinée inconnue.

Kalaïa resta seule au milieu de la pièce. Une peine immense s'empara d'elle. Deux, en fait : Théïa, sa fille, était partie. Sans dire un mot de plus. Kalaïa n'avait été finalement pour elle rien de plus qu'une étrangère. Elle n'était plus une mère et, en fin de compte, ne l'avait jamais été. Et Béroc était parti. Encore une fois. Une larme coula. Kalaïa l'écrasa d'un geste rageur. Elle était une souveraine, habituée à être malmenée par le plus grand nombre, à être suivie par le plus grand nombre, à garder la tête haute en toutes circonstances et à montrer l'exemple en toute occasion. Mais sa simple condition de femme lui revint comme un boomerang, avec la triste réalité qui était la sienne : elle était seule. Et le seul homme qui aurait pu prendre la place de son époux, en tant que père et amant, venait de partir. Elle était seule.

Un bruit métallique résonna. La porte s'ouvrit. Enok, qui se tenait posté à demeure durant tout le temps que restait la reine, avança de deux pas par l'ouverture sans prêter attention à l'irréelle beauté des lieux. Il s'inclina et déclina son message d'une voix ferme :

« Majesté : un oiseau. Le Chambellan requiert votre présence au palais pour une affaire de la plus grande importance. Une embuscade de Parias a été déjouée... »

Kalaïa resta silencieuse. Les affaires. Toujours là, toujours pressantes. Toujours plus cruelles. Soudain, elle se sentit lasse. Pourquoi lutter si sa seule récompense ne restait qu'un lit vide et une place froide ?

« Majesté ? osa respectueusement le messager.

– Faites-lui savoir que j'arrive. »

Sa voix résonna à ses oreilles, lointaine. La reine avait répondu mécaniquement. Sitôt Enok parti, ses épaules affaissées se redressèrent, sa tête baissée se releva, la carapace se reforma. Les réflexes reprirent le dessus. La femme disparaissait, la souveraine revenait. Kalaïa se dirigea vers le tunnel et l'ascenseur qui la ramèneraient à l'air libre. Sa dernière pensée se noya dans l'eau clapotante du bassin.

« Adieu, Béroc. »

« Adieu, Kalaïa. »

Sa dernière pensée pour la reine se noya dans l'océan. Béroc, les yeux fermés, agrippait fermement les mains de Théïa. Il se laissait entraîner dans l'eau tiède, constatant avec un désarroi grandissant que l'eau n'arrivait nullement à effacer l'image de la souveraine. Tant d'années à attendre ce moment, à l'avoir redouté aussi... Mais non, la reine n'avait pas changé. Lui non plus n'avait pas changé. Ils étaient restés les mêmes. Mais son combat passait avant tout ce qu'il aimait. C'était injuste, mais c'était ainsi. Kalaïa n'en avait qu'une petite idée. Bientôt, elle verrait pourquoi et comprendrait tout. C'était tout ce qu'il avait à lui offrir. Il émergea tout à coup à l'air libre.

« Alors, vieil Ours ? Toujours mouillé dans les petites affaires du Grand-Prêtre ?

– Slétès ?

– Lui-même ! En chair et en forme, toujours au service de la reine Kalaïa et toujours collé à tes basques malgré tes ferventes prières ! »

La poigne vigoureuse du capitaine tira le colosse hors de l'eau pour l'asseoir sur le bord. Théïa était déjà sortie et s'occupait d'essorer ses cheveux. La queue reptilienne avait déjà disparu et son souffle était celui d'une jeune fille fraîche et dispose. Assise par terre à cause du plafond très bas, Daïna patientait sur le côté, le visage fermé, comme à son habitude.

« Je comprends maintenant mieux comment la reine était déjà au courant de notre arrivée. C'est toi qui l'as avertie, pas vrai ?

– Je ne peux rien te cacher ! fit le capitaine en souriant de toutes ses dents. L'Insouciant sait se faire discret et emprunter les bonnes routes lorsque le devoir l'exige...

– Cachottier, va ! Je vois aussi que tes vieilles caches de contrebande ont toujours leur utilité...

– Que veux-tu... Les souvenirs font de moi un grand nostalgique !

– Le capitaine vient de m'informer que nous partons céans, intervint Daïna.

– La reine avait déjà tout prévu..., déduisit Béroc.

– Exact ! abonda Slétès toujours aussi jovial. Je vais d'ailleurs devoir vous quitter : je dois vite reprendre la barre si on ne veut pas finir sur un récif ! Mais avant cela, un petit coup de main s'il vous plaît... »

Béroc se leva rapidement pour aider Slétès à refermer le panneau dissimulé dans la coque. Puis le capitaine s'empara de sa lanterne de verre qu'il avait posée à même le sol et adressa un clin d'œil complice à Béroc.

« Tu connais la procédure, je te laisse terminer...

– Oui le contrebandier. »

Slétès gloussa et, toujours plié en deux, ouvrit la marche, invitant Théïa à le suivre :

« Par ici, jeune damoiselle ! »

Puis il s'éclipsa après une dernière bourrade sur les épaules de son ami, entraînant à sa suite la jeune fille moins coutumière des lieux vers le pont supérieur. Si Daïna quitterait les entrailles du navire avec bonheur pour retrouver avec un bonheur encore plus grand la voûte du ciel, Théïa éprouva le sentiment exactement inverse lorsqu'elle vit s'éloigner avec regret l'ouverture qui lui aurait permis de retrouver cette eau devenue si familière en seulement deux plongées. Et elle doutait fort que son pè... Béroc l'autoriserait avant longtemps à replonger du bateau sous les yeux des autres marins...

Béroc vérifia avec soin que l'accès à la cale secrète était correctement camouflé : le charpentier avait si bien travaillé que les interstices étaient invisibles. Il s'appliqua ensuite à remettre un tonneau au-dessus de la trappe et arrima le tout. Daïna prêta main-forte à Béroc dans un étonnant sursaut d'altruisme.

Le capitaine et Théïa disparus, la Hiérarque écouta leurs voix s'éloigner progressivement avant de s'interrompre complètement. Parfait. Cet instant de discrétion était l'occasion idéale pour éclaircir un point qui ne cessait de la tarauder depuis leur arrivée à l'Archipel.

« Merci, fit Béroc en se relevant. Vous paraissez avoir repris toutes vos forces, c'est bien. La Pierre…

– J'ai très bien récupéré, coupa sèchement la Hiérarque. Je vous remercie.

– Désolé, je ne voulais pas…

– Malheureusement, le mal a été fait et rien ne peut y changer pour le moment.

– La Pierre n'est pas une malédiction, vous savez...

– La Pierre est une malédiction et je ne fais que subir les évènements. Le choix de partir m'a été ôté à partir du moment où je vous ai croisé sur cette plage. Tout comme je n'ai eu aucun choix sur cette nouvelle destination. Or, depuis le début, vous me paraissez suivre un plan bien défini. Ce qui m'amène à vous poser les questions suivantes : où comptez-vous nous emmener ? Et surtout, pourquoi ? »

Chapitre 5

Éther

Les montagnes d'Éther pointaient haut leurs cimes dans le ciel de Terra. Si haut que les nuages n'avaient aucune peine à les enlacer dans leur étreinte de coton. Seuls leur échappaient les monts de la Barrière Déchirée. Cette chaîne montagneuse tirait son nom du découpage irrégulier de ses faîtes qui formaient une barrière naturelle tout le long de ses côtes, faisant de ce continent une terre naturellement dévolue aux Aigles. Car quiconque voulait profiter des terres arables du centre, où le climat tempéré était propice aux récoltes, devait d'abord dépasser cet obstacle dressé par la main des Dieux. Mais pour accéder à ce havre de paix où le commerce était florissant, les maisons luxueuses et les cités prospères, le voyageur néophyte devait emprunter les rares voies terrestres à sa disposition, solidement gardées par les Sentinelles de cette terre. Équipées de cette arme d'hast à la lame courbe si caractéristique, leurs yeux perçants scrutaient l'étranger avant de le laisser passer sans un mot, d'un regard que beaucoup qualifiaient de hautain. Éh oui ! Le voyageur non averti apprenait bien vite que les Aigles avaient la réputation d'être aussi inatteignables que les montagnes qu'ils occupaient. Beaucoup de légendes couraient à leur sujet sur cette supposée supériorité. En effet, l'Aigle avait le ciel pour royaume, distinguait des détails qu'aucun autre œil humain ou animal de Terra ne pouvait voir à des distances frisant l'indécence, et habitait le continent le plus inhospitalier de Terra (après Saphir et les Sables), où vivre était presque impossible pour celui ou celle qui n'était pas d'Éther. L'explication la plus rationnelle reposait sur le fait que l'Aigle était par essence un animal fier. Fier de survoler le monde, de survoler les autres. Cependant, une autre explication acceptée beaucoup plus volontiers par ce même peuple venait des légendes de Terra.

Jadis, bien avant que les Hommes n'apparaissent et fraternisent avec les Premiers Aigles, rien ne différenciait les terres d'Éther des autres terres de Terra. Émeraude, Saphir, les Sables et même l'Archipel avaient des caractéristiques propres, des peuples aux singularités remarquables là où Éther n'était qu'une terre plate, immense et large, rocheuse, où poussaient quelques rares plantes, vivait encore moins de gibier et où les Aigles n'étaient encore que d'insignifiants oiseaux, aux ailes – sinon atrophiées – d'une envergure bien moins majestueuse que celle qu'on leur connaissait ordinairement. Voyant cela, un Aigle un peu plus âgé que les autres se plaignit avec colère aux Dieux de leur condition et leur reprocha d'être moins bien lotis que les autres continents et leurs habitants :

« Je me suis aventuré hors de ces contrées et j'ai vu combien les autres peuples vivaient bien. Et j'ai vu combien les terres sur lesquelles ils vivaient subvenaient à leurs besoins. Ils m'ont regardé fièrement en me demandant pourquoi j'étais aussi valétudinaire et pourquoi nous vivions dans des nids près du sol. Alors je vous le demande : pourquoi, moi qui ai des ailes, je peine à dépasser ces basses collines et ne peux voler au-dessus des montagnes les plus hautes ? Pourquoi dois-je habiter si près de la terre, là où nos prédateurs peuvent si aisément nous dévorer ? Moi aussi, je veux pouvoir regarder fièrement les autres et leur dire combien notre terre est accueillante ! »

Les Dieux entendirent sa complainte et l'estimèrent juste, quoiqu'un peu vexatoire : ils s'occupaient d'une terre entière, ils essayaient de ne négliger personne et cette remarque qu'ils prirent comme fort désobligeante et formulée par un volatile aigri aux ailes chétives n'était pas pour leur plaire. Le plus fort des Dieux se pencha au bord du ciel :

« Soit. Nous t'avons entendu. Mais tes exigences seront au prix de ton insolence… »

Le Dieu tendit le bras, agrippa le centre du continent et tira puissamment sur la roche. Il tira, tira, tira tant et si bien que la terre se hissa au-dessus des nuages. Le Dieu tira si fort sur ce nouveau sommet, que le tissu de roches trop fragiles se déchira. La terre s'affaissa et retomba dans un grand fracas, repoussant l'eau qui s'était précipitée pour envahir la place nouvellement libérée et formant sur ses bords une nouvelle barrière irrégulière, infranchissable, qui protégeait ses habitants de la mer. Lors, le Dieu lâcha enfin prise. L'Aigle qui avait adressé la prière regarda la montagne nouvelle, mais fut incapable d'en discerner la cime, cachée par-delà les nuages.

« Demander une faveur aux Dieux a un prix ! tonna la divinité. Cette terre sera celle des Aigles, mais d'"Aigles" ils n'en porteront que le nom jusqu'à ce qu'ils en atteignent le sommet : ceux qui se poseront là-haut, eux, auront le droit d'être appelés "Aigles". »
Quand la voix assourdissante du Dieu se tut, l'Aigle ne se découragea pas : il serait le premier à atteindre cette cime invisible et inaccessible. Il bomba le torse et prit pesamment son envol. Après une heure de vol, il lui sembla toujours être au pied de la montagne. Après cinq jours, il pensa en être arrivé à un quart. Mais après six semaines, il espéra en avoir fait la moitié. Au-dessous de lui, il ne distinguait plus le sol ; au-dessus, il ne distinguait plus le ciel. À la fin du deuxième mois, il cessa de compter les jours pour se concentrer sur son unique but. Après huit mois sans interruption, il atteignit enfin les nuages. Il lutta encore contre le froid et la neige, poursuivant vaillamment son chemin vers les cieux. Plus d'une fois, il s'arrêta ; plus d'une fois, il faillit renoncer. Oui, il avait laissé parler sa colère contre les Dieux ; mais ceux-ci avaient voulu se moquer de lui en créant une montagne à leur image. Les Dieux l'avaient mis au défi d'être un véritable Aigle. Mais il leur montrerait. Parce que même un Dieu ne pouvait bafouer sa fierté. L'Aigle dépassa les nuages deux mois plus tard et deux mois lui furent encore nécessaires pour apercevoir enfin le sommet. Après une année de vol et d'efforts, il fut le premier Aigle de son peuple à se poser sur le sommet d'Éther. Là-haut, il y bâtit l'Aire et fonda la première dynastie des Aigles Royaux. La légende rapporte encore que les Dieux reconnurent sa bravoure et le gratifièrent d'ailes à la mesure de son courage : son envergure était telle, qu'il recouvrît la terre de son ombre. Depuis ce temps, les Aigles ont gardé cet attribut unique que tous les autres peuples leur envient. Du moins aimaient-ils à se l'imaginer.

Encore aujourd'hui, le palais royal de l'Aire veillait avec fierté et jalousie sur ses racines légendaires. Sitôt élus, les souverains s'y installaient avec leur conseil et se plaisaient à gouverner depuis ce qu'ils appelaient "le Toit de Terra". Rares avaient été les monarques et inexistantes avaient été les dynasties qui avaient régné depuis le sol. Pendant très longtemps, l'Aire n'avait été réservée qu'aux hommes et femmes doués de Capacités, les seuls à pouvoir l'atteindre. Jusqu'à ce qu'un souverain élu sans Capacités montât sur le trône sur fond de graves conflits internes. Il ne régna que peu de temps, mais suffisamment pour impulser la construction d'un escalier à flanc de montagne. L'initiative obtint un tel succès des "rampants" (et un tel dédain des Aigles) qu'elle fut menée à terme malgré les difficultés à la hauteur de cette tâche.

Toujours usité, cet escalier comportait plusieurs postes de garde disséminés. Si le visiteur se demandait pourquoi cet accès étroit était aussi étroitement gardé, la réponse venait d'elle-même lorsque, éreinté, épuisé, à bout de souffle, il arrivait en haut. Car depuis le palais légendaire, les Aigles n'avaient cessé de bâtir une ville à leur image, aérienne et éthérée, qui s'appropriait le sommet de la montagne pour la magnifier. Les bâtisseurs avaient travaillé la pierre pour lui donner une structure élancée, d'apparence légère, mais d'une remarquable solidité. Les bâtisseurs d'Éther en avaient acquis un savoir-faire unique : ses artisans et ses architectes les plus réputés étaient ainsi appelés à travers le monde de Terra pour venir réaliser des sculptures et des palaces de grande richesse et de grande légèreté. D'ailleurs, outre l'Aire, la plus grande fierté d'Éther était la sculpture de l'Aigle qui couronnait le Siège aux côtés des trois autres Aïrétions de pierre. Figé dans son mouvement d'envol, les sculpteurs avaient su magnifier la légèreté et la grâce de l'oiseau. À l'image de l'Aire au sommet du monde.

À la pierre, les Étheriens avaient allié le verre pour faire de la ville une cité de lumière et de chaleur. Les premiers panneaux de verre coloré avaient été acheminés depuis les Sables. Les suivants avaient été fabriqués sur place par les mêmes verriers qui avaient fait le voyage. Ces panneaux avaient été montés un par un et installés selon les instructions des architectes, créant une atmosphère incomparable évoquant la pureté du ciel. Bref, à l'instar d'Émeraude, Éther était devenu un continent unique.

Mais de tout cela, Kleptos s'en moquait éperdument. Le pas encore chancelant et l'estomac plus chancelant encore, il venait seulement d'arriver au grand port méridional d'Éther, Ésode. Douze semaines s'étaient écoulées depuis leur départ du Siège et presque onze depuis le Port des Trois Continents. Dont près de dix sur cette misérable coquille de noix qu'ils venaient de quitter, Ektos et lui. Ils avaient effectué le voyage d'une traite avec seulement une courte – bien trop courte – escale de ravitaillement, et surtout sans anicroche majeure. Hormis la tempête d'usage. Un bien triste épisode durant lequel Kleptos avait cru mourir un nombre incalculable de fois : de détresse, de peur, de souffrance, par noyade ou par strangulation dans les cordages… S'il avait souvent tendance à exagérer les malheurs qui s'abattaient sur lui, Ektos s'était néanmoins inquiété – une unique fois, Ektos restait Ektos – lorsque le silence avait subitement pris le dessus sur les lamentations et autres jérémiades habituelles. Jusqu'à ce qu'un ronflement sonore lui fasse comprendre que c'était l'épuisement qui avait eu raison du petit homme. Un soulagement pour les oreilles de l'un et l'estomac de l'autre, mais qui avait été de trop courte durée et qui n'avait cessé de les fuir jusqu'à leur arrivée à Ésode. Inutile de préciser qu'à cet instant Kleptos descendit du navire avec un plaisir évident. Un plaisir pourtant bien vite modéré par les odeurs de poissons qui lui chatouillèrent désagréablement les narines et lui rappelèrent que la relâche n'était qu'une étape dans un pays qui lui était de plus étranger…

À ses côtés, Ektos ne dédaignait pas non plus cette accalmie et retrouvait la terre ferme avec plaisir. Leur mission de rattraper la Hiérarque sur Éther ne s'annonçait pas des plus évidentes ni des plus reposantes, aussi était-il bien décidé à profiter lui aussi de cette escale. En outre, la diplomatie réclamait des trésors d'énergie que bien peu s'imaginaient, il en était certain. Alors, marcher sur les quais et percevoir à nouveau les fragrances caractéristiques du port étaient comme autant de signaux olfactifs qui l'ancraient davantage à la vraie terre, faite de roche, d'humus et de mor. Pour tout dire, il ne boudait pas son plaisir et continuait de humer l'air de ce milieu de matinée avec un ravissement évident : les épices parfumées débarquées dans les larges tonneaux ou dans des ballots d'épais tissus ; les odeurs caprines des animaux bêlants et apeurés embarquant sur les navires ; la vase brassée par les innombrables poissons à l'affût de leur pitance ; les exhalaisons des fumées ligneuses environnantes portées par le vent, et même celle d'un gibier rôti non loin d'ici, sûrement dans un de ces tripots qui bordaient les quais… À cette dernière pensée, Ektos sentit son humeur s'améliorer de façon spectaculaire. Même lui en avait assez de manger des biscuits trop durs et de la viande trop sèche. Ou trop bouillie. Et ce n'était pas l'eau croupissante mélangée à du vin aigre qui aidait à faire passer le tout. Ils n'avaient pour ainsi dire fait aucune escale pour venir jusqu'ici. Tout avait été fait pour tenter de prendre la Hiérarque de vitesse. Mais jusqu'à présent, personne ne l'avait vue, aucun oiseau ne leur était parvenu pour leur signifier la nouvelle. Dommage. Il aurait aimé gagner du temps. Mais sa mission ne s'arrêtait pas là et prendrait des allures beaucoup plus officielles lorsqu'il lui faudrait rencontrer les représentants d'Éther pour négocier une alliance contre Saphir et promouvoir l'anéantissement de cette menace. Menace à l'exact opposé géographique d'Éther, avec le danger que les moins fervents partisans de la manière forte pèsent plus lourds dans la balance des négociations sous prétexte que Saphir était trop loin, et que les risques de menaces sérieuses à l'égard d'Éther en étaient ainsi grandement diminués. Le Grand-Prêtre lui avait donné tous les arguments nécessaires pour les contrer et pointé toutes les faiblesses de l'argumentation étherienne. Mais il comptait bien ajouter sa touche personnelle pour évoquer à sa manière – et avec la bénédiction du Grand-Prêtre – les prémices du Grand Bouleversement, quitte à provoquer un sursaut de panique salvateur. Rien de tel qu'un peu d'effarouchage pour égayer une journée…

Le Hiérarque en était à ces réflexions tout à fait distrayantes quand une bordée de jurons le tira de ses pensées :

« C'est pas vrai ! Encore un !

– Encore un quoi ?

– Un guano ! Tu t'attendais à quoi dans un pays de piafs ? Des jonquilles ?!

– Sois poli avec nos hôtes, tu vas t'attirer des ennuis…

– Qu'ils viennent se faire plumer ! Ça fait déjà le troisième dans lequel je marche et on a pas dépassé le premier quai ! J'en ai marre !

– Ça nourrira le cuir de tes poulaines !

– Éh bien, elles ont plus faim ! Quand est-ce qu'on s'en va ? J'en ai marre de…

– Tu as déjà envie de reprendre la mer ? le coupa son ami faussement surpris.

– Nan, j'ai pas envie ! Mais j'en ai marre de sentir le poisson ! J'en ai marre de vivre sur un cercueil flottant ! Et j'en ai marre de manger cette infâme becquetance tous les jours ! Et j'en ai marre de… »

Les dernières paroles de Kleptos s'envolèrent avec le vent. Ektos ne put s'empêcher de rire : son compagnon était décidément insupportable. Mais au moins une chose le rassurait : si Kleptos avait retrouvé sa gouaille, cela voulait dire qu'il avait aussi retrouvé suffisamment d'énergie et de volonté pour râler. Alors, pour parachever cet instant de bonne humeur et la joie d'avoir regagné la terre ferme, il abattit sa main avec force sur les épaules de son ami, qui sursauta sous le choc.

« Allons ! Ne fais pas cette tête, compagnon ! Viens donc avec moi : je t'offre la première bière !

– Tu peux bien..., maugréa Kleptos en se frottant tant bien que mal les épaules. Vu comment je m'échine à donner de ma personne pour te protéger de cet environnement hostile...

– Le guano n'a jamais attaqué personne à ma connaissance.

– Billevesées ! Si tu savais le nombre de bonnes gens qui finissent grièvement blessées par ces attaques sournoises...

– Je ne te savais pas spécialiste de la question...

– Mes talents ne se réservent pas uniquement à la soldatesque, s'offusqua Kleptos.

– Évidemment... »

Devisant plus ou moins gaiement selon les humeurs de chacun, les compères s'éloignèrent des quais, quittant peu à peu les abords du port pour s'enfoncer dans la ville d'Ésode. Celle-ci s'étalait dans l'unique espace des Monts Déchirés sur la côte méridionale. Il en résultait une concentration de toutes les rencontres de toutes les populations de Terra de toutes les catégories sociales.

Sans surprise, les quartiers aisés se situaient dans le centre et à la bordure de la ville sur les contreforts montagneux, qui offraient une vue imprenable sur la mer. Et une défense naturelle contre les vide-goussets de toutes espèces. De hauts murs gardés par des armées privées – bien souvent d'anciennes Sentinelles et d'anciens Gardes d'Éther – achevaient de dissuader les plus téméraires. Là, donc, habitaient les plus riches armateurs, les artisans les plus réputés, les notables et les ambassadeurs, sans oublier les banquiers et les escrocs qui avaient su faire fortune au détriment de leurs concitoyens, mais surtout au détriment des hommes ou femmes de passage, marins, soldats, marchands ou autres voyageurs débarqués le temps d'un ou deux jours, et qu'on retrouvait fréquemment dans les hôtels, estaminets ou galetas à l'entrée de la cité et à sa périphérie.

Dédaignant les quartiers cossus qui manquaient cruellement d'animation à son goût, Ektos préféra pousser la porte d'une taverne que bien d'autres auraient qualifiée de bouge ou de trou à rats. Située à quelques encablures du port, elle était remarquable par son insignifiance et l'ambiance poisseuse qui y régnait. Le propriétaire ne paraissait pas trop embarrassé par la corvée de ménage, tout comme ses clients ne semblaient pas lui en tenir rigueur. En cela, le raisonnement était tout à fait légitime : pourquoi exécuter quotidiennement une tâche ingrate des plus fastidieuses quand la clientèle avinée répandait avec obstination de généreuses rasades de mauvais alcool (ingurgité ou non) sur le bois fatigué des tables et du sol ? Il économisait une énergie précieuse et son temps était bien mieux employé à parfaire ses techniques aux dés octogonaux. Particulièrement en fin de soirée lorsque ses adversaires peinaient à en distinguer les chiffres.

Quant à la clientèle en question, elle se fichait pas mal de la boisson frelatée pourvu qu'elle ait l'ivresse suffisante qui les aiderait à oublier leurs soucis, leur(s) femme(s) ou leur(s) homme(s) s'il y en avait, et leur travail, malhonnête pour la plupart d'entre eux, mal payé pour les autres. L'occasion aussi d'échanger entre camarades de beuverie, raconter des exploits imaginaires, tenter de faire débourser à l'autre la prochaine tournée ou écouler une marchandise aux origines des plus troubles.

De tout cela, Ektos n'en avait cure lorsqu'il franchit le seuil de cette place. Au contraire, ce genre d'estaminet n'était pas pour lui déplaire. Son uniforme et les épées qui battaient ses jambes attiraient immanquablement le regard, faisant naître en lui un sentiment infini de supériorité, un sentiment exacerbé depuis qu'il était au poste de Hiérarque. Mais l'armée lui imposait une conduite. Dans ce type d'endroit, c'était lui qui imposait la marche à suivre. Non seulement cette attitude lui attirait l'animosité d'une bonne moitié des clients à la conscience pas très nette (l'autre moitié étant trop ivre pour se manifester), mais il ne dédaignait pas non plus dégainer ses lames pour s'assurer une victoire aussi sanglante que facile, estropiant juste assez pour voir la peur et la douleur. Point n'était besoin de tuer. Pour être honnête, ça n'était pas l'envie qui lui manquait, mais sa place au Siège était trop agréable pour moisir dans une geôle parce qu'un coupe-jarret s'était jeté sur une de ses lames. Surtout dans ces contrées reculées, où son pouvoir était bien amoindri malgré son immunité diplomatique.

Concernant Kleptos, le lieu n'évoquait pour lui qu'une simple étape dans une quelconque cité. L'endroit ne lui faisait ni chaud ni froid et n'était pour lui que source d'indifférence s'il n'était pas envisageable pour lui d'étancher sa soif et d'être aussi loin que possible des bateaux. Il bougonnait encore en entrant dans la taverne, alternant joie modérée à l'idée qu'Ektos lui offre de quoi oublier un peu de son désarroi, et franche maussaderie devant les odeurs sans cesse renouvelées de poisson frit que vomissait une gargote non loin d'ici, mais tout aussi crasseuse.

« Cesse de faire cette tête, mon compère ! Je t'amène dans une des meilleures tavernes de la ville ! claironna son ami très en verve.

– J'en doute, ronchonna le petit homme. Même la bière a goût de poisson ici…

– Éh tavernier ! Sers-nous deux chopes de ta meilleure bière ! » lança le Hiérarque à la cantonade, avant d'apercevoir le patron un peu plus loin derrière son bar, en fait une simple planche posée sur deux tonneaux.

Le tenancier lui adressa à peine un regard. Il n'était pas dans son habitude de souhaiter la bienvenue aux étrangers. Encore moins à ceux qui portaient un uniforme, quel qu'il soit.

Ektos n'en tint aucunement compte et entraîna non sans difficulté son compagnon vers une table vide qu'il venait de repérer au milieu de la salle. Ce faisant, il fut percuté par un homme titubant, grand manteau et large capuche tombant sur son visage. Sous le choc, le Hiérarque recula d'un pas et, pour garder l'équilibre, envoya malencontreusement son coude en arrière. Coude qui se trouvait malheureusement à hauteur du nez de Kleptos qui sursauta violemment sous la surprise et la douleur.

« Dis donc !

– Aïe ! Bon dez !

– Oooh ! M… Mille pardons mes… mes b…bons sires…

– Fais attention ! tança Ektos.

– Fais attention, toi ! hoqueta Kleptos en tenant son appendice malmené.

– C'est pas à toi que je cause, grogna son supérieur sa bonne humeur assombrie. Mais à l'autre, ajouta-t-il en désignant le maladroit qui passait la porte d'un pas déjà plus assuré. Quel sans-gêne ! Nous sommes vraiment dans un pays de sauvages…

– À qui le dis-tu ?! C'est ce que je me tue à te dire depuis des semaines !

– N'exagérons rien… Mais assez attendu ! Trinquons, camarade !

– Déjà fait…

– Allons, Kleptos ! Ne fais pas ta tête des mauvais jours… Tiens, voilà de quoi nous réconcilier avec le pays… ! »

Le Hiérarque avait tout à coup avisé le tavernier qui avançait jusqu'à eux de mauvaise grâce. Il tenait dans chaque main une énorme chope de bois à la propreté douteuse. Un peu de liquide s'échappa et tomba par terre sans cérémonie lorsqu'un pas un peu trop brusque fit progresser leur commande plus rapidement. Cela n'eut pas l'air de le déranger outre mesure. Il posa les deux bocks avec toute la douceur requise pour briser la table, diminuant d'autant leur commande sur le bois souillé.

« Ça vous en fera quatre de bronze, annonça-t-il d'un ton rogue.

– Tout de suite, mon bon, tout de suite… »

Et tandis qu'Ektos cherchait avec entrain de quoi régler l'aimable personnage, Kleptos se mit à renifler sa chope d'un air suspicieux. Aucune odeur de poisson ne s'en dégageait. Mieux, elle était éventée. Il la goûta du bout des lèvres pour s'assurer que son odorat ne le trompait point. Rassuré, le petit homme entreprit d'en vider méticuleusement le contenu en longues lampées régulières.

« Bon, alors ? s'impatientait le tavernier.

– Tout de suite, mon brave, tout de suite… Vous êtes plutôt du genre pressé, vous…

– Seulement quand on ne me paye pas sur-le-champ, *mon brave*. Z'avez de quoi payer au moins ?

– Étonnant… J'étais persuadé de l'avoir rangée là… »

Kleptos posa bruyamment sa chope vide sur la table. Étouffa un rot sonore avant de se retourner un peu plus rasséréné vers Ektos et le tenancier de cet adorable endroit. Pour constater que le Hiérarque fouillait de plus en plus consciencieusement, puis de plus en plus nerveusement chaque poche de son uniforme.

« Pas terrible votre eau fermentée, mais ça désaltère. Tu cherches toujours ta bourse ?

– Un peu, ouais, répondit Ektos irrité.

– Cherche pas : tu te l'es fait voler… »

Une fraction de seconde plus tard, une évidence se fit dans l'esprit d'Ektos. Il se releva brusquement, les mains plaquées sur ses poches désormais vides.

« On m'a volé ma bourse !

– C'est ce que je viens de te dire…, précisa Kleptos avec un haussement d'épaules.

– Ah c'est comme ça ! Un griveleur ! gronda le tavernier menaçant.

– …C'est le gars qui t'a bousculé tout à l'heure qui te l'a barbotée…

– Wil ! Weck ! Venez par ici ! » tonna leur nouveau créancier.

Dans un coin obscur de la caverne, deux armoires à glace se levèrent de la table qu'ils occupaient et s'approchèrent avec grognement.

« La bousculade, poursuivait Kleptos sans sourciller, c'est un vieux truc de voleur. Après, tout est une question de doigté. Au fait, je te remercie pour la bière. Je te laisse régler comme convenu… »

Les deux brutes avaient le faciès de ceux que les coups n'effrayaient pas, avec ou sans uniforme, et les poings tannés de ceux qui avaient l'habitude d'en donner. Sans compter évidemment une musculature propre à assommer un bœuf. Ektos avait beau avoir les lames faciles, il préféra opter pour une retraite prudente. Surtout lorsqu'il réalisa que les conversations autour d'eux s'étaient tues et que des clients visiblement habitués des lieux avaient repoussé leur chaise pour avoir les mains libres.

« Écoutez, tenta encore Ektos. Je peux tout vous expliquer…

– Pas la peine, j'ai déjà tout compris, grinça son hôte.

– Kleptos ? »

Le petit homme ne répondit pas. Il avait regagné la sortie d'un pas nonchalant. Une main de la taille d'un battoir s'abattit sur son épaule.

À l'autre bout de la ville, un voleur souriait en soupesant la bourse nouvellement acquise.

Chapitre 6

Non loin d'Éther

L'Insouciant fendait les eaux avec l'aisance d'un dauphin, toutes voiles déferlées, guidé par un Slétès aussi jovial que concentré lorsque la situation l'exigeait. La voûte céleste était piquetée d'étoiles brillantes, mais dont l'éclat pâlissait peu à peu dès l'instant où les Lunes déployaient toute leur majesté. Les couleurs verte, rouge, jaune et turquoise offraient leur ballet de nuances, donnaient au ciel de Terra sa teinte unique. Mais dans leur ombre grandissait chaque jour un peu plus le mince croissant de la Lune de Nuit. Et chaque fois que le jour tombait, tous les habitants de Terra redécouvraient ce quartier sombre avec inquiétude, presque invisible dans la journée, mais qui semblait prendre un malin plaisir à ressurgir au cœur de l'obscurité. Comme un Loup à l'affût.

C'était en tout cas l'impression de Daïna. Depuis leur départ de l'Archipel, les pensées se bousculaient dans sa tête. Et sur un bateau, il lui était difficile de faire autrement. Elle rongeait son frein dans la cabine, sur le pont, sur la hune… Quoique ce dernier endroit était celui où elle se sentait le mieux, plus près du ciel. Cependant, à présent qu'elle avait pleinement récupéré de ses blessures, l'inaction lui pesait et son moral s'en ressentait. Théïa essayait de la distraire de temps à autre, engageant la conversation sur des sujets divers et variés. Mais faute de réponse, la jeune fille finissait par abandonner. Quand ce n'était pas l'humeur massacrante de la Hiérarque qui la dissuadait tout simplement de l'approcher. Pour sa part, Daïna avait tenté de parler à Béroc à plusieurs reprises, mais la manœuvre dans les voiles et l'entretien du bateau lui occupaient tout son temps. À croire qu'il l'évitait sciemment, ce qui ne faisait qu'entretenir son acrimonie…

Mais ce qu'il lui pesait par-dessus tout, c'était cette impossibilité à prendre son envol. Elle était et restait une fugitive, recherchée par toutes les armées du Siège et de Terra. Elle ne pouvait faire confiance à personne, et certainement pas aux hommes qu'elle côtoyait en ces mornes journées. Béroc lui avait assuré que l'équipage de Slétès était de toute loyauté, mais elle était bien placée pour savoir qu'une récompense mise sur la tête d'un fuyard – et qui plus est conséquente – était un puissant facteur de motivation qui encourageait les hommes et les femmes les mieux intentionnés du monde à se détourner de leurs propres convictions.

Mille fois, la jeune femme avait voulu partir. Mille fois, elle avait abandonné cette idée la rage au cœur. La seule chose qui la retenait encore bien malgré elle était toujours cette maudite Pierre. Elle avait beau ne pas la sentir physiquement sur son plexus, elle ressentait inexplicablement sa présence à côté d'elle, tout près d'elle, *en elle*. Une présence si ténue qu'elle l'ignorait aisément lorsqu'elle était concentrée, occupée à faire des exercices physiques, mais qui ressurgissait immanquablement. Et depuis la grotte, sa présence n'avait cessé de s'affirmer, délicatement. Sûrement. Elle n'était nullement intrusive, agressive ou malicieuse, mais elle répandait une chaleur qui mettait Daïna mal à l'aise. Une sensation qui tendait vers le réconfort… La compréhension… Dans ces moments-là, Daïna sentait sa colère s'envoler : comment une Pierre pouvait-elle la comprendre ?? Quelle sorcellerie, quelle magie pendable ce caillou exerçait-il sur elle ?! Depuis la trahison de Prodotès, la jeune femme ne pouvait supporter l'idée qu'on exerçât sur elle une quelconque influence, de quelque nature que ce soit. Et encore moins lorsque celle-ci émanait d'une pierre à l'essence indéfinissable. Deux semaines s'écoulèrent ainsi, alternances de colères et d'amertumes, entrecoupées d'impressions de liberté. De rage impuissante, elle s'épuisait alors dans des séries d'exercices harassants, destinés à la calmer avec plus ou moins de succès, ou s'isolait de longues heures durant sur la hune, devenue son repère favori. Finalement, à bout de nerfs, elle demanda à Slétès si elle pouvait prêter main-forte à ses marins. Le capitaine accepta avec un grand éclat de rire :

« Mais avec joie, ma Dame ! Je préviens mes hommes…

– Et qu'ils ne m'épargnent pas à la tâche ! »

Un ordre qui fit hoqueter le capitaine de rire.

« Par contre, ne soyez pas trop dure avec eux… », articula péniblement Slétès, la respiration sifflante et les larmes aux yeux.

L'instant d'après, Daïna se tenait debout sur une corde à plier une voile le long d'une vergue au milieu des autres gabiers… et à l'exact opposé de Béroc. Ce qui lui convint parfaitement. Ne pas le voir lui évitait de penser à ce qu'il lui avait fait subir. Finalement, sentir les vents à une hauteur pourtant risible la détendit. L'Aigle aussi en avait éprouvé une intense satisfaction : elle poussa même la Hiérarque à prendre son envol, proposition aussitôt rejetée – à contrecœur – par la jeune femme.

Dans les cordages, les marins l'accueillirent avec un mélange d'amusement et de suspicion : les femmes n'étaient jamais les bienvenues à bord, encore moins lorsqu'elles grimpaient dans les haubans. Mais venant de l'armée et bien que celle-ci enrôlât nombre de femmes, que la chaîne de commandement fût essentiellement masculine, la Hiérarque avait appris à traiter avec les hommes les plus obtus. Si les quelques-uns qui désapprouvaient encore sa présence sur le navire sous prétexte que les femmes portaient malheur, ils comprirent surtout que le véritable sens de la maxime "Seul maître à bord" personnifiait littéralement Slétès. Daïna n'avait aucune idée de ce que le capitaine avait pu dire à son équipage, mais elle supposa que l'avertissement qu'ils avaient reçu au départ de l'Archipel avait dû avoir valeur d'ultime sommation avant la pendaison pure et simple : ses nouveaux compagnons de labeur se montrèrent d'une discrétion et d'une politesse à toute épreuve. Elle n'eut donc aucun mal à s'intégrer. Et puis, à défaut de voler – il lui fallait faire profil bas –, elle apprécia finalement de retrouver un peu de cette légèreté aérienne que le ciel ne pouvait lui offrir pour l'instant. L'Aigle ne s'y trompait pas et n'hésitait pas à lui montrer son contentement dès que Slétès l'envoyait à la vigie.

Entre-temps, l'Insouciant filait vers sa destination, emmené d'une main sûre par son capitaine et les vents favorables.

Un soir, alors que Daïna était accoudée au bastingage et regardait la mer d'un air sombre en proie à ses habituelles réflexions, elle sentit une présence derrière elle. Elle se retourna vivement, sur ses gardes, bien que sa prescience du danger restât muette. Elle reconnut aussitôt la silhouette massive de Béroc. Le géant était toujours étonnant de silence malgré sa corpulence.

« Le voyage ne vous pèse pas trop ? s'enquit Béroc.

– Une prison reste une prison.

– J'en suis navré, répondit sincèrement le colosse. J'aurais préféré que

les choses se fassent autrement, croyez-moi... »
Daïna resta silencieuse. Le nombre de choses qu'elle aurait préféré faire autrement... Elle en avait perdu le compte. Le silence plana un long moment avant que Béroc ne se décidât à le briser, avec hésitation :

« Vous avez fait forte impression sur l'équipage.

– Les hommes restent des hommes : montrez-leur que vous savez faire la même chose qu'eux et ils feront n'importe quoi pour vous... Ils ne sont pas si différents des soldats.

– Vous avez raison. Encore faut-il qu'il y ait des femmes sur un navire, sourit Béroc.

– Je doute que vous soyez juste là pour discuter féminisme, répliqua la jeune femme marmoréenne.

– Effectivement. J'ai parlé à Slétès tout à l'heure : nous ferons escale au port d'Ésode demain pour nous ravitailler en eau. Nous devrions arriver en début d'après-midi.

– Une escale... Je ne vous l'ai pas demandé d'ailleurs... (Daïna se retourna pour la première fois vers Béroc.) Mais pourquoi les Sables ?

– Je dois aller chercher quelque chose là-bas.

– C'est-à-dire ?

– Ne m'en veuillez pas, Hiérarque, mais je dois attendre. Il me manque encore des informations.

– Sur les Aïrétions ?

– Sur des éléments qui me permettront de mener notre quête à bien.

– "Notre quête" ? releva Daïna avec aigreur. Je n'ai donc plus le choix de mon propre avenir... ?

– Vous êtes toujours libre. Simplement, vous-même – comme Théïa et moi – n'avez nulle part où aller. »
Daïna fronça les sourcils.

« Ne m'en veuillez pas et ne prenez surtout pas mal ce que je viens de vous dire, prévint le colosse d'un ton apaisant. Seulement, les réponses viendront en temps voulu. Pour vous comme pour moi. Bonne nuit, Hiérarque. »
La jeune femme ne répondit rien. La conversation qu'elle avait tant attendue avait finalement eu lieu, mais lui laissait surtout un goût amer d'inachevé. Elle se sentait ballottée au gré des humeurs et des caprices d'évènements fluctuants. Imposer sa volonté sur ces derniers, sur les autres, n'avait plus aucun sens. Libre, oui. Mais libre pour fuir ? C'était un non-sens et ça n'était pas dans son tempérament. Fuir signifiait vivre ca-

chée. Un Aigle caché qui ne pouvait librement voler dans le ciel était un Aigle en cage. Là était tout le paradoxe. Béroc avait raison : elle n'avait nulle part où aller pour vivre pleinement sa liberté. Les suivre dans cette quête absconse consistant à sauver Terra ? À deux ? Un rire désabusé la secoua brièvement. Décidément, elle était tombée bien bas pour se ranger à pareille absurdité. Et dire que le navire de Slétès s'appelait l'Insouciant… Elle ferait bien de s'en inspirer un peu pour trouver le sommeil. Et retrouver un semblant de liberté.

*

*   *

Comme l'avait justement prédit Slétès, la marée montante amena sans difficulté l'Insouciant aux quais d'Ésode. Pendant que son père adoptif était dans les cordages à replier les voiles et à aider aux manœuvres d'approche, Théïa resta accoudée au bastingage, s'attirant de temps à autre le compliment plus ou moins appuyé d'un débardeur à grand renfort de hurlements. La jeune fille rougissait, se gardant bien de répondre, et continuait d'observer avidement l'agitation qui régnait sur le débarcadère. L'Insouciant n'était pas le seul à profiter de la marée, bien d'autres bateaux se précipitaient vers l'unique porte méridionale d'Éther pour écouler leurs marchandises et en prendre de nouvelles.

Car si Ésode était le point de ralliement d'un grand nombre de voyageurs et de commerçants, c'était aussi par là que transitaient les gemmes qui faisaient la notoriété de la cité. Les entrailles des Monts Déchirés regorgeaient en effet de toutes sortes de pierres dont les plus inestimables allaient garnir les demeures et les atours des personnages les plus fortunés de Terra. Le reste d'Éther n'était pas en reste. Ainsi, l'ouverture de divers puits miniers à l'intérieur du continent avait permis de mettre à jour ces richesses réputées infinies, faisant la renommée et – une fois n'est pas coutume – la fierté des Aigles. La géographie particulière d'Éther avait donné aux autorités la possibilité de contrôler d'une main de fer le marché de ces pierres et de ces minerais, ce dont elles ne s'étaient pas privées, contribuant à enrichir de façon scandaleuse les Aigles, jusqu'à ce que les Émeraudiens refusassent de transporter par bateaux les produits étheriens. Un effondrement du marché s'en était suivi avant que les Aigles ne promettent de ne plus spéculer avec autant de déraison sur leurs marchandises. Parallèlement à cet essor, un ensemble de corporations s'était également développé, allant des plus prestigieuses – bijoutiers et joailliers – aux moins recommandables – voleurs et receleurs –, faisant une nouvelle fois la réputation d'Éther pour le meilleur et pour le pire. Des observateurs avisés ne manquaient pas de souligner avec ironie que ces professions avaient le point commun de s'exercer à l'abri des regards, chacune cherchant la discrétion pour des raisons radicalement différentes.

Tous ces éléments revenaient peu à peu à la mémoire de Théïa, ses connaissances livresques se confrontant à la réalité plus animée des vendeurs de souvenirs et des restaurateurs ambulants. Le vent lui apportait d'ailleurs des odeurs de poissons grillés qui lui mirent l'eau à la bouche : le cuisinier de l'Insouciant avait beau être un homme de talent, ses préparations ne pouvaient rivaliser avec les saveurs des produits frais qu'on ne trouvait que sur la terre ferme.

Pour le reste, la jeune fille était déjà venue trois ou quatre fois sur le continent, mais chaque fois par des entrées différentes, qui se situaient au nord et à l'est d'Éther. Ces "portes" étaient en réalité des espaces naturels laissés par les montagnes environnantes, mais plus petits et encore mieux gardés qu'Ésode. Au total, Théïa avait passé plusieurs années sur Éther, à étudier non loin d'Ætide, la capitale située plus au nord et plus proche du Siège. Car, si l'Aire était un centre de commandement et un lieu de décision stratégique, Ætide était le centre de l'activité économique étherienne, portée par le commerce des gemmes, mais aussi des minerais précieux (or et fer en tête), des plumes d'apparat et, dans une moindre mesure, des produits multiples et hétéroclites issus de la forge. Le commerce agricole était également un secteur fort d'Éther : les immenses espaces arables intérieurs étaient voués à des cultures diverses et variées d'arbres fruitiers et de plantations fonctionnant en symbiose les unes avec les autres. Si Émeraude était réputée pour sa botanique et ses médecins, Éther avait élevé au rang d'art l'agriculture permanente. Théïa se rappelait très clairement les paroles d'un de ses professeurs étheriens :

« L'Aigle est le centre d'Éther et doit le rester. Mais pour qu'il le reste, il doit être fort. Et pour qu'il soit fort, il doit être nourri. Mais il ne peut être nourri qu'avec du gibier. C'est ce gibier que cette culture permanente abrite qui nourrira l'Aigle. L'un ne peut aller sans l'autre. Autrement dit, Éther est la représentation de Terra : tout doit vivre en Équilibre. La disparition de l'Aigle entraînera la prolifération du gibier, grand vecteur de maladies, la destruction de notre agriculture, la famine et, par conséquent, la mort. Mais la disparition du gibier entraînera également le déséquilibre : des conflits éclateront entre les Aigles pour se nourrir, et tout ceci n'aura pour résultats que guerres, famines et mort. Préservez l'équilibre entre les arbres, les plantes et les Aigles, et Éther restera le centre de Terra ! »

Si elle avait en partie adhéré à ce discours, Théïa avait trouvé irritant cette propension des Aigles à croire en leur supposée supériorité. Dans ces moments-là, elle n'avait qu'une envie : lancer une petite provocation :

« Et si on met un Aigle dans l'eau, que se passe-t-il ? »

Inutile de préciser que la réponse à cette interrogation faisait état d'un sort bien peu enviable à l'encontre du volatile… Mais elle n'avait jamais osé poser la question.

La jeune fille devait pourtant reconnaître – non sans nostalgie – que ces années avaient été agréables. Elle s'était même fait une ou deux amies, avait eu le béguin pour un garçon timide, sans Capacités, mais d'une érudition remarquable. Des amitiés qui n'avaient duré que quelque temps avant un nouveau départ. Lorsqu'elle était retournée sur Éther plusieurs années après, Béroc et elle s'étaient installés à l'autre bout du continent, dans une nouvelle maison et une nouvelle école. Il lui avait fallu tout recommencer, mais avec moins d'envie, moins d'aisance, plus de solitude. L'eau était restée son seul lien avec Éther. Une eau pure de montagne, glacée, avec sa propre personnalité, à l'image du continent et de ceux qui l'habitaient : froide, énergique, mais pure comme les cieux, avec un goût de liberté inimitable. Une sensation bien différente de celle qu'elle avait éprouvée à l'Archipel. Même si cette dernière était inégalable, elle aurait aimé y plonger un bref instant, quitter l'atmosphère confinée du bateau. Contrairement à la Hiérarque, elle n'avait eu aucune envie de monter dans les haubans et d'être ballottée par les courants d'air qui filaient entre les mâts. Ses promenades s'étaient limitées au pont, à contempler la proue de l'Insouciant fendant les eaux bleues, ou bien au contraire à se perdre dans son sillage, tentant d'attraper du regard les poissons multicolores qui surgissaient par moment. Pas une seconde le désir de sauter dans l'Océan ne la quitta. Mais le navire filait trop vite pour qu'elle puisse s'y accrocher en cours de route. Le Saurien l'avait bien compris et ne bougeait pas d'une écaille, lui apportant son soutien placide. Discret, mais toujours présent. Tout comme Slétès, dans une autre mesure.

Elle avait passé le plus clair de son temps avec le capitaine. Elle appréciait le vieux loup de mer et son humeur joviale qui chassait sa propre morosité avec une facilité confondante. Il avait toujours une anecdote à raconter, mille et une histoires à faire savourer, de la plus grivoise à la plus rocambolesque. Chaque récit était une épopée, ponctuée de mille autres détails qui la faisaient rire aux éclats. Et surtout, il ne s'embarrassait guère de surveiller son langage devant une "jeune demoiselle", comme il aimait l'appeler, offrant à Théïa des récits très imagés et très colorés, que Béroc n'aurait pas manqué de désapprouver s'il avait été présent. Mais la jeune fille s'en moquait bien : cette entrée en résistance n'était que la marque de la confiance trahie. Elle avait eu beau y réfléchir ces dernières semaines, elle n'arrivait pas à lui pardonner. Elle sentait alors un profond abattement la gagner tout entière et même la bonne humeur de Slétès ne parvenait pas à l'égayer. Le capitaine l'avait d'ailleurs rapidement compris et la laissait tranquille durant ces moments-là. Théïa lui en était reconnaissante et appréciait ces plages de silence. Son esprit bondissait lors d'une pensée à une autre ou vagabondait au fil de l'eau, avant que Slétès ne réussisse à la tirer de sa morosité d'une de ces boutades dont il avait le secret, la faisant à nouveau éclater de rire. Et maintenant qu'ils allaient débarquer à Ésode pour une courte escale, elle avait l'impression que ses réflexions n'avaient pas progressé d'un iota.

Béroc acheva de nouer solidement le cordage de la voile qu'il venait de serrer avec les autres marins. Des gestes appris et répétés durant d'innombrables voyages, sur l'Insouciant et bien d'autres navires avant lui. Il jeta un coup d'œil en contrebas, une quinzaine de mètres au-dessous de lui. À la barre, Slétès manœuvrait son brick avec l'aisance du vieux loup de mer, totalement concentré sur sa tâche. Au bastingage, Théïa observait la vie qui s'agitait sur les quais. Théïa. Depuis leur départ de l'Archipel, leurs relations s'étaient quelque peu apaisées. Mais il n'avait pu que constater qu'une distance s'était créée entre eux. Ce n'était plus Théïa, sa petite fille, si complice, si proche de ce qu'elle était encore sur Émeraude quatre mois auparavant. Et Béroc s'en voulait. Tout était de sa faute. Kalaïa avait raison. Il aurait dû lui dire il y avait bien des années de cela. À présent, il devait renouer – recréer – cette confiance qu'il avait brisée, être patient, peu importait le temps que cela prendrait. Même s'il savait pertinemment que ce temps pouvait être extrêmement long, cinq semaines représentaient déjà pour lui une épreuve d'une difficulté bien plus grande que de ce qu'il aurait pu s'imaginer. Durant tout ce temps, il avait vu Théïa d'en haut, l'observant faire des allers et retours entre la cabine où elle devait lire, le pont d'où elle regardait la mer, et la barre, où elle tenait compagnie à Slétès, qui devait lui narrer nombre de gaudrioles : le rire de Théïa résonnait jusque dans les voilages. Sur ce point, Béroc soupçonnait fortement le capitaine de lui relater des histoires bien peu recommandables... Tout comme il savait que son ami n'avait cure de ses avis quant à ce qu'il pouvait raconter à sa fille. Cette nouvelle complicité le rendait presque jaloux. Il avait tenté d'en parler à Slétès, mais le capitaine lui avait juste mis une grande claque dans le dos, propre à lui décoller les poumons :

« Mais ne t'inquiète pas, moussaillon : laisse-lui juste du temps... »

Avant de rajouter avec un brin d'espièglerie :

« Je ne te savais pas aussi mère poule, dis-moi... »

Le temps que le colosse réagisse, Slétès avait pris les jambes à son cou avec un rire tonitruant, au point que ses hommes crurent qu'il allait s'étouffer : ils volèrent à son secours, mais furent bien vite repoussés vers leurs postes respectifs avec la même vigueur assourdissante.

À Béroc, il ne lui était resté que son frein à ronger, en attendant que le fil de la confiance se retisse petit à petit. Jusqu'à maintenant, la patience était une qualité que Béroc avait cru parfaitement maîtriser. Jusqu'à ce que Théïa lui prouve le contraire. Heureusement qu'ils arrivaient à Ésode : quitter le navire quelques heures lui ferait le plus grand bien.

Juste avant que la passerelle ne soit mise en place, Slétès réunit tous ses hommes sur le pont pour distribuer les permissions et nommer ceux qui seraient de quart ou de commissions avec le maître-coq. Aux sourires joyeux des privilégiés du jour se mêlèrent les mines renfrognées des malheureux corvéables. En tant que passagers, Béroc et Daïna furent dispensés de tout travail et le capitaine leur donna donc quartier libre.

« Dernière chose avant de vous égailler comme des mouettes effarouchées : nous appareillerons à la mi-nuit, à la nouvelle marée montante. Je vous veux sur le pont une heure avant et en état de manœuvrer ! Sinon, c'est la bouline et la privation de permission à la prochaine escale ! Vu ? »

Un assentiment plus ou moins enthousiaste retentit clairement :

« Vu ! »

Théïa se tourna vers Slétès avec surprise :

« Vous ne venez pas, capitaine ?

– Éh non, jeune demoiselle ! Le devoir m'appelle : j'ai des formalités à accomplir à la capitainerie et quelques marchands à rencontrer. J'ai d'ailleurs des marchandises en provenance de l'Archipel qui seraient susceptibles de les intéresser...

– Mais vous ne vous arrêtez jamais ! s'exclama la jeune fille.

– Être capitaine est une affaire de tous les instants ! Surveiller tout et tout le monde à bord, c'est le lot quotidien et difficile de tout bon commandant !

– C'est te dire combien il aime donner des ordres et regarder les autres travailler ! le railla gentiment Béroc.

– Quand je te disais que l'art de naviguer est complexe, jeune demoiselle ! Et c'est pas ton pirate de père qui me facilite ce dur labeur, rétorqua Slétès à l'attention de Béroc. File avant que je te fasse récurer la cale !

– À vos ordres, capitaine, obtempéra le géant. Vous venez aussi, Hiérarque ?

– Daïna. Non, je...

– Ne prenez pas racine et allez vous dégourdir les guibolles ! coupa gaiement le capitaine. Vous aussi, vous avez besoin de changer un peu d'air ! »

Vaincue et congédiés sans cérémonie, Daïna, Théïa et Béroc descendirent la passerelle en un rien de temps et furent happés par la foule.

*

* *

Du haut de ses vingt-sept printemps, Dekas sifflotait un air guilleret, l'humeur joyeuse. Sa dernière prise tôt cet après-midi à ce corniaud du Siège s'était révélée encore meilleure qu'espérée. On ne lui enlèverait pas de sitôt cette idée d'une soldatesque aussi nigaude que trop bien payée. Quoique, sur ce dernier point, il n'était guère convenant qu'il se plaignît puisqu'elle en faisait aussi profiter les honnêtes gens comme lui. Sous le capuchon couvrant ses longs cheveux bruns, Dekas sourit. Pour une fois, son passage dans ce bar miteux d'Ésode avait été plus profitable que prévu et l'avait aidé à digérer cette mauvaise bière que le patron l'avait obligé à débourser en attendant son contact. En l'occurrence, son recouvreur de dettes. Une malheureuse créance de jeu au 842 qui avait soudainement pris des allures d'affaires d'État, quand son créancier s'était lui-même retrouvé en dette auprès d'un autre fourgue en achetant un nouveau caillou pour le cou de sa nouvelle épousée. « En attendant qu'elle le mette sur la paille », n'avait pu s'empêcher de ricaner Dekas. Et c'était bien parti. Ce qu'il trouvait beaucoup moins drôle en revanche, c'était cette obligation qui lui incombait à présent de payer rubis sur l'ongle. Et il ne pouvait pas dire que cela arrivait au bon moment. Aussi ce petit pécule de cette fin de matinée était-il tombé fort à propos. Il s'était d'ailleurs empressé d'effacer sa dette auprès de son obligataire dont il avait retrouvé un des contacts secondaires dans cette taverne au nom tout à fait oubliable. À son grand soulagement, il n'avait pas croisé le contact principal.

Ce contact principal était une force de la nature qui répondait au nom de Panurge. Il menait aussi bien ses affaires d'une main de fer qu'il pouvait les résoudre à coups de horions. C'était généralement à lui que les créanciers faisaient appel quand des dettes devaient être recouvrées auprès des mauvais payeurs. Dekas l'avait en horreur. C'était une brute, donc un homme dangereux, mais plus ennuyeux encore, une brute intelligente. Par conséquent, plus difficile à prendre en traître ou à manipuler. Et Panurge n'avait pas hésité à se servir de ces deux qualités pour se construire un réseau de contacts qui avait des ramifications jusqu'à Ætide, voire même au Siège et sur Émeraude, avec ce chambellan… Comment s'appelait-il déjà ? Ah oui, Wal. Dekas l'avait entraperçu une fois, sur Éther, alors qu'il accompagnait ce roi qui s'était fait assassiner il y a quelques mois de cela. Ce même chambellan avait fait un détour par les services du receleur pour lui acheter d'antiques statuettes de pierres, précieuses ou non, mais bien souvent des trésors d'archéologie. Dekas avait même aidé Panurge à lui en procurer quelques-unes. En vérité, il avait trouvé ce Wal encore plus fielleux que Panurge. C'est dire.

Le jeune homme avait ainsi honoré sa dette de jeu et était reparti sans traîner : cela lui évitait de répondre à des questions embarrassantes sur sa nouvelle fortune. Panurge en aurait eu vent et l'aurait regardé la fois suivante avec un air soupçonneux qui en aurait fait trembler plus d'un, comme cette première fois où il l'avait rencontré… Le voleur avait soutenu l'inspection, bravache et indifférent. Ce qui avait arraché un sourire au bandit :

« Bien. On fera p'têt affaire ensemble. Mais gare : entourloupe-moi une fois et tu finiras sur la broche… »

Sur Éther, il n'y avait pas pire menace. Dekas avait haussé les épaules… et avait dû l'entourlouper deux ou trois fois, mais avec prudence et surtout avec succès. Sans quoi, il y aurait bien longtemps que son propriétaire aurait dû se trouver un autre locataire.

Dekas étira ses longs doigts maigres avant de les replier plusieurs fois, rapidement, avec dextérité. Dans son métier, l'échauffement était une étape cruciale et précédait de loin les dernières étapes que représentaient bien évidemment la négociation et l'expertise de joailleries en tous genres. Sa propre affaire était florissante, mais nécessitait régulièrement de s'approvisionner sur le marché. Marché dont il avait à l'instant présent un bel aperçu avec ce soleil qui chauffait déjà ardemment l'air, dénudait les corps et promettait au voleur les récompenses qui pendaient aux cous, ceintures et poignets des jeunes, des vieux et des vieilles, solitaires ou en galante compagnie, légitime ou non. L'été était assurément la meilleure saison pour faire affaire et multiplier les transactions. Aujourd'hui, il avait choisi comme lieu de travail le port. Ce dernier n'était pas le plus rentable, mais Dekas préférait changer régulièrement de secteur – jamais plus de trois jours d'affilée au même endroit – afin d'éviter qu'un généreux donateur un peu trop physionomiste ne partageât la joie de retrouvailles fortuites mais ô combien indésirables. Enfin, de son point de vue.

Nonchalamment accoudé au mur d'une ruelle perpendiculaire aux quais et bien moins fréquentée, il jaugeait tout ce qui brillait et passait à portée d'œil. Au bout de plusieurs minutes, Dekas eut une moue désapprobatrice. Non, décidément, le port ne tenait pas ses promesses. Des légions de marins, des marchandises pour lesquelles il n'avait aucun attrait et des odeurs de nourriture qui lui rappelaient indubitablement qu'il avait la friture en horreur. Il s'apprêtait à tourner les talons quand son œil fut attiré par une haute et large silhouette barbue qui dépassait les autres d'une bonne tête. Elle peinait à se frayer un chemin à cause de son imposante stature. Le voleur ne put s'empêcher un petit sifflement étonné : un sacré gaillard que voilà. Même Panurge aurait eu du mal à rivaliser en carrure. Lorsque son attention fut attirée par un geste dudit gaillard.

« Intéressant… »

Le géant avait porté la main à son cou, s'assurant que l'objet qu'il avait en pendentif était bien là, caché sous sa chemise. Dekas flaira aussitôt une juteuse occasion : un homme ressemblant à un bûcheron ne s'embarrassait pas de bijoux. Par contre, il y avait de grandes chances qu'il gardât son pécule autour du col, à l'abri des vol… des artistes. Dekas se sentit d'humeur badine. Il ressentit un petit frisson lui parcourir agréablement le creux des reins. Un peu de piment dans un futur exploit n'était pas pour lui déplaire. Il porta la main à sa ceinture et en ressortit d'une cachette deux anneaux se finissant chacun par une fine lame en acier. Pas plus longue qu'une demi-phalange, elle n'en était pas moins aussi affûtée qu'un rasoir. Généralement, il ne s'en servait que d'une, à la main droite, pour trancher le cordon d'une bourse. Sa main gauche passait au-dessous pour récupérer leur récompense, avant de la refaire passer dans sa dextre, qui, pendant toute la durée de l'opération, restait toujours hors de vue de son fournisseur. Et pour être sûr que ce dernier ne baisse pas les yeux sur son côté délesté, Dekas lui donnait une tape sur l'épaule en faisant mine de s'excuser, s'attirant au mieux un regard peu amène ou, dans le pire des cas, une invective qui incitait le tire-laine à disparaître encore plus vite avant que les évènements ne s'envenimassent réellement pour lui.

Concernant le vol d'un pendentif, collier ou autre breloque pendant au cou, Dekas avait mis au point une technique personnelle pour laquelle il s'était longuement exercé, sur un mannequin d'abord, puis sur des connaissances à lui qui avaient bien voulu jouer le jeu moyennant quelques pièces de bronze. Il avait découpé ses premières lames à l'acide, avant d'en faire fabriquer une paire flambant neuve contre deux pièces d'or, prélevées sur le trésor d'un négociant en pierres précieuses peu scrupuleux : à ses clients ingénus, l'homme donnait un mélange de pierres et de verroteries qu'il faisait passer pour une honnête marchandise de joyaux. Avec, bien évidemment, signature d'un contrat d'authenticité qui ôtait à son chaland toute possibilité de remboursement. C'était dans ces moments-là que Dekas adorait son métier et se voyait en redresseur de torts luttant contre les injustices (à son profit bien entendu). Son côté romantique, sans doute. Mais trêve de rêveries, il était temps de passer à l'acte. Un nouveau frisson de plaisir l'envahit : il n'avait pas le droit à l'erreur. S'il se faisait démasquer, il souffrirait sans aucun doute un mauvais quart d'heure, sinon pire… Dekas sortit de la ruelle et plongea dans la multitude.

Le jeune homme fut aussitôt pris d'assaut par des odeurs de toutes sortes, frappé au coin du nez par cette explosion olfactive si caractéristique des jours sans vent. Pour l'heure, ça lui changeait radicalement des murs qu'il venait de quitter et servaient de vespasiennes publiques. Le voleur fendit la foule avec aisance, évitant d'un mouvement fluide charrettes à bras, charrettes à cheval et marins en charrette devant décharger et charger les cales dans des temps trop restreints, pingrement laissés par le marchand avaricieux et trop empressé. Il vérifia que sa cible n'avait pas changé de direction et adopta une démarche plus légère, en apparence très insouciante, à l'image d'un gentilhomme prenant du bon temps et flânant en des lieux que la bienséance aurait pourtant désapprouvé. Faisant mine de le voir au dernier moment, il percuta le colosse de plein fouet.

Le choc fut rude et la manœuvre exécutée avec une maestria dont Dekas se flattait à juste titre. Feignant de se protéger, il porta ses bras devant lui au dernier moment, le gauche en haut et le droit en bas. Il ouvrit ses paumes à l'ultime seconde et les lames se plantèrent dans la chemise de sa proie.

« Oh ! Mille pardons, mon bon sire ! s'exclama bruyamment Dekas.

– Faites un peu attention… », grogna l'homme.

Le voleur opina avec moult excuses, se dégageant d'un geste souple ressemblant à une caresse. Les lames tranchèrent sans bruit. L'instant d'après, Dekas s'éloignait sans demander son reste, un sourire aux lèvres. Dans sa main, le pendentif pesait lourd. Son sourire s'élargit : le colosse n'avait rien senti. Ni la lame qui avait sectionné la fine cordelette, ni l'objet qui avait glissé le long de son torse pour être recueilli avec délicatesse du bout de ses doigts par la seconde ouverture qu'il avait pratiquée dans la chemise, au-dessous du nombril. Il quitta les quais avec le même pas nonchalant, puis, bifurquant dans une nouvelle rue, hâta le pas pour prendre un peu de distance. Dekas avisa un porche désert et s'y blottit. Il sortit prestement son butin pour l'examiner brièvement. Il faillit pousser un juron de dépit quand il vit une petite coque en bois, avant d'apercevoir une minuscule ouverture en son milieu. Un étui. Dekas résista à l'envie de l'ouvrir. Il sentait sa chance. Et il voulait prolonger le plaisir chez lui, à l'abri des regards indiscrets. Dekas repartit d'un pas alerte, rendu léger par l'exploit qu'il venait d'accomplir. Décidément, il n'avait pas perdu la main.

« Qu'est-ce qu'il y a ? »

Théïa se retourna vers Béroc qui était resté un pas en arrière. Elle remarqua à peine l'homme encapuchonné qui s'éloignait.

« Rien, répondit Béroc en revenant à sa hauteur. Il y a juste beaucoup de monde… »

Chapitre 7

Continent d'Éther, ville d'Ésode

Le marché d'Ésode était très animé. En tout cas, bien plus que dans ses souvenirs. Et plus Daïna avançait, plus ceux-ci prenaient une place nouvelle. Un pan entier de son passé ressurgissait à travers quelques images éparses, réveillées par toute cette agitation jadis familière : un fruit chapardé sur un étalage ; une sensation de liberté et d'insouciance du haut de ses sept printemps ; la main ferme de sa mère autour de la sienne pendant qu'elle choisissait les légumes du dîner ; une course menée tambour battant contre des garçons un peu plus âgés et remportée avec une légèreté désarmante… Son père Sentinelle voyait déjà l'Aigle grandir dans sa fille. « Bientôt, tu t'envoleras ! » n'arrêtait-il pas de lui répéter. Elle l'avait cru… Jusqu'à ce qu'un tueur lui enlève ses parents sur une minuscule plage, non loin d'ici.

Même après toutes ces années, elle en gardait un souvenir terriblement précis : un homme sec, aux muscles saillants ; immense, vu de ses huit ans ; des mains osseuses dont les ongles avaient été taillés en pointes, semblables à des griffes. Tout comme ses dents. Pendant longtemps. Daïna en avait fait des cauchemars terrifiants. Si terrifiants que ce tueur avait toujours pris l'apparence d'un Loup sanguinaire. Des années plus tard, elle avait appris qu'il n'était qu'un homme ordinaire d'Éther, sans Capacités, mais qui se faisait appeler Luquen, un nom typique de Saphir, et qu'il leur avait voué une admiration au point de vouloir leur ressembler. Enfin, de ressembler à l'image populaire que Terra s'en faisait : une bête sanguinaire. Et le stratagème avait fonctionné. La seule erreur qu'il avait commise avait été de s'attaquer à Daïna. La colère paternelle l'avait sauvée, mais au prix d'un lourd tribut. Daïna vacilla.

L'agitation du marché, les souvenirs qui rejaillissaient et la chaleur firent tanguer le paysage. Les bruits se firent plus sourds pendant que ses jambes titubaient. La jeune femme s'appuya sur un mur non loin d'elle. Sa vision se stabilisa après un court instant. Une voix retentit doucement derrière elle.

« Ça ne va pas ?

– Si… Merci, Théïa…

– Vous me paraissez plus sonnée que vaillante, intervint Béroc.

– Un malaise passager, admit la Hiérarque de mauvaise grâce.

– Vous avez déjà vécu par ici, n'est-ce pas ?

– Savez-vous que vous pouvez être très irritant ?

– Ésode a beaucoup changé depuis ma dernière venue, éluda Béroc. Je ne veux pas prendre le risque de me perdre avec Théïa et…

– Votre sollicitude me touche, *Béroc*, mais je pense maintenant avoir l'âge suffisant pour ne plus être chaperonnée…, coupa froidement Théïa.

– Ce n'est pas ce que je voulais dire… Je… »

Le géant chercha vainement ses mots, déconcerté. Jamais Théïa n'avait été aussi cinglante avec lui. Daïna vola à son secours de manière inattendue, quoiqu'involontaire :

« Ça va déjà mieux. Pardonnez mon trouble : effectivement, les souvenirs sont plus vivaces que ce que je pensais. Et mon statut de fugitive m'est encore difficilement acceptable, surtout sur cette terre…

– Je comprends, approuva le géant. Mais vous vous rendrez compte qu'être "fugitif" signifie aussi être en vie.

– C'est dur à croire… »

Avant d'ajouter pour elle-même :

« Quoique "mort en sursis" serait infiniment plus juste… »

Théïa se sentait d'humeur maussade. La journée avait beau être radieuse, ce qu'elle avait pris pour une escale et un moyen de se changer les idées s'était transformé en obligation "familiale" qui la mettait hors d'elle. Non content de la trahir, il lui semblait que Béroc mettait en outre un point d'honneur à la rabaisser au rang de gamine écervelée. Avait-il déjà oublié grâce à qui il était sorti des geôles du Grand-Prêtre ?! Avec l'aide de la Hiérarque, certes, mais quand même ! Elle avait prouvé qu'elle savait se défendre. Et plus d'une fois !

Après cette passe d'armes qui avait surpris Béroc, la jeune fille n'avait pas desserré les dents. Le géant n'avait pas insisté et s'était mis en quête d'un étal qui lui promettrait des denrées fraîches. Slétès avait beau insister que tous les trois étaient ses invités, Béroc refusait de se laisser nourrir sans rien faire, d'autant qu'il savait que l'équipage de l'Insouciant était au complet et qu'il n'était qu'une main d'œuvre – sinon utile – non nécessaire. Et ce, même si Slétès avait trouvé en la Hiérarque une nouvelle vigie dont la vue prodigieuse leur avait permis de caboter plus que prévu, en louvoyant entre les récifs et les hauts-fonds que les navires préféraient assurément éviter. Surtout en cas de gros temps : les lames menaçaient constamment de jeter les vaisseaux sur ces barrières invisibles.

Béroc entreprit ainsi de choisir fruits et légumes qu'il savait riches en vitamines et les meilleurs remèdes contre le scorbut, cette maladie qui faisait saigner les gencives, déchaussait les dents, pourrissait l'haleine et entraînait la mort en déclenchant fièvre et terribles hémorragies. Ces denrées seraient un complément utile au maître-coq, quoiqu'il ne doutât pas que Slétès ait fourni à son cuisinier une liste avec les mêmes produits. À ses côtés, Théïa et Daïna emplissaient les sacs autrefois pleins que leur avait donnés la reine Kalaïa.

« Et voilà, mon bon messire ! Vous ne le regretterez pas !

– Combien ? demanda Béroc beaucoup plus pragmatique.

– Voyons, voyons… (Le marchand récapitula brièvement avant d'annoncer :) il vous en coûtera deux pièces d'argent et quatre de bronze !

– Trop cher. »

Après dix bonnes minutes de négociations, le maraîcher grimaça :

« D'accord, va pour une d'argent et huit de bronze.

– Marché conclu.

– Z'êtes dur en affaires, vous… », bougonna son interlocuteur.

Béroc ne répondit rien. Il sortit sa bourse cachée dans une doublure de son pantalon, régla sans un mot et la réintégra à sa place première. Machinalement, il porta la main à son cou pour s'assurer du pendentif. Sa main ne rencontra que le vide. Béroc pâlit. Il palpa convulsivement son torse à la recherche du pendentif, sans succès. Lorsqu'un de ses doigts s'accrocha dans une entaille. Un flash passa devant ses yeux. La bousculade. Son index descendit en droite ligne au-dessous de la première entaille, s'accrocha dans la seconde. Il en aurait hurlé de rage. Béroc salua froidement le marchand avec une brusquerie qui surprit tous ceux qui l'entouraient, puis, sac en main, se détourna de l'étal sans plus de cérémonie, cherchant déjà cet homme à la capuche qui se mouvait quelque part dans Ésode. Ses yeux balayèrent les visages, à la recherche d'un regard qui trahirait la cupidité, mais ne rencontra qu'une chose : l'indifférence. Il articula une série de jurons silencieux à faire rougir un marin, lorsque la voix ferme de Daïna glissa jusqu'à lui dans un murmure :

« Vous l'avez perdue, n'est-ce pas ?

– De quoi parlez-vous ? répliqua Béroc sur le même ton mal aimable.

– La Pierre de Lune Aigue-Marine ! » rétorqua la jeune femme sans se démonter.

Béroc ralentit le pas, laissant un peu d'avance à Théïa. Daïna resta à sa hauteur.

« Comment savez-vous… ?!

– Vous avez la Pierre depuis que nous avons quitté le palais de la reine Kalaïa. Je suppose que c'est elle qui vous l'a donnée… »

Le colosse ne répondit rien.

« L'écrin n'est pas totalement imperméable à la chaleur de la Pierre, précisa la Hiérarque. J'ai su que vous étiez en sa possession dès que vous êtes sorti de l'eau, sur l'Insouciant.

– Votre sensibilité est exceptionnelle…

– Votre méfiance aussi. »

Daïna jeta un coup d'œil circulaire pour vérifier que personne ne les écoutait.

« Notre première rencontre a été difficile, je suis la première à le concevoir. Mais je me permets de vous rappeler que nous avons désormais un ennemi commun…

– Exact. Mais la Pierre…

– Sans la Pierre, nous n'arriverons à rien, j'ai compris. Mais ne croyez pas que j'ai accepté de porter ce fardeau. Si je vous propose mon aide, ça n'est pas pour vous, mais uniquement pour Terra. Quoique j'ai encore du mal à comprendre pour qui ou quoi je me bats…

– Vous avez raison, dit lentement Béroc. Mon attitude est inexcusable. J'accepte bien volontiers votre aide.

– Considérez que je rembourse ma dette. Pour ce qui est de la Pierre, je pense que le voleur tentera de la revendre dans un des bouges non loin du port. Cela fait bien longtemps que je ne suis pas venue dans ces contrées, mais certaines places ont du mal à changer…

– Entendu. Je ferais en sorte que Théïa reste à bord de l'Insouciant : je ne veux pas qu'elle coure le moindre risque…

– C'est plus sage, en effet. Je vous retrouve devant l'Insouciant à la tombée de la nuit.

– Qu'est-ce que vous allez faire ?

– M'assurer que les receleurs n'aient pas l'occasion d'écouler trop vite la marchandise.

– Mais où… ? »

Béroc n'eut pas l'occasion de terminer sa phrase, Daïna avait déjà disparu. Il se hâta de rejoindre Théïa, qui ne manqua pas de remarquer l'absence de la Hiérarque. Elle ne posa pas de questions, mais se renfrogna. Rester seule avec Béroc ne l'enchantait guère. Mais apparemment, le choix ne lui appartenait plus. La jeune fille assura sa prise sur le sac qu'elle portait et reprit la direction du port, là où l'air iodé lui parvenait par trop brèves bouffées. Béroc lui emboîta le pas. Pour une fois, la mauvaise humeur de sa fille l'arrangeait et lui évitait des discussions embarrassantes. Il cacha au mieux son inquiétude, mais ne put empêcher ses pensées de tendre vers la Pierre d'Aigue-Marine. De longues heures de jour le séparaient encore d'une chasse par trop incertaine.

Chapitre 8

Continent d'Éther, ville d'Ésode

Ektos tenta vainement de remettre de l'ordre dans ses vêtements. Peine perdue. Son beau pourpoint rouge de Hiérarque comportait une admirable déchirure, qui nuisait considérablement à tous ses efforts de présentation. Avec un soupir, il abandonna cette cause désespérée et récapitula une nouvelle fois avec une grimace les dégâts de cette dernière heure : mis à part son habit en lambeaux, ses côtes protestaient quand il inspirait trop fort – encore une chance de les avoir à peu près toutes intactes... Sur ses mains, ses phalanges étaient abondamment écorchées de s'être frottées contre les robustes mâchoires des deux gorilles, mais Ektos gardait la satisfaction d'avoir fait sauter quelques dents et d'avoir étourdi de manière fort honorable l'un de ses deux adversaires. En revanche, l'autre ne s'était pas gêné pour lui tomber dessus de façon absolument déloyale : il lui semblait avoir un carillon dans la tête et une chape de douleurs sur le reste du corps. Être rossé n'était point dans ses habitudes. Et encore, ces deux balourds n'avaient même pas été capables de lui causer un réel dommage : tout au plus s'étaient-ils contentés de le battre comme un sac de plâtre sans chercher à comprendre où est-ce qu'ils frappaient. Son entraînement militaire lui avait forgé une admirable condition physique qui lui avait permis d'encaisser sans broncher quelques horions destinés à assommer un bœuf. Non, décidément, il aurait pu souffrir bien davantage... Heureusement qu'il guérissait vite.

À ses côtés, Kleptos ne pouvait en dire autant. Enfin, de son point de vue. Son nez gonflé le tourmentait et il se tenait l'auriculaire droit en geignant doucement, combattant bravement la douleur qui irradiait – tenaillait un peu – l'articulation malmenée par un maladroit lors de leur fuite : le repli stratégique pour lequel les deux compères avaient opté avait fait de lui la pièce maîtresse de leur retraite puisqu'il lui était revenu d'ouvrir la porte de l'estaminet. Hélas, une fraction de seconde précédant cet instant salutaire, il fut devancé par un ivrogne de l'autre côté du battant, qui poussa celui-ci avec un tel enthousiasme que Kleptos en vit trente-six chandelles lorsque la porte rencontra vigoureusement son appendice nasal, coinçant du même coup son petit doigt qu'il n'avait pas eu le temps de dégager de la poignée. Et pendant qu'Ektos faisait barrière de son corps pour le protéger – du moins, telle était son impression –, il n'avait eu d'autre choix que de tituber pendant de longues secondes – ce qui n'avait nullement choqué dans le contexte actuel – en attendant que se dissipassent les éblouissements qui lui brouillaient la vue. Une fois son environnement redevenu net, il avait retrouvé son supérieur et ami beaucoup plus en forme que ce que ne l'aurait laissé supposer la rossée qu'il venait de subir. Contre toute attente, les deux brutes l'avaient relâché avant d'avoir fini le travail puisque le Hiérarque parvenait encore à les insulter copieusement, le pantalon sur les chevilles. Une attitude qui manquait absolument de dignité selon Kleptos, mais dont il eut l'explication en entendant un tintement reconnaissable entre tous, qui rebondissait dans la main d'un des cerbères. Le petit homme savait que son ami pouvait être cachottier, mais la surprise était de taille :

« Ben mon coquin ! Tu voulais boire à l'œil ?

– Épargne-moi tes commentaires, veux-tu ?

– C'est surtout une peignée que tu aurais pu t'épargner…

– Tu t'es surtout épargné de m'aider, maugréa Ektos en rajustant son pantalon. Un beau pourpoint tout neuf… Tsss…

– J'étais derrière toi à te défendre âprement ! s'indigna vigoureusement le voleur.

– Tu t'es surtout défendu contre une porte, j'ai l'impression… Belle preuve de courage !

– Ça valait bien deux armoires !

– Très drôle ! Bon, lève-toi : on va retrouver notre voleur…

– Maintenant ? protesta Kleptos. Tu te crois en état de prendre une deuxième dégelée ?

– J'ai beaucoup mieux… »

Ektos sourit de toutes ses dents. Kleptos soupira : quand son compagnon arborait ce rictus, les ennuis n'étaient jamais bien loin…

La suite des évènements se déroula beaucoup mieux que ce qu'avait craint le voleur. Sitôt relevés, ils firent le tour de l'auberge et trouvèrent l'"entrée de service", en fait une arrière-cour qui ressemblait à toutes les arrière-cours pouilleuses des bouges : puant l'urine, embarrassée de fûts vides abritant des nichées de rats proliférants, sans compter les déchets divers et variés qui débordaient de barriques à l'usage détourné. Kleptos fronça le nez, sentant déjà son estomac remuer la mauvaise bière avec l'envie folle d'en purger son contenu. Ektos n'y prêta aucune attention. Ils se placèrent de part et d'autre de la porte et attendirent dans le calme. Ils étaient en début d'après-midi et il n'y avait pas un chat : comme tous les autres pochetrons, ceux de ce caboulot préféraient la discrétion de la nuit pour se livrer à leurs petits trafics.

L'attente fut de courte durée. Ils virent la bedaine de l'aubergiste avant même de voir sa trombine. Les deux larrons le laissèrent se rapprocher d'un fût neuf, que rien ne permettait de distinguer des autres, ni le bois sale ni l'odeur infecte. Alors qu'il s'apprêtait à le renverser pour le faire rouler jusqu'à l'intérieur, le tenancier sentit une présence dans son dos. Probablement rompu à l'art des guets-apens et certainement mieux formé encore par tous les complots de la vermine qui traînait dans son établissement en lorgnant sa tirelire, l'homme avait développé un sixième sens qui le prévenait de toute attaque éhontée et traîtresse. Il se retourna pour lancer au visage d'Ektos un poing massif, qui ne rencontra pourtant que le vide : le Hiérarque aussi avait cet instinct du combattant. Il dévia le poing qui lui était destiné et décocha une manchette au foie qui arracha un grognement de douleur au patron. Le sourire d'Ektos s'élargit : le foie d'un alcoolique était une cible de choix. Puis, le poing du soldat s'écrasa sur la mâchoire de l'homme, réduisant à néant le cri naissant. Le tavernier vacilla. Soudain, ses yeux s'agrandirent de surprise et il tomba brusquement à genoux dans un borborygme de souffrance, crachant dans le même temps les deux dents pourries qui menaçaient de l'étouffer. Il chuta en avant, mais fut repoussé sans ménagement contre un fût. La sensation froide de l'acier contre sa gorge acheva de le tranquilliser.

« Bien joué, mon ami !

– À ton service, mon compère ! » sourit Kleptos de toutes ses dents.

L'aubergiste tenta de tourner la tête vers celui qui tenait le coutelas posé sur son gavion, roulant des yeux furieux destinés à foudroyer ses agresseurs. Kleptos lui fit un clin d'œil : lui aussi savait se montrer discret, une qualité que l'ancien voleur s'efforçait de cultiver avec grand soin, très utile pour se débarrasser d'adversaires plus imposants que lui. Et généralement, les tendons derrière les genoux étaient une cible de choix pour mettre à portée de lame des gorges trop haut placées. Mais ce soir, il ne finirait pas le travail. Ektos et lui avaient d'abord besoin d'informations.

« Bon, mon grand gaillard, attaqua d'emblée Ektos. Tu cries, on te fait un deuxième sourire. Tes sbires se pointent, on te fait un deuxième sourire. Donc sage et silence. Compris ? »
La lame appuya un peu moins fortement sur le pharynx.

« Espèce de… ! »
L'acier entailla généreusement la peau, le sang perla. Le souffle du tenancier s'accéléra.

« Maintenant que tu es prévenu, es-tu disposé à m'écouter ? »
Ektos attendit quelques secondes puis fit signe à Kleptos. À nouveau, le coutelas quitta lentement, *très lentement* la gorge. L'aubergiste aspira une grande goulée d'air. Hochements de tête furieux, mais prudents.

« Le tire-laine qui m'a bousculé quand on est entré, tu le connais ?

– Ouais…

– Son nom ?

– Dekas.

– Où est-ce qu'il crèche ?

– Sais pas.

– Sûr ?

– Ouais, arrête, arrête, arrête ! »
Sur un signe d'Ektos, le couteau s'immobilisa à nouveau. La rage avait cédé le pas à la peur.

« Mon ami a la lame plutôt nerveuse. Je répète ma question : sa piaule ?

– J'en sais rien, noms de dieux ! Je te le jure !

– Je vais réfléchir à ta réponse… Disons que je te crois… Pour l'instant… Ce Dekas…

– …c'est un vide-gousset ! Plutôt doué ! haleta le tavernier. Il vient chez moi quand il est fauché !

– Mais c'est qu'il se montrerait bavard, l'ami ! apprécia le Hiérarque avec un rire grinçant. Et quand il n'est pas fauché ?

– J'en… J'en sais rien ! »
Le tavernier sentit l'acier aiguisé trancher inexorablement les tissus adipeux de son double menton. Il était persuadé que l'homme qui tenait le coutelas pouvait sentir les pulsations affolées de sa carotide battre non loin du fil.

« Allons, allons, susurra Kleptos. Tu es capable de nous dire son petit nom, sa qualité, mais pas ses habitudes ? M'est avis que t'es pourtant du genre à vouloir connaître les petits secrets de tes clients pour t'assurer un retour de leurs justes investissements dans ton jus de poisson... Alors ? »

Le double menton s'ouvrit lentement en deux. L'aubergiste retint un hurlement.

« Chez son receleur ! croassa-t-il. Chez son receleur ! Au "Joyeux Kraken" !

– Moi, je dis : rien de tel que la coopération pour se faire de bonnes relations ! » s'enthousiasma le petit homme.

Le voleur essuya consciencieusement sa lame sur la chemise de sa victime et la rengaina dans sa botte.

« Minute ! le retint Ektos. On n'a pas fini avec le bonhomme ! Où sont les pièces d'argent que tes larbins m'ont extorquées ?

– Des pièces d'argent ? releva Kleptos avec un sifflement de surprise. Et moi qui te croyais plus fauché que la dernière moisson !

– C'est pour les situations désespérées.

– Oh ! Je comprends. Dans ce cas, cherche à l'intérieur : ses fontes sont vides...

– Comment... ! s'offusqua le tenancier, avant de perdre l'équilibre et de s'effondrer face contre terre.

– Tu l'as déjà fouillé ? Parfait ! Viens, on va les récupérer !

– T'as déjà oublié les deux armoires ?

– Ton épée n'avait pas besoin de se dégourdir un peu ? Depuis le temps !

– Le rémouleur s'est déjà occupé de l'affûter, mais...

– Patron ? »

La porte de derrière s'ouvrit à toute volée, laissant passer dans l'encadrement l'un des hommes de main du tenancier, qui s'égosilla aussitôt :

« Wek ! À l'aide !

– D'accord, ronchonna Ektos, t'as gagné. On dégage : il va rameuter tout le quartier ! »

Les deux compères s'arrêtèrent de courir quelques ruelles plus loin. Ils guettèrent d'éventuels poursuivants qui ne vinrent point. Rassurés, ils reprirent leur chemin d'un pas tranquille après avoir repris leur souffle.

« Et tu sais où c'est le… "Joyeux Kraken" ? s'enquit Kleptos .

– Absolument pas. On verra plus tard. Pour l'heure, je ne dirais pas non à une bonne sieste et à un bon lit. Même le hamac me paraîtra confortable… Juste avant la cérémonie d'accueil de l'ambassade, ce sera parfait.

– Tu pousses un peu, là… Dans ces trucs-là, sur l'eau ou sur terre, j'ai toujours le mal de mer… Et cette cérémonie sera d'un ennui !

– Et tu es d'un difficile ! Mais pour la cérémonie, je dois dire que tu as raison. Que veux-tu ! Le devoir avant tout !

– Venant de ta part, je croirais entendre un Paria déclarer sa flamme au Grand-Prêtre.

– Compagnon, tu es d'une mauvaise foi absolue. Au fait, tu me dois quatre pièces de bronze pour la bière…

– Quoi ?! »

L'exclamation outrée de Kleptos fit trembler les murs décatis de la ruelle.

« Les pièces d'argent étaient pour les frais de service, mais ces brigands m'ont arraché les dernières piécettes et j'ai dû payer la dernière tournée que tu voulais m'offrir, expliqua Ektos avec aplomb.

– Mais… Mais… Mais… Mais c'était toi qui… Ektos… Ektos ! Reviens ici ! Ektos ! »

Rendu muet par tant d'outrecuidance, Kleptos se précipita à la suite de son compagnon en gesticulant, brassant l'air déjà chaud de l'après-midi avec une vigueur renouvelée. La ruelle retrouva bientôt son calme et s'endormit pour de bon dans la moiteur de la mi-journée.

Chapitre 9

Quelque part sur Éther

Loin au nord d'Éther, la nuit avait déroulé son grand manteau d'obscurité, aussi calme et noir qu'une nuit sans Lunes. Mais ce manteau brûlait. Des foyers d'un jaune incandescent le grignotaient ; de larges trous béaient, laissant s'échapper des fumerolles sombres qui peinaient à raccommoder les plaies qui s'agrandissaient sans cesse. L'odeur fraîche qui la caractérisait d'habitude s'effaçait, remplacée par l'odeur forte de la paille brûlée, des chairs qui se consumaient. Et le calme... Le calme que la nuit chérissait tant, ponctué par les dialogues mélodiques des oiseaux de nuit... Le calme n'était plus qu'un lointain souvenir, déchiré par les cris des mourants et les grognements bestiaux des assaillants.

L'épée de Polònn s'abattait sans relâche depuis de nombreuses minutes. Plus de deux mois s'étaient écoulés depuis leur première attaque et celle-ci était déjà leur onzième, la plus grosse offensive qu'ils aient menée depuis le début d'ailleurs. À présent, la nouvelle s'était propagée que leur groupe grandissant semait mort et destruction, qu'ils avaient repoussé la Malédiction qui les rongeait. Désormais, les villages étaient mieux gardés, il était plus difficile d'y entrer. Mais lors de chaque nouvel assaut, Polònn observait toujours cette lueur d'incrédulité quand ses futures victimes voyaient les taches de Pourpre orner son corps et ceux de ses camarades. Toujours l'effroi. Et encore la surprise – la dernière – quand la lame plongeait dans les entrailles.

Autour de lui, ses Parias s'en donnaient à cœur joie, donnant libre cours à toutes leurs pulsions qu'ils avaient retenues, contraints et forcés, pour libérer la haine qu'ils avaient accumulée durant des années de brimades, de privations. Mais surtout, ils se remettaient à jouir de leur corps qui jusque-là leur avait fait défaut, retrouvant une vigueur débordante qui ne demandait qu'à jaillir. Au point que Polònn avait dû les astreindre à une discipline de fer pour qu'il puisse mener lui-même à bien sa propre mission. Sur ce point, il ne pouvait qu'être satisfait : tous les villages attaqués jusqu'à présent n'avaient guère opposé de résistance, les pertes étaient on ne peut plus négligeables – à chaque fois, seulement un ou deux Parias qui avaient manqué de prudence – et l'expérience engrangée des combats en avait fait chaque fois des recrues plus aguerries, plus promptes à obéir aux ordres et à les respecter. Et une bonne armée avec de glorieux succès en attirait bien d'autres : désormais, les Parias qu'ils rencontraient se joignaient à eux plus rapidement, alléchés par les promesses de revanche qu'il ne lui était guère difficile de tenir, contribuant toujours davantage à asseoir une légitimité de moins en moins remise en question.

Polònn abattit négligemment son épée sur un homme suppliant. Les huit ou neuf premiers villages n'avaient été qu'une répétition grandeur nature de cette opération. Mais, déjà, quelques sommaires fortifications apparaissaient sur leurs cibles. Des installations de fortune qui ne résistaient pas longtemps à leur rage et aux flammes qu'ils apportaient. Mais au fur et à mesure de leurs massacres, les Parias rencontraient des constructions plus solides ; une défense mieux organisée, souvent des milices paysannes peu entraînées ; et une fois seulement ils avaient affronté un Garde d'Émeraude, un mercenaire qui avait rapidement succombé sous leurs coups et leur nombre furieux. Et pour cause : il représentait l'affront ultime pour les Parias autrefois dotés de Capacités et que la Pourpre leur avait ôtées sans ménagement, muselant leur double animal. Celui-ci, bien souvent, se laissait mourir de désespoir, incapable de survivre dans une gangue de chair où il était isolé de toutes sensations, privé de ses cinq sens. Il était tout au plus une conscience, qui s'éteignait devant son double humain impuissant. À sa disparition, l'humain survivait tant bien que mal, entre colère et affliction. Ironie du sort, c'était bien la Pourpre elle-même qui empêchait le Paria de mettre fin à ses jours à cause de la trop grande faiblesse qu'elle engendrait, causant davantage de douloureuses mutilations qu'une réelle délivrance.

Le chef des Parias essuya son épée sur le vêtement de la femme agonisante, la gorge ouverte. Les tumultes du combat s'apaisaient, les gémissements des mourants s'estompaient tandis que ceux des blessés – Parias ou autres – perçaient de temps à autre l'entrelacs de bruits qui annonçaient la fin des violences. Il se redressa et regarda autour de lui. Il rengaina son épée, s'éloigna de quelques pas, la tête encore bourdonnante de cris. Dans le ciel, le jour se levait. Le soleil pointait timidement ses premiers rayons sur ce cadre montagneux d'une beauté à couper le souffle. Les forêts de sapins sur les flancs des montagnes narguaient les solides chênes du plateau. N'eût été le sang qui colorait l'eau de la rivière d'un rouge très clair, ses flots transparents auraient reflété les éclats de lumière naissante sur les écailles des poissons. Vu du ciel, seule la tache noire du village incendié jurait dans ce décor immaculé, les gros panaches de fumée opaque qui s'en échappaient résonnant comme un sinistre avertissement ou un heureux évènement pour les oiseaux charognards et les bêtes sauvages qui vagabonderaient près de ce lieu : la mort rôdait.

« Et la mort a grassement prélevé son tribut », songea Polònn avec satisfaction.

Il avait beau avoir l'humeur légère, une ombre à ce tableau idyllique le contrariait toutefois. Promenant ses yeux sur les cadavres qui jonchaient le sol, il repéra quelques peaux blafardes striées de Pourpre, les visages figés dans une expression de surprise. On leur avait promis la vie et la revanche sur la souffrance, ils s'en tiraient seulement avec une mort qui n'avait que parachevé l'action de la Malédiction. Il dénombra une quinzaine de Parias environ.

Un pli contrarié barra son front. Il tolérait les pertes, mais, cette fois, le nombre dépassait près du double de ses prévisions. À ce rythme, sa petite armée serait saignée avant d'arriver à la première vraie ville. Ses Parias tenaient grâce à la rage, au sang promis de la vengeance, à prendre tout ce qui leur avait été refusé pendant si longtemps : argent, femmes, bonne chère. Mais toutes ces promesses ne valaient pas un pet de mouche quand une lame – même de mauvais acier – perçait une poitrine dénudée parce qu'ils n'avaient pas encore d'armurier ou de simple forgeron capable de forger un bout de métal qui pourrait faire la différence et faire de leur haine une véritable arme. Les villages qu'ils pillaient ne comportaient rien de tout cela. Et la nouvelle du renouveau des Parias progressait plus vite qu'eux. Ils devraient se renforcer encore plus vite, sinon… Sinon, il ne pourrait pas mettre le continent à feu et à sang comme il en rêvait. Comme lui avait promis le Bossu. D'ailleurs, il ne le voyait nulle part celui-là…

Polònn haussa les épaules et avisa plutôt une enseigne annonçant un marigot faisant office d'auberge et d'estaminet. Des rires résonnaient, en même temps qu'à l'unique étage retentissaient des pleurs d'homme ou de femme, il ne savait pas trop. Il s'y dirigea d'un pas lent. Toute vie indésirable avait été nettoyée, il pouvait maintenant se détendre, un peu. Il passa le pas de la porte défoncée et pénétra dans ce qui avait été autrefois la partie réservée à l'accueil des clients : deux tables avaient été brisées et servaient à présent de combustible pour une belle flambée qui crépitait dans l'âtre. Devant le foyer, un Paria surveillait la cuisson d'une imposante volaille, certainement chapardée à l'arrière de la cuisine. Il portait régulièrement une chope à ses lèvres, qu'il remplissait tout aussi régulièrement dans le tonneau debout à côté de lui. Non loin, sur l'unique table branlante, trois autres Parias s'affairaient à emballer nombre de victuailles dans des baluchons improvisés. Saucissons secs, viandes et poissons séchés ou fumés, légumes secs, biscuits, tout ce qui pouvait être mangé était emporté. À l'arrivée de leur chef, les Parias relevèrent la tête, la main sur l'épée courte ou la hache encore ensanglantée. Le reconnaissant, ils se levèrent pour le saluer. Polònn les arrêta d'un geste :

« Continuez ce que vous faites. »

À l'étage, les cris se poursuivaient, montant en intensité.

« Éh bé ! L'rattrape l'temps perdu, l'gros bougre ! » ricana une femme, les mains tachées et le visage vérolé.

Son compagnon, un diable au nez éclaté qui lui faisait comme un groin, approuva :

« Comme nous tous, j'pense…

– Ouais… Mais entre nous, jamais vu un gars aussi empourpré que lui… »

L'autre approuva encore, silencieusement cette fois. "L'gros bougre" en question faisait référence à un Paria immense qui les avait rejoints quelques semaines plus tôt avant la grande offensive. Il avait erré seul plusieurs jours dans les forêts d'Éther, délivré il ne savait par quel miracle du Sceau qui lui avait ôté toute vigueur. Il ne brillait nullement par son esprit, loin de là, mais il était doté d'une force herculéenne qui lui avait fait rapidement comprendre qu'il pouvait prendre tout ce dont il avait envie sans que les autres ne viennent l'ennuyer. C'était cette force qui lui avait permis de survivre dans les bois, développant des talents de chasseur qu'il ne s'était pas connus jusque-là. Tout ce qui passait à portée de bouche ou de main, il s'en emparait. Et gare à ceux qui s'opposaient à lui. Le Gros Bougre s'était créé une réputation de terreur qui l'avait finalement conduit au pire châtiment pour ses crimes en nombre. Et la Pourpre avait eu sur lui un effet dévastateur, lui embrasant le corps et marquant sa peau sur l'intégralité de sa carcasse, fait assez rare pour être souligné. Lui, bien sûr, n'avait pas compris cette indicible souffrance à laquelle on l'avait condamné et avait soudainement dû faire face à la vindicte de tous ceux dont il avait volé la pitance ou abusé du fondement. Ce fut le seul moment de sa vie où Gros Bougre avait pris peur et s'était enfui – comme il le pouvait – d'un endroit habité. Il avait été retrouvé par hasard par les hommes de Polònn et ramené au campement, où, comprenant que sa force était revenue, il était aussitôt retombé dans ses anciens travers. Polònn était intervenu juste avant que ses hommes ne lui fassent rejoindre et tourmenter ses propres aïeux. Pour la première fois de sa vie, Gros Bougre avait reçu une correction mémorable et obéi à un ordre. Mais ce que le Paria au nez de groin n'aimait pas, c'était que cette montagne de muscles sans cervelle en avait suffisamment pour se fondre dans la masse pour survivre, tout en savant, qu'au fond, il ne désirait qu'une chose : prendre ce qui lui plaisait sans en référer à qui que ce soit. En témoignaient les cris qui atteignirent un nouveau paroxysme avant de s'achever dans un gargouillement.

« Enfin un peu de calme ! » s'exclama bruyamment la femme vérolée, mais un peu trop fort pour dissimuler pleinement son malaise.

Polònn saisit sans rien dire un saucisson que son subalterne s'apprêtait à emballer dans un des baluchons et y mordit à pleines dents. La chair salée inonda ses papilles. Il était certain d'une chose : pas besoin de tout ce raffut pour savourer tout ce que leur offrait l'existence. Quant à ce que faisait Gros Bougre en question, il n'en avait que faire, que cela plaise ou non à ses hommes.

Un pas lourd au-dessus d'eux fit sinistrement craquer une planche, puis une autre. Elles grincèrent les unes après les autres, lorsque Gros Bougre franchit la porte de l'unique chambre, puis emprunta les escaliers. Enfin, *il* apparut. Une masse énorme qui devait mesurer dans les deux mètres cinquante et allègrement dépasser les deux quintaux. Le pantalon hâtivement remis et la chemise à la main ne cachait plus son torse puissant, des bras semblables à des madriers et des paluches propres à écraser un crâne. La Pourpre lui donnait en outre une dimension plus féroce, plus sauvage. Mais elle ne dissimulait en rien l'œil gonflé et injecté de sang, le nez cassé et la marque sombre d'une côte brisée en cours de guérison. Résultat de la correction que Polònn lui avait infligée pour le faire rentrer dans le rang. Et encore, il allait mieux : Gros Bougre ne marchait plus les jambes écartées comme les premiers jours. C'était souvent la faiblesse des forces de la nature : à trop vouloir compter sur ses poings, ils en négligeaient de protéger le reste.

Quand ses yeux lents se posèrent sur son chef, il guetta un signe. Comme rien ne venait, il déplaça sa lourde masse près de la flambée et se mit à observer avec attention la volaille qui achevait de rôtir. Les autres Parias reprirent plus sereinement leurs occupations : depuis que Gros Bougre avait pris sa trempe, il se tenait à carreau. Les conversations recommencèrent, mâtinées de rire.

Polònn se détendit. Il termina sa mangeaille, but d'un trait la chope de vin que lui avait obséquieusement tendue un des hommes et ressortit. Déjà, il sentait une énergie nouvelle courir dans ses veines en même temps réchauffées par le soleil qui dominait à présent les montagnes. Pour un peu, même sa soif de voir les non-Pourpres baigner dans leur sang s'animerait de nouveau. En vérité, et malgré les pertes, il avait hâte de mener ses soldats à quelques lieues vers l'ouest, là où il savait trouver un autre village isolé dans les altitudes des Monts Déchirés, et de tirer son épée. Peut-être demain ou après-demain. La vengeance n'imposait aucun répit.

Mettant le cap sur le campement qu'ils avaient dressé à l'extérieur de la ville, Polònn regarda autour de lui. Quelques-uns de ses hommes poursuivaient leur funeste besogne de mettre à sac les habitations vides de leurs occupants pour en retirer tout ce qui leur paraissait profitable, vendable, monnayable, échangeable, mangeable, buvable. Le butin serait ramené au camp et partagé ou joué. Sur ce dernier point, le chef avait été très clair et les Parias avaient accepté ses conditions sans rechigner : aucune bagarre n'était tolérée. Si par malheur une rixe venait à éclater, le châtiment était sans appel pour tous les fautifs, peu importaient le ou les initiateurs : chaînes, pain rassis, avec l'interdiction de participer aux deux raids suivants. La perspective de perdre des occasions de pillage et de s'adonner sans restriction à toutes leurs pulsions refroidissait drastiquement les velléités de conflits.

Polònn adressait des signes de tête aux Parias qu'il croisait, les bras chargés de leurs rapines. Parler de "soldats" aurait prêté à rire tellement cette armée était hétéroclite : des gueux, des traîne-misère sans le sou, des paysans sans terre, des voleurs, des violeurs et des meurtriers aux nuances de Pourpre allant de quelques taches à des membres – voire le corps – entièrement tapissé de cette damnée couleur. Gros Bougre en était un des plus criants et voyants exemples. Certains de ces "soldats" avaient même essayé de créer une hiérarchie en fonction de la Pourpre qui les recouvrait. Polònn avait rapidement réfréné leur ardeur : des brutes meurtrières ne valaient pas moins que des voleurs aux mains propres mais à l'intelligence non moins meurtrière. En outre, personne n'avait envie d'avoir Gros Bougre comme général. Non, seuls les mérites seraient pris en compte.

Les cris des victimes autour de lui avaient cessé. Soit on avait mis fin à leur agonie, soit celle-ci ne tarderait pas à prendre silencieusement fin. Ce soir, ce gros village serait mort, au sens le plus littéral du terme. Il resterait probablement deux ou trois blessés, moribonds, cachés quelque part en train de simuler le trépas avant que celui-ci ne vienne effectivement les prendre pour de bon. Les plus chanceux survivraient peut-être, sortiraient des décombres hagards, ne verraient plus que ruines et désolation. Ils deviendraient fous ou réussiraient à rejoindre un autre village où ils témoigneraient de la férocité des Parias, de leur retour inexplicable à la vie. Malgré eux, ces survivants instilleraient la peur et l'horreur, faisant à la place des Parias ce travail de sape, qui leur donnerait un petit avantage au prochain raid. Certes, chaque fois, les murs ou les palissades rencontrées seraient plus résistants, plus durs à forcer, mais les Parias gardaient pour eux leur haine intacte de ceux qui les avaient condamnés à la Pourpre, cette haine qui leur ferait abattre tous les obstacles qui se dresseraient sur leur chemin. À ces pensées, Polònn sentait son sang bouillonner d'excitation. Toutes ces années de sévices, privations, humiliations et souffrances étaient désormais derrière lui ! À présent, l'heure était à la reconquête de tout ce qu'on lui avait ôté. Et il ne se gênerait pas pour y rajouter des intérêts exorbitants.

« Polònn ! »

Le chef des Parias releva la tête. Un adolescent d'une quinzaine d'années accourait vers lui. Une jeune recrue à qui on avait "offert" la Pourpre pour avoir tué ses parents. Lui, il lui avait offert la reconnaissance et une mission : surveiller tous les faits et gestes du Bossu et lui faire un rapport détaillé de toutes ses actions.

« Qu'y a-t-il ?

– Un oiseau..., tenta d'expliquer le jeune homme à bout de souffle. Un oiseau... pour le Bossu !

– Quand ?

– Je suis parti aussitôt que je l'ai vu atterrir.

– Le Bossu a déjà connaissance de la nouvelle ?

– Non : il venait de s'absenter du camp quand je suis parti pour vous prévenir. Jil m'a remplacé pour le suivre, ajouta précipitamment le garçon en voyant son mentor froncer les sourcils.

– Vers où est-il parti ?

– En direction de l'est.

– Vers le surplomb… Je vois. Retourne là-bas et surveille l'oiseau. S'il revient et ouvre le message, tâche de savoir de quoi il en retourne. J'arrive.

– À vos ordres ! »

L'adolescent repartit à toutes jambes en sens inverse.

Une fois seul, Polònn accéléra le pas, songeur. Le Bossu les avait rejoints une dizaine de jours auparavant. C'était son deuxième séjour, le premier remontant à peu après à la renaissance de la Lune de Saphir. Il oublierait difficilement ce jour où cette difformité s'était présentée à lui. Lui, perclus de douleurs, vautré dans ses excréments parce qu'il était devenu trop faible pour satisfaire de manière correcte ses besoins les plus élémentaires. Pourquoi le Bossu l'avait abordé, lui ; comment il l'avait trouvé ; par quel mystérieux moyen avait-il enrayé la Malédiction de la Pourpre, ces questions avaient à peine affleuré la surface de son esprit avant de sentir la douleur se retirer entièrement deux jours après son passage. Le marché avait été conclu en quelques minutes : contre la souffrance de la Pourpre, on lui offrait la rédemption et une mission. Il n'avait pas demandé en quoi consistait cette dernière. Il avait accepté sur-le-champ. À peine « Oui » avait-il franchi ses lèvres qu'un poids immense lui avait paru s'être ôté de ses épaules. La douleur qui avait subsisté n'avait déjà plus rien de comparable. Le Bossu ne s'en était guère ému et lui avait annoncé sa mission de sa voix monocorde et qui aurait pu tenir en un mot : chaos.

Mais si le Bossu avait cru s'attirer sa loyauté avec cette guérison miracle, il aurait été déçu de connaître la vérité. Polònn se réjouissait seulement d'une opportunité qu'il avait su saisir ; pour le reste, il n'avait que méfiance et aversion à son encontre. Ils avaient le même Maître, mais lui, Polònn, n'avait été assujetti que par obligation. Pour les besoins de sa mission, Khélion lui avait dévoilé l'identité du Maître et la surprise avait été totale :

« Désormais, tu es lié par Son Nom, lui récita le Bossu d'une voix étrange. Ta loyauté Lui est acquise. Tes lèvres seront scellées sur Son Nom et sur Sa qualité. Si tu le trahis, la Pourpre te consumera plus lentement et plus douloureusement que le feu. Tu perdras ta raison. Tu perdras ton nom. Tu perdras ta vie et tu ne gagneras même pas ta mort : le Maître seul t'absoudra. »

Depuis cet instant, Polònn était tiraillé entre la soif de vivre chaque seconde qui lui était accordée et sa haine croissante à l'encontre du Grand-Prêtre, bourreau et sauveur à la fois. Comment aurait-il pu réellement choisir entre une souffrance aussi extrême que la Pourpre et ce salut qu'on lui avait fait miroiter, auquel il n'aurait pu évidemment résister ? Il était à ce point déchiré par cette pensée qu'il en avait fait des cauchemars des nuits durant où, chaque fois qu'il voulait prononcer le nom ou la qualité du Maître, sa longue se collait à son palais et l'étouffait immédiatement. Se lancer à corps perdu dans l'organisation de sa mission avait été sa seule échappatoire. Et sa première bataille, sa délivrance. Depuis, il s'était résigné sur un point : il aurait un Maître. Non sans s'être juré d'asseoir son propre pouvoir pour regagner sa liberté.

Le Paria Polònn avait entrepris d'exécuter avec prudence l'objectif qu'on lui avait assigné, avec le succès qu'on lui connaissait. Il avait vu revenir le Bossu d'un œil méfiant et s'était préparé à une âpre bataille d'influence pour savoir qui allait commander les Parias et, du même coup, entraver son ascension vers *sa* liberté. Il n'en fut rien. Le Bossu s'était contenté de rester à distance et de les suivre sans effort. Il n'avait participé à aucune des attaques, ni ne s'était mêlé aux hommes pour les réjouissances après les victoires. Les Parias ne lui parlaient pas, l'évitaient, parfois même avec superstition, s'empressant de conjurer le mauvais sort dès qu'ils le croisaient. Polònn lui-même ne faisait que supporter sa présence et ne se gênait pas pour lui montrer tout son dédain. La raison pour laquelle cette difformité était revenue lui était inconnue. Il lui tardait surtout qu'il reparte. Or peut-être que ce moment était enfin venu.

Le chef des Parias arriva au camp environ un quart d'heure plus tard. Celui-ci avait été installé en pleine forêt, à l'abri du regard des Aigles qui survolaient possiblement la zone. Il y résonnait des rires sonores accentués par l'alcool trouvé en abondance et des tintements métalliques provoqués par des mains avides plongées dans un butin prolifique. Des feux brûlaient, dégageant une fumée blanche qui se perdait dans les frondaisons. Les Parias mangeaient et buvaient, se racontant leurs exploits avec force détails et mimiques. Il retrouva son jeune messager qui l'attendait près de l'un des foyers, grignotant debout une tranche de pain noir agrémentée d'un morceau de viande. Dès qu'il l'aperçut, il se précipita vers lui.

« Polònn ! appela-t-il la bouche pleine. Le Bossu n'est toujours pas là !

– L'oiseau ?

– Sur son piquet. Personne ne l'a approché comme vous l'aviez ordonné.

– Bien. Tu peux disposer. »

L'adolescent s'échappa sans demander son reste. Avec cette histoire, il n'avait même pas eu le temps de se rassasier décemment. Il s'empara d'un jambon de bonne taille qui dépassait d'un panier de victuailles fraîchement rapportées du village et s'installa confortablement près d'une flambée où devisaient joyeusement ses compagnons.

« L'avait l'air pressé, M'sieur not' chef..., commenta une Paria entre deux âges.

– Un message pour l'Bossu.

– C'tte carne ? ricana la femme en se signant néanmoins. Lui fais pas confiance, à lui...

– Au contraire, réjouissez-vous, sourit un autre au visage mafflu.

– Pourquoi ? s'enquit avidement le jeune homme.

– Ça veut dire du sang... »

Il mordit à pleines dents dans un quartier de viande sanguinolente.

« Oui, du sang ! »

L'oiseau – un gros rapace, plus rapide que son cousin d'Émeraude, une marque noire sur le front – attendait patiemment sur son rocher, picorant goulûment un bout de mauvais gras qu'on avait bien voulu lui jeter près de son perchoir. Il n'était pas dans sa nature de s'aventurer trop loin de son point d'arrivée, aussi, une fois qu'il eût terminé ce qu'on lui avait donné, il retourna sur son juchoir et s'employa à somnoler pour récupérer quelques forces pour son prochain voyage. Mais toujours avec un œil aux aguets. Malgré cette garde avisée, il ne remarqua qu'au dernier moment la main déformée s'emparer du lacet de cuir accroché à sa patte. Il battit frénétiquement des ailes, mais s'immobilisa bientôt, retenu par cette poigne ferme. L'oiseau, la tête en bas, se remit finalement d'aplomb et agrippa de ses serres le bras laissé nu. Sans que la corne aiguisée entamât la peau.

« Quelles nouvelles m'apportes-tu ? »

La voix grave le calma aussitôt. Il aimait bien cette voix. Puis il sentit une main adroite dénouer le cordon qui retenait le petit tube cylindrique solidement attaché à son tarse.

Khélion flattait l'oiseau d'une voix indifférente pendant qu'il décrochait le message. La cire qui scellait le tube était lisse. Pas de sceau. Le secret était de mise. Même pour le chef des Parias qui s'approchait derrière lui à pas de loup. Le Bossu ne lui prêta aucune attention. Après avoir remis le volatile sur son perchoir, il décacheta le cylindre et fit tomber dans sa paume deux petits feuillets enroulés l'un dans l'autre. Ceux-ci étaient recouverts d'une écriture fine et serrée, alternant chiffres et symboles qu'un non-initié se serait trouvé dans l'incapacité de déchiffrer. Il le lut attentivement une première fois, puis une seconde fois, s'assurant qu'il en avait bien retenu tous les détails. Il les chiffonna avant de les porter à sa bouche.

Le chef des Parias avait regardé le Bossu, contrarié d'être tenu à l'écart des manigances et surtout dégoûté : ce geste était dans la même lignée que celui, abject, ordonné par le Bossu, et exécuté lors de l'attaque du premier village. Polònn avait dû débusquer la vieille femme terrifiée qui leur servait de chef et l'avait tuée de ses propres mains. Avant de découper sur sa charogne le morceau de peau tatoué, insigne de sa charge. Au même instant, un oiseau, le front taché de noir, s'était posé à côté de lui. À sa patte, un cylindre. Le Paria avait tout de suite compris. L'oiseau était reparti et l'exercice s'était répété chaque fois, avec la crainte d'être surpris à récolter pareil trophée : certains de ses hommes verraient d'un mauvais œil ce qu'ils pourraient prendre pour de la sorcellerie ou pour une perversité. À raison. Mais au fil de leur campagne sanglante, un oiseau avait systématiquement surgi, atterrissant à ses côtés, attendant d'être servi. Chaque fois, Polònn s'était exécuté, de plus en plus rapidement, à l'abri des regards quand il le pouvait, y compris aujourd'hui. Sauf qu'aucun oiseau ne s'était posé. Il avait quand même empoché son sinistre butin, au cas où. Le chef des Parias ignorait ce qu'il advenait de ces morceaux de peau. Mais parce que le Bossu était à l'origine de cette manœuvre, cela ne faisait que lui confirmer l'idée que c'était un être immonde. Une aberration telle, qu'il se demandait bien comment la Nature avait pu accoucher d'un monstre pareil et comment les hommes avaient pu le laisser vivre. Le dégoût de Polònn ne fit que s'accentuer quand il le vit mâcher le message et l'avaler, non sans difficulté. Seulement après ce dernier geste accompli, Khélion se retourna enfin vers lui :

« Le signal du Maître, dit-il simplement.

– Et ? »

Khélion ne releva pas le ton insolent de Polònn. Il lui était – au même titre que l'oiseau – complètement indifférent. Le Paria n'était ni plus ni moins qu'un outil dont se servait le Maître pour accomplir ses desseins. Néanmoins, une partie du message le concernait.

« Je dois partir, annonça le Bossu d'une voix neutre.

– Pas trop tôt, grommela Polònn assez fort pour être entendu.

– Continuez votre action sur Éther. Vous serez l'œil et la main de mon Maître…

– On se débrouillait déjà très bien sans vous, avant votre arrivée.

– Le Maître en sera seul juge.

– Éh bien, dites à votre Maître que son chaperon est aussi inutile que hideux, et que sa méfiance me blesse profondément.

– Je lui transmettrai vos doléances.

– Parfait.

– Nous vous recontacterons bientôt : soyez prêts. Maintenant, pardonnez-moi, je ne puis rester : ma nouvelle mission m'attend.

– Mais je vous en prie, très cher *Bossu.* »

Sans prévenir, le Bossu tendit la main. Polònn fut pris au dépourvu : devait-il vraiment serrer la main de cette chose ? C'était la première fois qu'il...

« L'insigne. »

Le Paria mit un instant avant de comprendre. Il porta la main à la petite poche de cuir cachée dans son pourpoint, s'assura que personne ne les regardait et la lança au Bossu. Khélion la rattrapa avec une habileté surprenante, puis en extirpa le carré de peau de la taille d'une paume. Il en mémorisa le tracé avant de le porter à ses lèvres. Polònn le regarda faire avec horreur et dut même se détourner un instant pour ne pas vomir. Les bruits de mastication saccadée et les hoquets d'ingurgitation forcée achevèrent de le convaincre qu'il avait affaire à un monstre d'inhumanité.

Sa tâche accomplie, Khélion regagna l'emplacement inconfortable qu'on lui avait fort obligeamment désigné pour poser ses affaires : un trou dans la terre, causé par la chute et le déracinement de cet arbre qui gisait près de lui comme un animal mort. L'endroit grouillait de vers et d'insectes en tous genres en même temps qu'il était cerné d'orties. Pourtant, Khélion n'avait pipé mot et s'y était installé. Si les Parias avaient espéré des cris d'effroi ou des rebuffades de sa part, ils en furent pour leurs frais. Le Bossu n'avait pas bronché, tandis qu'inexplicablement, cancrelats et autres rampants avaient déserté les lieux. Khélion reprit son sac de cuir alourdi de quelques provisions et le passa en bandoulière, la sangle bien en appui au milieu de sa bosse. Puis il s'empara de son bâton de marche, une tige informe dont le seul mérite était sa solidité. Le Bossu tourna les talons et disparut derrière un arbre sans un regard derrière lui ni un mot de plus.

Pâle comme un linge, Polònn suivit l'homme déformé du regard, non sans garder la main crispée sur son épée : son envie de le faire passer de vie à trépas était intacte. Seule la superstition retenait son bras : peut-être avait-il trouvé pire horreur que la Pourpre et que tuer le Bossu le condamnerait à son tour. Il... Non ! Le Paria secoua la tête. Il devait se ressaisir. Penser droit. Terre à terre. S'il ne tuait pas le Bossu, c'était parce qu'il craignait les représailles du Grand-Prêtre. Organiser la plus grande trahison de Terra n'était pas à la portée du premier venu et il serait dangereux, sinon inconscient, de le défier. Oui, c'était ça. Bravache, il haussa des épaules dédaigneuses à l'attention de Khélion :

« Qu'il aille rouler sa bosse ailleurs ! Éther m'appartiendra, avec ou sans son aide… »

Le chef des Parias regagna le campement d'un pas pressé. Il ne devait plus penser qu'à sa mission sur Éther. Si le Bossu lui avait dit de poursuivre son action, cela signifiait que d'autres Parias attendaient d'être réunis pour la conquête qui s'annonçait. Et la conquête, comme le pouvoir, n'attendait pas :

« On lève le camp ! hurla Polònn d'une voix de stentor. Notre cause ne mérite pas d'attendre ! Et les traîtres non plus ! »

La première surprise passée, une immense clameur lui répondit. Polònn sourit, rassuré. Le Grand-Prêtre voulait le chaos ? Il aurait le Chaos…

Chapitre 10

Continent d'Éther, ville d'Ésode

La pierre brillait d'un bleu que Dekas n'avait jamais vu auparavant. Dans son logement, un taudis loué à la hauteur de ses moyens, le voleur contemplait à la lumière de sa lampe cet étrange minéral avec un mélange de curiosité et de convoitise. S'il l'avait tout d'abord apparentée à un saphir un peu clair, voire à une aigue-marine – ce qui en soit était déjà une aubaine –, il avait rapidement révisé son jugement lorsqu'il avait observé des nuances de bleu évoluer dans le joyau, comme les vagues incessantes de l'Océan changeant de couleurs sous la lumière du soleil. Il l'avait regardée un long moment, chose qui lui arrivait pourtant rarement même devant une pièce exceptionnelle : il ne s'attardait guère sur le produit de ses vols – non, de ses exploits – parce qu'à son sens, il était inconvenant de s'attacher au bien d'autrui. Est-ce qu'un éleveur de moutons s'attachait à ses bêtes, alors qu'il savait qu'elles étaient promises au couteau du boucher ? Dans son cas, l'analogie était presque parfaite. Quoique le couteau du boucher s'apparentât davantage au coutelas d'un confrère ou d'un spadassin envoyé par le légitime propriétaire pour retrouver le patrimoine dont il avait été délesté. N'eussent été ses dettes – en nombre raisonnable, du moins essayait-il de s'en convaincre –, il eût bien volontiers gardé un peu plus longtemps et par-devers lui cette curiosité minérale. Mais voilà, sa réalité était tragiquement différente, et il lui fallait ainsi remédier à des maux bien plus terre-à-terre et bien plus envahissants que ses envies personnelles : les créanciers.

Avec un soupir de résignation et un dernier regard enamouré à la pierre bleue, il la fit disparaître dans le petit cocon de bois qui reposait sur la table. La cordelette et son fermoir argenté pendaient lamentablement, mais Dekas ne se donna même pas la peine de les enlever : bientôt, tout ceci ne serait plus qu'un agréable souvenir. Le voleur jeta un coup d'œil derrière le voile noir qui recouvrait sa fenêtre et le protégeait des indiscrets, et vit que le soleil était encore trop haut dans le ciel pour rencontrer celui qui lui offrirait son meilleur prix (enfin, du point de vue de celui qui était aussi son créditeur). Ces quelques heures devant lui étaient autant d'occasions de flâner pour trouver une âme charitable qui le nourrirait bien d'une brioche ou d'un pâté frais, en attendant le souper plus substantiel qui suivrait la vente du joyau. Il attrapa sa cape légère, l'enfila d'un mouvement ample, puis embrassa d'un regard le logement chichement meublé. Sa malle en bois précieux détonnait sur le carrelage cassé du sol, seule marque de richesse affichée entre ces murs décrépits qui faisaient le bonheur des araignées et autres insectes aux innombrables pattes. Dekas soupira, un brin ennuyé : il n'avait pas les moyens de son ambition, s'en accommodait non sans déplaisir, mais devait reconnaître que cette héberge avait au moins le mérite de l'abriter des pluies parfois torrentielles qui s'abattaient sur Ésode. Mais tout cela changerait bientôt, il en était certain. Et même dès ce soir s'il manœuvrait bien. Il attrapa le pendentif de bois et l'enfouit dans une de ses fontes les plus discrètes, celle qu'un confrère serait bien incapable de détecter à moins d'une palpation en bonne et due forme.

« Allons-y, ma divine, murmura le voleur avec une pointe d'affection. Un dernier tour et je te libère… »

Paré et ne manquant de rien, Dekas sortit.

Le voleur quitta rapidement le réseau alambiqué de venelles, empuanties par la misère qui se morfondait le long de ses murs et assombries par de trop grands immeubles, remparts impénétrables à la lumière de cette fin d'après-midi. Et du reste de la journée, d'ailleurs. L'avantage de ce genre d'endroit était qu'on hésitait beaucoup à s'y aventurer sous peine de salir définitivement ses chausses. L'inconvénient était inhérent à l'avantage : on y salissait remarquablement un habit d'un jour sur l'autre.

C'était précisément pour éviter ce genre de désagrément que Dekas avait exploré nombre d'alternatives, en avait trouvé quelques-unes un peu moins crottées que les autres, et ressortit au grand jour d'un nouveau quartier, moins miséreux que le premier, aux couleurs criardes, et agité d'une animation propre aux populations hétéroclites qui s'y rencontraient : marins venus chercher le réconfort après de longues semaines en mer ; bourgeois et nobliaux descendus dans la basse ville pour s'encanailler ou se distraire de leur quotidien monotone, tous cherchant à trouver leur compte dans des maisons aux devantures garnies de lampions qui se balançaient au gré des courants d'air.

Car devant ces maisons, deux options s'offraient au quidam : la maison aux lampions jaunes ou la maison aux lampions rouges. Dans le premier cas, des hommes (pour le plus souvent), tenue impeccable et plume d'oiseau multicolore piquée sur le revers de la veste, tentaient d'attirer le passant en agitant vigoureusement une crécelle en bois. Dans ces rues bien souvent encombrées, le son criard incitait bien vite le chaland à s'arrêter devant le bonimenteur afin que le grincement désagréable cessât au plus vite. Il ne restait alors plus qu'au débitant de briller devant ce public appâté bien malgré lui et de vanter les mérites de la maison de jeux qu'il représentait. À l'intérieur étaient promis aux aventuriers de toute nature jeux de dés, jeux de cartes et tous autres jeux de hasard propres à alléger le visiteur de ses économies.

Dans le cas heureux où celui-ci venait à gagner plus que de raison malgré les efforts ininterrompus du croupier pour le faire perdre, il n'était pas rare – voire même très courant – de le voir passer dans une maison aux lampions rouges pour dépenser ce nouveau pécule dans un lieu où d'autres jeux plus physiques mais tout aussi plaisants l'attendaient.

L'observateur attentif remarquait ainsi que l'argent suivait un cycle particulièrement bien établi : les espèces sonnantes et trébuchantes entraient par une maison, puis faisaient escale dans l'autre, et ressortaient de cette dernière pour enrichir celles et ceux qui reviendraient dans la première maison. Tout cela, toute cette économie, Dekas la connaissait parfaitement pour la faire fonctionner très régulièrement au grand dam de ses fontes, qui se plaindraient volontiers si elles l'avaient pu de n'être nourries que trop irrégulièrement et trop chichement de ces revenus trop éphémères.

Tout en continuant de progresser avec une désinvolture étudiée, le voleur examinait sur son chemin les nombreux visages ; saluait ceux connus qui devinaient dans l'ombre de la capuche son sourire perpétuellement ironique ; évitait discrètement les moins avenants ; ou adressait un signe de la main à des beautés plus ou moins défraîchies qui lui lançaient de grandes œillades faussement langoureuses :

« Éh ! Deks, mon lapin ! Tu viens me montrer tes bijoux ?

– Éh Salla ! Pas aujourd'hui, j'en ai bien peur : ils ne brillent pas par leur santé… »

Un sourire charmeur un peu plus appuyé et le voilà reparti en se fondant dans la foule, pendant que la belle-de-jour interpellait un autre homme qui saurait bien le remplacer pour l'heure suivante. Il était tout à fait vrai qu'en ce moment, la seule bourse qu'il aurait aimée bien pleine était bien vide… Pour cette raison et à cause de ce problème récurrent, il plongeait parfois dans l'ombre d'une ruelle pour éviter un de ses "réguliers", une connaissance encombrante qu'il ne faisait pas bon de trop côtoyer, mais qui était une source de revenus fort profitable pour qui savait l'approcher au bon moment, lorsque les vins ou tout autre spiritueux avaient copieusement entamé son sens du jugement. Avec ce genre de compagnon, mieux valait ne pas traîner à ses côtés au réveil : il ne vous reconnaissait que rarement et, quand c'était le cas, ne cherchait guère plus loin l'origine de sa sécheresse pécuniaire. Une vindicte justifiée ou non, mais que la prudence poussait à éviter lorsque leur lucidité redevenait un défaut souvent préjudiciable à Dekas.

Le jeune homme laissa peu à peu derrière lui ces quartiers animés, s'arrêta quelque instant devant un étal aux parfums prometteurs et repartit en engloutissant une galette de maïs, dont l'assaisonnement inconnu lui enflammait les papilles. Un délice qui valait bien son ultime pièce de bronze en attendant une soirée qu'il n'espérait pas sa dernière…

*

*   *

Avec une fausse déférence, Ektos s'effaça pour laisser passer son compagnon. Sans s'en offusquer, ni sans ignorer la véritable intention de son ami, Kleptos entra dans la taverne encombrée d'un pas nonchalant. Son arrivée attira quelques regards, anima quelques visages d'un sourire carnassier, avant de se renfrogner lorsqu'ils aperçurent les épées battre ses jambes. Ils retournèrent définitivement à leurs discussions quand Ektos entra à sa suite.

Le petit homme avisa une table déserte dans un angle de la salle et s'y dirigea tranquillement, passant entre les tables occupées avec l'aisance du vieil habitué. Affectant une attitude toujours détachée, ses yeux enregistraient néanmoins chaque détail : les trognes avinées aux dents manquantes, gâtées pour celles encore présentes ; des chopes crasseuses dégoulinant d'un liquide vaguement jaunâtre, évoquant davantage une urine éventée ; l'odeur du lieu, mélange prégnant de corps transpirants connaissant rarement les ablutions et du mauvais suif qui brûlait en dégageant une fumée épaisse ; et des surtout mains qui disparaissaient négligemment dans un revers de vêtement pour chasser une vermine imaginaire et saisir un vrai surin. Dès qu'il croisait un regard un peu trop insistant, de celui qui jaugeait sa future victime, le voleur y plantait le sien, saisissant ostensiblement la garde d'une de ses épées dentelées, décourageant ou tuant dans l'œuf toute velléité de rapine. Kleptos lui-même fut surpris de la rapidité avec laquelle il retrouva ses réflexes d'une vie pourtant laissée derrière lui nombre d'années auparavant.

Moins familier de ce genre d'environnement, Ektos suivait néanmoins avec aisance. Ses habits neutres, qui avaient pris la place de son uniforme pour plus de discrétion théorique, resplendissaient, rendus trop propres par la saleté de l'endroit : le cuir terni de ses chaussures, la couleur passée de ses chausses et sa chemise grisâtre autrefois blanche paraissaient étinceler. Les clients, habitués ou occasionnels, aux professions rarement légales pour la majorité d'entre eux, ne s'y trompèrent point. Ni sur l'impression de sauvagerie contenue que dégageait le Hiérarque. Ils se détournèrent d'eux – pas complètement, la méfiance était un réflexe de survie – et reprirent leurs conversations et leurs jeux de dés. Les deux compères s'installèrent, pendant que le tenancier, un homme dont on ne savait pas si l'œil droit refusait la compagnie de l'œil gauche, s'avançait vers eux d'un pas traînant. Pas de bonjour ni de geste de bienvenue. Un hochement de tête désagréable qui s'apparentait à deux questions : « Qu'est-ce que vous buvez ? Qu'est-ce que vous faites dans mon établissement ? ». Kleptos le satisfit sur un point :

« Deux chopes de ta pisse d'âne, tavernier. »

Pour toute réponse, un reniflement méprisant. Un raclement de gorge et un glaviot s'écrasa sur le plancher avec un claquement sonore, non loin d'Ektos. Celui-ci sourit de toutes ses dents, une lueur meurtrière dans les yeux. L'homme tourna les talons en haussant les épaules : il était peut-être de la lie, mais toute la lie de la taverne était avec lui. En cela, Ektos ne s'y trompait pas.

« On va devoir rester longtemps dans ce trou à rats ? marmonna le Hiérarque.

– Je te rappelle que c'est toi qui as insisté pour y venir, répliqua Kleptos tout à fait à l'aise.

– J'en ai fréquenté des bouges, mais là, j'en ai atteint les tréfonds…

– Tu t'es embourgeoisé, vieux ! le railla gentiment le voleur en glous-

sant. Ah ! Les v'là ! »
Ektos avisa le patron qui revenait, tenant les deux chopes d'une seule main. Il progressait sans douceur, le liquide s'échappant de leur contenant pour tomber sur le sol en de larges flaques.

« À ce rythme, on aura à peine de quoi se rincer les dents », pesta le Hiérarque.
L'aubergiste posa les bocks sans délicatesse sur la table, l'éclaboussant généreusement et diminuant d'autant la portion congrue destinée à les rafraîchir. Puis il tendit la main. Sans un mot.

« Merci, mon bon ! » fit Kleptos d'un ton faussement enjoué.
Disant cela, il lui lança deux piécettes de bronze. Le tenancier marmonna quelques mots dans sa barbe, le regard peu amène, et s'en fut, les laissant enfin tranquilles. Ektos renifla sa bière, avant de la reposer avec dégoût :

« Bon, je ne sais pas ce qui va être le plus long : attendre notre voleur ou être au supplice à boire ce jus de chique…

– Bof… J'ai bu pire…, commenta son compagnon après une lampée. Quoique je doive bien reconnaître un arrière-goût étonnant…

– M'étonnerais pas que tu t'attrapes la courante avec ça… Et tellement forte que tu n'aurais pas trop de tes chausses pour rattraper tout ce que tu défèques…

– Ah ! J'ai compris ! Y'a un truc collé au fond…

– Et tu continues de le boire ?!

– C'est le Siège qui offre, je ne vais pas refuser…

– Kleptos, tu es indécrottable…

– Meuh non… Il y a juste des occasions qui ne se ratent pas. Et s'il fallait que je t'attende pour pas mourir de soif… »
Kleptos laissa sa phrase en suspens, silence évocateur à peine troublé par le bruit d'une nouvelle lampée. Ektos ignora l'allusion, se drapant dans sa superbe. Il balaya l'assemblée crasseuse qui servait de clientèle à ce taudis, remarqua l'entrée d'un homme de taille moyenne, mais aussi trapu qu'une solide armoire à glace. Il était accompagné de deux seconds couteaux, qui ne dépareillaient pas dans le reste de l'achalandage. L'arrivée des trois nouveaux venus provoqua un petit séisme : l'homme de tête se dirigea vers une table à l'arrière, non loin du bar et de la sortie vers l'arrière-cour. Les clients qui la fréquentaient s'empressèrent de la quitter avec un air effrayé. Le nouvel arrivant ne leur accorda pas un regard, mais le tavernier s'approcha de lui, amenant d'emblée et avec précaution deux bocks remplis à ras bord de cet infâme liquide. Il les déposa

sur la table avec soin et repartit à reculons, sans demander son dû légitime. Ce qui ne manqua pas faire rager le Hiérarque intérieurement : lui avait dû payer cette bière qui ne valait même pas qu'il la pisse !

Mais une demi-heure plus tard, Ektos était persuadé d'être à la bonne place : l'homme n'avait pas touché à sa boisson, mais n'avait cessé de recevoir d'autres types aussi louches que lui, filtrés un par un par ses deux gorilles. Les conciliabules ne duraient guère plus de quelques minutes. Le militaire n'avait aucune vue sur les échanges qui se pratiquaient, à peine un reflet de temps à autre, vite camouflé par un vieux tissu supposé calmer les convoitises. Toutefois, si une transaction était conclue, le claquement indiscret d'un coffret qui se refermait parvenait parfois jusqu'à lui, et celui ou celle qui avait fait affaire repartait avec célérité dépenser ses nouveaux gains dans une maison aux lampions rouges ou jaunes.

Les heures s'égrenèrent ainsi, une à une, lentement. Pour garder leur table libre de tout dérangement, le Hiérarque dissuadait les prétendants par-dessous la table de la pointe nerveuse de son épée. Et d'un regard qu'il n'avait aucun mal à rendre plus qu'intimidant. Kleptos, lui, se chargeait de commander régulièrement des bières, qu'il s'occupait de vider tout aussi régulièrement. Et il en allait de même pour sa vessie. Cette double activité avait comme avantage de tenir éloignés les hommes de main du tavernier et de justifier leur présence. Lorsque la porte du "Joyeux Kraken" claqua pour laisser passer une silhouette encapuchonnée qui se glissa avec aisance par l'ouverture. Ektos se redressa imperceptiblement.

« Tiens, tiens… Ne serait-ce pas notre tire-laine… ? »

*

* *

Quand Dekas poussa la porte qui le mènerait à sa nouvelle fortune, ce fut le cœur léger, mais en gardant en éveil tous ses sens et plus particulièrement celui du danger. Il avait passé les dernières heures du jour à vider quelques bourses et "emprunter" quelques bijoux – avec succès évidemment –, changeant systématiquement de quartier tous les trois ou quatre larcins pour éviter d'éveiller les soupçons. S'il ne connaissait que très rarement l'échec, la somme de ses gains était bien loin de lui assurer le train de vie auquel il aspirait tant : quelques modestes repas, de quoi s'habiller avec élégance et de quoi satisfaire des loisirs bien peu lucratifs. Lorsque la nuit se fut durablement installée, il était enfin venu le temps de combler cet abîme intolérable qui avait pris possession de sa bourse. Et c'était bien au "Joyeux Kraken" qu'il espérait remédier à ce mal aussi pénible que récurent.

Sitôt entré dans la taverne, Dekas repéra d'emblée Panurge, établi comme à son habitude au fond de la salle crasseuse, non loin de la sortie de secours. Panurge était un acteur bien connu et incontournable de la "joaillerie" d'Ésode. Entre ses mains passaient les plus belles pierres, précieuses et semi-précieuses, provenant de son propre atelier (clandestin) dans lequel étaient retravaillés les minéraux "découverts" pour être transformés et revendus à une très riche et peu regardante clientèle. Et s'il le pouvait, il poussait le cynisme à proposer ses nouveautés aux mêmes chez qui il s'était fourni en "matières premières". Le fourgue possédait un sens de l'ironie qui ne manquait pas de mordant et que Dekas appréciait autant qu'il le redoutait : il trouvait l'ironie bien moins divertissante lorsqu'elle se faisait à ses dépens.

Le voleur se fraya un chemin entre les tables devant lesquelles des clients déjà ivres beuglaient les uns sur les autres et continuaient de siroter cet infâme jus que le propriétaire des lieux avait encore l'audace d'appeler "bière". Le jeune homme arriva enfin à destination, ou plus exactement non loin d'elle, la route barrée par les deux larbins de Panurge qui faisaient office de rempart. Avant de reculer d'un pas. Il y avait bien longtemps que les odeurs desdits clients ne l'atteignaient plus guère, mais l'odeur de chair pourrie qui émanait de la bouche de l'un d'eux eut raison de son seuil de tolérance. Les préalables se tinrent donc à ce que Dekas appelait une distance de sécurité raisonnable pour son odorat : un bon mètre, pas moins.

« Mes bons sires, bien le bonsoir ! Merci de vous écarter : j'ai à parler avec Panurge…

– Pas avant de t'avoir fouillé, maugréa Bouche Gâtée, un homme aux yeux rendus chassieux par le mauvais alcool.

– Je n'ai rien contre les mains baladeuses, seulement si elles sont féminines. Aussi, point besoin de satisfaire vos désirs avec moi, pourvu que vous satisfassiez les miens !

– Cesse de parler et approche, intima Bouche Gâtée.

– Pour d'évidentes raisons olfactives, ce ne sera pas possible.

– Pas compris. Qu'est-ce que tu veux dire ? fit l'homme en plissant les yeux d'un air soupçonneux.

– Que ton haleine ne laisse personne indifférent. Ni la vue, d'ailleurs…

– Qu'est-ce que t'insinue, morveux ? Ma trogne te revient pas, peut-être ?

– C'est exactement le point, mon ami : ta perspicacité fait honneur à ton employeur… ! »

Bouche Gâtée eut un temps d'arrêt, perplexe, ne sachant s'il devait prendre la dernière remarque comme un compliment ou comme une goguenardise. Dekas le regardait en souriant, les poings sur les hanches, dans une attitude décontractée qui cachait son extrême attention aux prochains gestes des deux hommes. Déclencher une bagarre lui importait peu s'il pouvait mettre une raclée à ces deux imbéciles. Par contre, si la bagarre venait à se généraliser, il craignait de perdre une occasion d'écouler sa marchandise au meilleur prix. Avec Panurge, il pouvait perdre l'occasion d'un bon pactole. Il ne faisait pas confiance au receleur, mais il payait bien pourvu que les articles soient de qualité. Et Dekas était un de ses meilleurs fournisseurs. Une voix grave résonna derrière Bouche Gâtée.

« C'est bon, laisse-le passer… »

Le sbire hésita, puis s'exécuta de mauvaise grâce sous le sourire narquois du voleur. Celui-ci passa entre les deux larbins en apnée et, arrivé devant Panurge, expira bruyamment et ostensiblement. Il vit avec satisfaction la mine de Bouche Gâtée se renfrogner. Seulement maintenant, il reporta toute son attention sur le receleur.

CeCelui qui ne connaissait pas le fourgue voyait un colosse dont les manières abruptes n'étaient que la façade intimidante d'un esprit beaucoup plus fin, habile à la négociation et prompt dans la réflexion. Seules ses mains – des battoirs évidemment – étaient susceptibles de le trahir dans son activité de receleur sans scrupules. Des doigts larges mais d'une dextérité surprenante, qui broyait la main à chaque affaire conclue. Les phalanges étaient droites : aucune brisure n'avait entravé leur existence en se cassant sur les mâchoires des mauvais payeurs. Panurge y veillait particulièrement en laissant ses hommes faire la sale besogne : il ne voulait aucunement saboter son outil de travail, qui avait fait de lui un artisan accompli dans la taille des pierres de toutes sortes, plus notamment sur le marché lucratif que les habitués appelaient joliment le "marché du pré", par opposition au "marché de l'Aire", inaccessible pour la majorité des bourses. Mais la grande particularité de Panurge –

et sa plus grande qualité – était de fréquenter les deux. Une place que lui aurait enviée Dekas s'il n'avait pas été autant épris de liberté et beaucoup plus patient dans la taille minérale. Rester le nez rivé sur un caillou brut des journées entières l'avait passionné un moment (il avait lui aussi possédé sa propre affaire autrefois), mais il aspirait à davantage d'action. Le rôle de fournisseur lui convenait ainsi parfaitement, en attendant de trouver la réelle occasion d'abandonner les menus larcins pour recréer sa propre entreprise. Naturellement, Panurge ne savait rien de ce dernier point.

Dekas se saisit d'une chaise, lui fit faire un tour virevoltant et s'assit, un grand sourire aux lèvres :

« As-tu déjà pensé à réserver meilleur accueil – odeurs comprises – à tes vieilles connaissances et tes meilleures relations ?

– Trêves de palabres, Dekas, répliqua froidement Panurge. Tu n'es ni l'une ni l'autre.

– Je me sens mortifié…

– Réjouis-toi, tu n'es pas mort tout court. Laisse-moi te rafraîchir la mémoire : la rivière de diamants que tu m'as vendue il y a plus d'un mois… Appartenant soi-disant à je ne sais plus quelle maîtresse du Grand-Prêtre…

– La tante de la sœur du mari, cousine par alliance du Général Hérutri ?

– C'est ça…

– Oui, et bien ?

– Les deux tiers de ces cailloux avaient moins de valeur que la verroterie des Sables ! rugit le receleur en saisissant Dekas par le col.

– Ce n'est pas de ma faute si mes fournisseurs baissent en qualité ! protesta vigoureusement le voleur en cherchant à se dégager.

– T'as raison ! Mais qui dit baisse de qualité, dit baisse de gages…

– Voilà des extrémités qui ne te ressemblent guère, mon cher Panurge. Qu'en était-il du dernier tiers ?

– Le dernier tiers ne couvrait qu'un tiers de ce que je t'ai donné.

– Imparable. Tu admets donc que je ne t'ai pas trompé sur le reste de la marchandise, susurra Dekas avec un grand sourire.

– Admettons que tu dises vrai sur ce dernier tiers, concéda son interlocuteur de mauvaise grâce. Je ne devrais te casser que sept doigts sur dix ?

– Nous ne sommes pas obligés d'en arriver à de telles fins. Entre gens civilisés…

– Les gens civilisés volent d'autres gens civilisés ?

– Mais absolument pas ! s'exclama Dekas faussement indigné. Ils s'empruntent l'un à l'autre, voyons !

– Tu me dois donc deux tiers de tes derniers gages, plus deux tiers d'intérêts sur deux mois. Continue, tu m'intéresses… »

Dekas grogna intérieurement. Il n'avait pas prévu que la conversation prenne un tour aussi défavorable. Tout comme il n'aurait peut-être pas dû remplacer les deux tiers des cailloux… Mais l'envie avait été trop forte et celle de tromper Panurge aussi : il savait pertinemment que cet escroc revendrait chaque pierre dix fois son prix. Une jolie plus-value, surtout lorsqu'il lui était difficile d'ignorer que ledit magot comptait bien trois cents gemmes. Dire qu'il avait tout perdu au jeu bêtement sur un mauvais coup de dés…

« N'exagérons rien, reprit le voleur. L'usure n'est pas une solution pour entretenir de bonnes relations entre "fournisseur" et "commerçant".

– Certes. Je comprends surtout que tu n'as plus un sou en poche et que tu aurais une solution. Sinon, te connaissant, j'aurais pas vu ta trombine pendant un bon paquet de Lunes. Je t'aime bien Dekas, mais ne pousse pas trop loin ta chance. Maintenant, montre-moi ce que tu as !

– Très bien, très bien, soupira faussement Dekas avant de reprendre avec un large sourire : j'ai quelque chose ici que tu n'as jamais vu… »

Disant cela, le voleur exhiba le petit étui en bois dans lequel reposait la Pierre de Béroc.

« Ça n'a pas l'air de briller beaucoup…, fit le receleur sceptique.

– Ouvre plutôt tes mirettes là-dessus ! »

Dekas sortit la Pierre avec mille précautions exagérées et la posa sur la table, au plus près de la chandelle qui brûlait au mur. Panurge se pencha, dubitatif.

« Une aigue-marine ? Tu te fiches de moi ? J'en ai des sacs entiers !

– Attends un peu ! C'est ce que je croyais au début, mais regarde-la à la lumière… »

Devant l'insistance de Dekas, le receleur hésita puis prit le tissu dans lequel reposait la pierre. Il la soupesa avec la force de l'habitude, parut s'en satisfaire ; la porta devant ses yeux, n'y vit rien de notable, sauf dans sa banalité.

« Regarde-la à la lumière », répéta impatiemment son "fournisseur".

Prenant son temps et mesurant ses mouvements – il avait horreur de recevoir des ordres –, Panurge poursuivit son étude appropriée, paraissant l'examiner sous toutes ses coutures avant de la saisir entre deux doigts et de la porter négligemment à hauteur d'yeux devant la lanterne murale. Une vague de chaleur l'inonda en même temps que la flamme de la bougie accrochait brusquement le minéral. Un tourbillon de couleurs bleues aux mille nuances happa sa rétine et l'envahit tout entier. Panurge eut l'impression que ce raz-de-marée lumineux l'inondait et le sondait. Les tentacules bleus prirent possession de toute son âme, de toutes ses pensées, s'accaparant ses souvenirs, sa naissance et son enfance à l'Archipel, son premier meurtre, sa passion pour les joyaux, sans qu'il puisse faire le moindre mouvement, ériger la moindre défense qui aurait tenue au loin cette inspection aussi étrange qu'inopinée.

Sans crier gare, la lumière bleue se retira. Panurge se tint un instant immobile, déboussolé, hébété. S'il avait dû expliquer ce qu'il venait de se passer, le fourgue en aurait été incapable. La Pierre sur sa peau était toujours froide. Il regarda autour de lui en clignant des yeux, l'air perplexe. Rien n'avait bougé. La même agitation régnait dans la taverne et Dekas, ce damné voleur, l'observait avec avidité, suspendu à ses lèvres et au verdict qui conditionnerait la bonne réussite de la transaction. Mais surtout, ledit voleur ne semblait n'avoir rien remarqué de son trouble.

« Tu as vu ? ne put s'empêcher de demander le receleur.

– Quoi ?

– Cette lumière bleue ! Un instant, j'ai eu l'impression qu'elle… qu'elle… »

Panurge s'interrompit, pris de court dans ses explications. Dekas le regardait d'un air moqueur.

« Laisse tomber.

– En tout cas, elle ne te laisse pas indifférente. Si tu veux mon avis, à elle seule, elle vaut autant que toute la rivière de diamant », annonça le voleur avec aplomb.

Le fourgue éclata de rire.

« Holà ! Doucement ! D'accord, tu m'as apporté une pierre, plutôt jolie, j'en conviens. D'accord, ce n'est pas non plus une aigue-marine, mais pas non plus un saphir. Et son prix ne vaut certainement pas celui d'une rivière… À moins que tu ne lui enlèves les deux tiers de son prix, naturellement…

– Naturellement… », sourit le voleur.

Sourire qui était une vaine tentative pour dissimuler une grimace de dépit : le receleur ne perdait jamais le nord dès qu'il s'agissait de parler affaires. Car, à partir de maintenant, débutait la phase délicate des négociations.

À l'autre bout de la salle, Kleptos revenait des latrines pour la sixième fois et vidait sa onzième chope. À l'autre bout de la salle, Ektos ne perdait pas une miette de la scène qui se jouait entre le fourgue et le voleur. Lui aussi avait vu la pierre et ce saphir lui faisait espérer un confortable bénéfice. Dès que leurs négociations prendraient fin, il conclurait sa propre affaire avec un plaisir évident… Et à sa manière.

Chapitre 11

Continent d'Éther, ville d'Ésode

La lourde enseigne se balançait au gré des vents qui chahutaient parfois la petite rue, tirant sur la chaîne grinçante, rouillée, qui la retenait péniblement. La pieuvre qui l'ornait était tout autant témoin du passage du temps que des averses arrêtées par les Monts Déchirés. De temps à autre, celles-ci s'abattaient violemment sur la ville, nettoyant du même coup la crasse et les détritus jonchant les rues, détachant peu à peu les pigments rouges de cette pieuvre couronnée qui brandissait une chope aussi grande qu'elle avec un sourire des plus idiots. Déjà trois de ses bras avaient disparu et deux autres prenaient le même chemin. Seule l'écriture résistait aux innombrables attaques du temps et de l'eau : les lettres sculptées leur donnaient beaucoup plus de fil à retordre et renseignaient encore le badaud égaré lorsqu'il levait vers l'enseigne des yeux hésitants :

« "Au Joyeux Kraken" ? »

Bien souvent, comme Béroc, le nouveau venu s'exclamait de cette dénomination quelque peu triviale.

« Quel nom ridicule !

– En effet, confirma la Hiérarque derrière lui. Mais c'est aussi la tanière où se retrouvent toutes les fripouilles de la ville. Venez ! »

Daïna entraîna Béroc un peu plus loin et tous deux plongèrent dans une obscure venelle. Ils se cachèrent dans le renfoncement d'un porche, qui leur offrait le double avantage d'être totalement invisible et de les protéger des seaux d'aisance que les habitants lançaient négligemment par la fenêtre. Surtout à ces heures de la soirée où les verres se vidaient bien vite et, par voie de conséquence, les vessies aussi.

« Comparée à l'odeur, la vue est bonne, marmonna le colosse. Vous êtes sûre qu'il viendra ici ?

– J'ai passé une partie de l'après-midi à confronter discrètement les informations que j'avais en ma possession : c'est le passage obligé pour les brigands de toutes espèces.

– Je regretterais d'avoir l'odorat aussi sensible… Vous connaissiez cet endroit ?

– Non. Avant ma… disgrâce, j'avais un informateur qui me rapportait toutes les rumeurs concernant la sécurité du Grand-Prêtre. Cela incluait aussi des noms et des lieux sur tous les continents, y compris Éther. Et tout comme vous, le nom de cette taverne est suffisamment incongru pour qu'on s'en souvienne sans difficulté. Ainsi que les activités afférentes.

– J'en conclus que vous n'habitiez pas à Ésode ?

– Quelques mois seulement et pas assez pour que je m'en souvienne avec précision. À l'origine, je viens du nord-ouest d'Éther, près de la ville de Buass. Mon père était Sentinelle dans la garnison de la ville, avant d'être muté ici.

– C'est donc ici que vous a recueillie le Grand-Prêtre après la mort de vos parents ? »

Daïna eut un petit rire triste.

« Les fièvres m'auraient-elles rendue plus bavarde que nécessaire ?

– Vos délires causaient davantage de peines et de peurs que d'une réelle envie de se renseigner. Mais vous avez tout de même évoqué des éléments plutôt curieux : vos parents auraient été tués par un Loup ?

– Dans mes cauchemars, oui. En réalité, ils ont été assassinés par une brute sanguinaire qui se faisait appeler Luquen et semait la terreur sur Éther. Il se disait descendant de Loup, avait la réputation de manger sa viande crue et de pousser des hurlements semblables à ceux de Saphir. Enfin, c'était ce que l'on disait. Les rares survivants parlaient surtout d'un homme aux dents taillées en pointes.

– Pour soi-disant ressembler à un Loup… ? »

Daïna approuva. Des hommes entrèrent dans la taverne en riant bruyamment. Béroc eut un signe de dénégation. La Hiérarque reprit :

« Pour être franche, je me souviens à peine de son vrai visage : chaque fois que j'y pense, je ne vois qu'un Loup.

– C'est de là que vient votre aversion pour eux ?

– Entre autres, je suppose. »

Le ton neutre dissuada Béroc de poser davantage de questions. Il reporta son attention sur l'entrée de la taverne. Ils s'y étaient rendus à la tombée de la nuit, suffisamment tôt pour arriver avant leur voleur. Du moins l'espérait-il. Car rien ne leur avait indiqué qu'il se présenterait à ce caboulot. Il ne pouvait que compter sur les connaissances théoriques de la Hiérarque. Et une grosse part de chance. Ses pensées dérivèrent, s'arrêtèrent sur sa fille.

Béroc avait laissé Théïa aux bons soins de Slétès, arguant une mission dans un endroit… "délicat". Le capitaine avait aussitôt compris. À la nouvelle de leur départ, la jeune fille n'avait pas bronché. Son père s'était attendu à un esclandre, un accrochage, mais elle les avait tout simplement ignorés. Béroc soupira silencieusement. Il aurait tellement aimé que les choses se passassent autrement… Et il ne comptait pas sur les prochains évènements pour essayer de détendre la situation. Les heures s'égrenèrent lentement dans la fraîcheur de la nuit.

« Je peux vous poser une question ? »

La voix de Daïna avait percé le silence d'un chuchotement.

« Si je peux y répondre…

– Vous êtes bien né sur Émeraude ?

– Oui.

– Pourtant, lors de mon passage à Émeraude, peu avant notre "rencontre", j'ai consulté les registres de naissances et je n'ai trouvé nulle mention de votre nom. Or, je suis à peu près certaine d'avoir couvert la période concernant votre âge. Béroc est un prénom peu courant de nos jours et pourtant je ne pense pas que vous ayez changé de nom… »

Béroc mit un moment à répondre, hésitant.

« La question est en effet délicate, admit-il à contrecœur. La raison est simple : les registres n'existaient pas quand je suis né.

– Impossible ! ne put s'empêcher de s'exclamer la Hiérarque, avant de baisser immédiatement la voix. Ils ont été instaurés il y a plus de vingt générations !

– Étonnant, n'est-ce pas ? Les registres ont été instaurés par Prodotès, peu après qu'il soit devenu Grand-Prêtre. Mais savez-vous pour quelle raison à l'origine ?

– Pour établir les filiations et notamment régler les problèmes liés aux héritages. Et établir la naissance des futurs Aïrétions, se remémora sombrement la Hiérarque, évidemment…

– Exact, confirma Béroc. La méthode est empirique, mais devait permettre à Prodotès de diriger ses recherches plus efficacement pour découvrir ceux que les Pierres avaient le plus de chance de choisir. Il est possible que ce soit grâce à cette méthode que le Grand-Prêtre vous ait recueillie aussi facilement après la mort de vos parents.

– Insinueriez-vous que…

– …que Prodotès ait engagé ce Luquen pour tuer vos parents ? C'est fort probable et ne m'étonnerait guère de sa part… »

Daïna était abasourdie. Elle s'adossa à la pierre froide, qui lui mordit les omoplates, l'ancrant bien malgré elle dans la puanteur de cette ruelle.

« En outre, poursuivit Béroc, n'oubliez pas qu'il avait avec lui la Pierre d'Éther : Prodotès avait toute latitude pour vérifier vos Capacités et la réaction de la Pierre le moment venu. Sur ce dernier point, je dois reconnaître que son intuition a été la bonne… »

La jeune femme ne disait plus un mot, la tête plongée dans un tourbillon de pensées qui lui donnaient le vertige. Ainsi, depuis toutes ces années…

« …il m'utilisait… J'étais sa marionnette et j'étais… heureuse… »

– N'oubliez pas que Prodotès a une expérience de plusieurs vies, dit doucement Béroc. Il sait très bien tirer profit des personnes qui l'entourent.

– Mais s'il savait que j'étais une Aïrétion, pourquoi ne m'a-t-il pas tuée plutôt ? cracha Daïna. Je…

– Votre colère est justifiée, Hiérarque, la coupa calmement le géant. Mais n'oubliez pas non plus que nous sommes ici pour une raison précise et que votre survie est bien plus salutaire que votre mort.

– Si j'en étais aussi certaine que vous, marmonna Daïna d'une voix rauque. Je… Je… Il…

– Pour répondre à votre question, Prodotès a un goût immodéré pour la manipulation. Découvrir que vous pourriez porter la Pierre d'Éther était pour lui un formidable atout. Non seulement vous étiez capable de tenir tête à n'importe quel Élite de Terra, mais également contre les Aïrétions qui pouvaient se dresser contre lui.

– Je n'étais qu'une arme sans cervelle, observa amèrement la jeune femme.

– Ne soyez pas aussi dure, Hiérarque. Comme je vous l'ai dit, Prodotès est très malin et ne s'embarrasse guère d'états d'âme, si jamais il en a eu une. Et d'autres avant vous ont fait les frais de son machiavélisme.

– Vous semblez très bien connaître le Grand-Prêtre. Bien mieux que moi en tout cas… »

Le ton était à mi-chemin entre le soupçon et la curiosité. Béroc ne releva pas.

« En bref, si Prodotès ne vous a pas tuée plus tôt, c'est parce que vous aviez une utilité. Mais vous représentiez aussi un danger pour lui, surtout si vous aviez été amenée à vous retourner contre lui pour une raison ou pour une autre.

– Mais jamais je ne lui aurais fait défaut ! réagit vivement Daïna.

– Je n'ai aucun doute à ce sujet, répliqua Béroc on ne peut plus sérieusement. Mais Prodotès a érigé la méfiance en vertu : vous étiez une menace potentielle autant qu'un atout, mais il ne se serait pas permis de courir le moindre risque. Votre compromission dans le régicide d'Élithios était sa première manœuvre destinée à destabiliser Terra. Par contre, j'en ignore les détails…

– Ils ont soi-disant retrouvé une de mes plumes sur son corps, l'éclaira la jeune femme. Je n'aurais jamais dû…

– Si cela n'avait pas été une vos plumes, ça aurait été du sang, l'interrompit calmement Béroc. Et si ça n'avait pas été du sang, Prodotès aurait trouvé un autre moyen de vous faire chuter. Sa cible était vous autant qu'Élithios. Je connaissais le roi de réputation : c'était un imbécile, mais il était un point d'équilibre entre les clans.

– Et sans cet équilibre, les clans vont s'entre-déchirer, les Parias vont profiter de la discorde… Ce sera un chaos terrifiant… »

Béroc ne pouvait qu'approuver, saisi d'une nouvelle inquiétude. Les évènements se bousculaient. Prodotès déplaçait ses pions avec célérité. S'il avait été alarmiste, il aurait été tenté de dire que le Grand-Prêtre précipitait le Bouleversement qui devait tout anéantir. Mais sur ce dernier point, c'étaient les Lunes qui décideraient de l'échéance. De son côté, Daïna resta pensive un instant : il demeurait un point qu'elle ne s'expliquait pas.

« S'il est aussi méfiant que vous le dites, dans ce cas, pourquoi ne vous a-t-il pas tué avant, en tant qu'Aïrétion ? demanda de nouveau la jeune femme.

– Il l'aurait fait s'il l'avait pu, croyez-le bien. Malheureusement pour lui, je détiens des informations que je suis le seul à connaître. Il a besoin de moi pour…

– Pour ? le pressa Daïna.

– Ne le prenez pas mal si je remets notre conversation à plus tard, mais je crois que je viens de voir notre homme entrer… »

Daïna eut juste le temps d'apercevoir une silhouette encapuchonnée s'engouffrer dans la taverne du Joyeux Kraken.

« Même cape, même démarche. Et un pas pressé. Et à moins de mourir de soif, trop pressé.

– Parfait. Allons-y.

– Attendez ! S'il est vraiment venu voir un fourgue, il y a de fortes chances que celui-ci soit venu accompagné. S'il ne tient pas toute la taverne à ses bottes…

– C'est même très probable : j'ai cru voir deux ou trois spadassins entrer tout à l'heure. Que proposez-vous ?

– On attend et on le cueille à la sortie.

– Vous êtes quand même au courant que la Pierre aura sûrement changé de main lorsque votre voleur sortira de ce trou à rats ?

– Je sais, murmura sombrement Béroc. Mais il est difficile d'affirmer que nous passerons tous les deux inaperçus. Tout comme se retrouver avec un poignard entre les omoplates ne nous aidera pas à récupérer la Pierre. »

Sur ces deux derniers points, Daïna Daïna ne put que donner raison au colosse : si elle entrait, elle serait certainement la seule *cliente* de ce tripot ; quant à Béroc, il ferait sensation mais pour la raison inverse : sa masse le rendait bien trop voyant pour espérer s'y introduire en toute discrétion. Dans les deux cas, tout le monde se méfierait de deux étrangers. Inconnus, on ferait peu de cas de leur personne s'ils ressortaient les pieds devant. S'ils ressortaient seulement par l'avant. La solution de Béroc était pourtant loin d'être la plus simple pour récupérer son caillou…

« Entendu, soupira Daïna.

– Chacun d'un côté de l'entrée, hors lumière, pour…

– …leur couper toute possibilité de retraite, acheva la Hiérarque dédaigneuse.

– J'oubliais à qui j'avais à faire », fit Béroc amusé.

Daïna ne releva pas la boutade. Les souvenirs de son rang déchu étaient encore trop cuisants pour apprécier l'humour de son… compagnon. Béroc dut s'en apercevoir.

« C'était inconvenant de ma part, s'excusa-t-il. Désolé.

– Excuses acceptées », lâcha la jeune femme d'un ton roide.

Béroc sentit l'ambiance se tendre. À cause de sa maladresse ? De l'imminence de l'action ? Il n'aurait su le dire. Lui-même sentait la tension monter : il ne se pardonnait pas la perte de cette Pierre. Même s'il savait maintenant qu'il la retrouverait à un moment donné, il voulait que le plus tôt soit le mieux.

« On y va. »

Béroc et Daïna se séparèrent. Ils sortirent de l'ombre et marchèrent lentement vers leur position respective. Point n'était besoin de se précipiter : arriver trop vite ne manquerait pas d'attirer l'attention sur eux s'ils venaient à être surpris ; tout comme ils auraient le temps de déceler les pièges dissimulés dans l'obscurité, invisibles depuis leur affût. Daïna parvint sans encombre à l'endroit qu'elle avait ciblé, s'adossa au mur et attendit dans une position toute masculine. Elle respira à fond, faisant fi des fragrances malodorantes qui inondaient la place. Son cœur s'apaisa. L'Aigle était en chasse.

Béroc avait opté pour le pas mal assuré de l'ivrogne. Et faillit réellement tomber lorsqu'il se prit le pied dans un nid-de-poule. Il se rattrapa in extremis, atteignant un peu plus vite que prévu la position qu'il avait visée. Un regard hébété autour de lui lui apprit que les rares passants se sentaient dans l'obligation d'effectuer un large détour vis-à-vis de sa personne : on n'était jamais sûr des réactions d'un ivrogne. Dans le cas présent, la prudence était doublement de mise au vu de l'imposante silhouette, surtout quand celle-ci vous apostrophait de façon inintelligible pour réclamer à boire. La Hiérarque devait bien avouer qu'il faisait parfaitement illusion. Le géant s'assit – se vautra – aussi confortablement qu'il le put, de manière à ne pas perdre de vue l'entrée de la taverne.

*

* *

Dekas se leva, pas aussi satisfait qu'il l'aurait voulu. Panurge lui adressa un grand sourire. Pour sa part, il pensait avoir conclu l'affaire de sa vie et avait ainsi toutes les raisons d'être *très* satisfait.

« Ravi d'avoir pu faire affaire avec toi, Dekas !

– Le plaisir est partagé, mon ami ! » se força à minauder le voleur. La grimace qui n'échappa pas au fourgue qui éclata de rire.

« Sois heureux, mon ami ! Je ne serais pas obligé de te briser les doigts pour récupérer tes dettes !

– Au risque de perdre un de tes meilleurs fournisseurs ?

– Bon d'accord, je ne t'aurais peut-être pas brisé tous les doigts, gloussa le receleur. N'oublie pas que quelques services rendus auraient tout à fait pu effacer ton ardoise. Disons pendant un an ou deux... » Ce fut au tour de Dekas d'éclater de rire.

« Et perdre ma liberté ? Me pensais-tu aussi désespéré ?

– Nous pourrions faire de grandes choses ensemble…

– Mais je suis un grand solitaire ! rétorqua le voleur d'un ton enjoué. Penses-tu réellement que je ferais un bon mouton ? (Il tapota la bourse finalement bien assez remplie comme ça.) Au plaisir de refaire affaire avec toi, Panurge !

– Si tu changes d'avis… En attendant, je serais toujours heureux de récolter tes dettes », conclut celui-ci avec un sourire inquiétant.

Dekas tourna les talons sur un dernier clin d'œil provocateur à l'attention de Panurge et un ostensible détour vis-à-vis de ses hommes de main. Il était temps pour lui de quitter ce trou infâme et d'abandonner la vermine qui s'y trouvait. Il croisa sur son passage le maître des lieux qui voulut abattre sa grosse main velue sur son épaule. Dekas esquiva de justesse.

« Éh toi ! Tu connais la règle : tu rentres, tu consommes !

– Pour attraper le choléra ? Même ma pisse est meilleure ! Débrouille-toi avec Panurge… »

À l'évocation du receleur, le tenancier grommela quelque chose d'inintelligible. Dekas sortit sans s'en préoccuper davantage. Il ne se détendit un peu qu'une fois dehors. La nuit était froide, humide. Il rabattit la capuche de sa cape sur sa tête et partit à droite, filant comme une ombre. Il ne vit le mouvement qu'au dernier moment.

L'Aigle est un prédateur, qui sait se rendre invisible, muet, létal. Ajoutez à cela un entraînement militaire et une Hiérarque à qui rien n'avait été épargné ces derniers temps, et vous trouviez une arme plus affûtée qu'une épée, comme notre voleur en fit la surprenante expérience. Et dire qu'il se vantait d'être furtif…

L'ombre se détacha du mur et, vive comme l'éclair, lui empoigna un poignet en même temps qu'elle passait dans son dos. Dekas tenta de contrer en se retournant pour libérer son poignet, mais l'ombre suivit son mouvement, maintenant sa poigne de fer. Pire, elle profita de ce mouvement pour avancer d'un pas vers lui, sans douceur. Déséquilibré, Dekas bascula en avant, avant de retenir un cri de surprise. Et de douleur : le jeune homme venait d'être brutalement plaqué contre le mur, sa tête percutant la pierre froide. Il en vit trente-six chandelles. Il sentit son bras droit remonter loin dans son dos et n'eut que le temps d'enrayer la progression en se mettant sur la toute pointe des pieds, tandis qu'il sentait l'articulation de son épaule protester violemment.

« Éh doucement, mon bon ! Un peu de tendresse, que diable !

– Tu as quelque chose qui nous appartient : où est la Pierre que tu nous as volée cet après-midi ? »
La voix féminine, froide et coupante, mais féminine quand même, surprit le voleur.

« Je ne vois absolument pas de quoi vous parlez, très chère ! J'ajouterais que ce ne sont pas dans les manières d'une dame de… Aïe ! »
L'articulation de son épaule avait craqué. Pour autant qu'il puisse la sentir, elle n'était pas cassée. Pas encore.

« Faut-il t'aider à retrouver la mémoire ? »
La deuxième voix, masculine cette fois-ci, avait roulé dans la nuit, grave et fichtrement menaçante. Dekas sentit un frisson le parcourir. Les choses s'envenimaient. Lorsqu'il vit une masse noire le recouvrir complètement, le coupant du peu de lumière qu'il recevait de la lanterne ronde provenant du Joyeux Kraken. Il déglutit péniblement et se tint prêt. Le type se déplaça, un rai de lumière se faufila jusqu'à lui, accrochant sur son passage la surface lisse de cinq griffes noires… qui se rapprochèrent dangereusement de sa gorge.

« Une pierre, dites-vous ? Je suis un honnête joaillier, voyez-vous, et…

– Bleue et limpide comme de l'eau, aux nuances de l'Océan.

– Ah, celle-là… Mmm… Après mûre réflexion, je ne l'ai plus. Je… »
Les griffes se posèrent sur sa peau.

« Où ?

– Je me souviens, je me souviens ! Je l'ai vendue à un sale type de cette taverne…

– Parfait, grogna Béroc. Tu viens avec nous.

Est-il nécessaire d'en arriver à de telles extrémités ? protesta Dekas qui voyait déjà se profiler des explications fort tumultueuses face à un Panurge des plus désobligeants.

– Ça n'est pas une faveur. »
Daïna interrogea Béroc du regard. Le géant hocha la tête. La Hiérarque raffermit sa prise déjà solide et fit pivoter le voleur. Au même instant, droit devant eux, un groupe sortit de la taverne que venait de quitter Dekas. Trois hommes, dont l'un fortement trapu, que Dekas reconnut sans hésitation. Il sauta aussitôt sur l'occasion : sa vie passait en priorité, n'en déplaise à quelques autres…

« Pardonnez mon audace, mais pour vous prouver toute ma bonne volonté, je puis vous indiquer que le type en question, celui qui vous a honteusement soustrait votre bien, vient justement de passer la porte de

cet établissement si peu recommandable. »
Daïna suspendit son geste sur-le-champ. Béroc jeta un coup d'œil au trio.

« Lequel ?

– Celui au milieu. Qui ressemble à un Ours », ajouta Dekas avant de se mordre les lèvres : les griffes qu'on venait de lui montrer appartenaient sans aucun doute à un digne représentant d'Émeraude.
Mais Béroc ne tint pas compte du sarcasme, déjà parti au pas de course. Une seule phrase leur parvint, flottant brièvement dans l'air nocturne :

« Je m'en occupe !

– Mais c'est parfait ! Bon, je crois qu'il est temps de nous dire adieu, très chère. Croyez-moi, ce fut un… Aïe ! »
Pour la deuxième fois de la soirée, Dekas embrassa bien involontairement le mur.

« Toi, je te garde sous la main pour l'instant…

– Un peu de douceur féminine, nom d'une catin ! pesta le jeune homme. Je savais mon charme dévastateur, mais à ce point…

– La ferme ! »
Le verbiage du voleur excédait Daïna et elle n'attendait qu'une occasion pour se débarrasser de lui. Mais si l'occasion en question tardait à venir, elle ne se priverait pas d'un autre moyen pour obtenir le silence…

Il devait faire vite. Chaque pas le rapprochait de la Pierre. Encore fallait-il que ce damné voleur ait dit vrai. Si ce n'était pas le cas, il découvrirait en même temps que lui les talents de persuasion de la Hiérarque.

Il arriva dans le dos des deux cerbères qui marchaient un pas en retrait de celui qui paraissait être leur chef, le receleur. Les deux hommes n'eurent même pas le temps de se retourner. S'arrêtant à peine, Béroc saisit les deux têtes et les propulsa l'une contre l'autre. Leurs propriétaires s'écroulèrent inanimés, tandis que Béroc fondait sur le fourgue, un type plus petit que lui, mais tout aussi râblé.

Sentant quelqu'un arriver dans son dos, Panurge se retourna juste à temps pour voir une masse noire se ruer sur lui. Rompu à l'art du piège et de l'embuscade pour en avoir échappé à bon nombre et pour en avoir organisé tout autant, il avait déjà dégainé le long couteau qu'il gardait à portée de pogne et porta un coup vicieux en direction du ventre. À sa grande surprise, son poignet fut instantanément bloqué et une main puissante se plaqua sur son torse, l'obligeant à reculer d'un pas. Son dos heurta le mur. Sans perdre son sang-froid, Panurge prit appui sur la paroi, saisit de sa main libre son poing armé et, ainsi aidé, propulsa en avant son coutelas avec une nouvelle force. La lame n'avança pas d'un centimètre. Son agresseur avait anticipé le geste et sa seconde main reposait à présent elle aussi sur le second poignet du fourgue. Panurge grogna. La partie s'annonçait serrée, mais il ne s'avouait pas vaincu. Il poussa en avant de toutes ses forces.

À quelques mètres de là, Dekas et Daïna observaient la scène qui se jouait dans un silence presque absolu : Dekas l'interrompit d'un long sifflement :

« Votre compagnon et vous avez l'art d'entamer les conversations... Aïe !

– Quand apprendras-tu à tenir ta langue ? »

Outré qu'on lui prodiguât si peu de douceur, Dekas tourna la tête pour invectiver son bourreau :

« Éh ! Ne vous sentez pas obligée de serrer si f... (Au même instant, le vent déplaça un nuage et un rayon de lune bleu clair frappa le visage de Daïna. Dekas s'interrompit net, avant de s'exclamer :) Dieux ! Mais je ne savais pas que je me faisais détrousser par une beauté !

– J'ai dit : la ferme ! »

La jeune femme remonta d'un cran le bras du voleur dans son dos. Dekas dut se remettre sur la pointe des pieds pour sauver son épaule, non sans faire une grimace de douleur et pesta :

« Bon sang... ! »

Malgré sa position inconfortable, il se tourna vers sa tortionnaire pour lui faire un clin d'œil enjôleur :

« ... Vous savez parler aux hommes, vous ! »

Dire que Daïna était exaspérée par les fanfaronnades de Dekas relevait de l'euphémisme. Le voleur et tout ce qu'il représentait dans ces bas-fonds puants la révulsaient. Elle n'avait qu'une hâte : que Béroc en finisse au plus vite, sans quoi, elle ne donnerait pas cher du tire-laine. Surtout s'il s'échinait à poursuivre seul une conversation qui lui cassait les oreilles... De là où elle était, elle n'y voyait guère, mais devinait le combat âpre qui opposait ces deux forces de la nature. Un combat d'un rare silence mais d'une tension extrême. Un combat qui s'éternisait aussi, ce qui n'était pas sans l'inquiéter. Les deux hommes se trouvaient non loin de l'entrée de la taverne, presque invisibles. Seulement, les corps des deux hommes de main étaient parfaitement en vue. Si quelqu'un venait à sortir du tripot, il tomberait inévitablement sur eux et ne manquerait pas de donner l'alerte. Elle en était arrivée à cette conclusion lorsque la porte s'ouvrit.

Les deux hommes se faisaient face, avec pour seule séparation l'espace de leurs bras et, au milieu, une lame. La pointe s'élevait, droite, ne vacillant à aucun instant, fermement tenue par Panurge. Le fourgue mobilisait toutes ses forces pour faire pointer le fil d'acier vers son adversaire. Mais il n'y arrivait pas. Il ne parvenait même pas à le faire pencher vers cet homme qui le regardait fixement, avec une telle impassibilité que le receleur se demanda pendant un court instant si ce type avait une âme. Il ne voyait que ses deux yeux au-dessus de cette barbe fournie. Deux yeux dans lesquels il aurait été persuadé de pouvoir voir son propre reflet s'il y avait eu assez de lumière. Le reflet de sa propre peur. Car, oui, le grand Panurge d'Ésode avait pris peur. Et le couteau poursuivait son irrésistible ascension.

Son adversaire était fort. Très fort. Cependant, Béroc n'en avait cure. Il aurait pu remporter ce combat en quelques secondes, sortir ses griffes, transpercer ces poignets, se saisir du couteau et le retourner contre son propriétaire. Mais il devait rester silencieux, ne pas le faire crier de douleur ou lui faire perdre connaissance, l'amener à simplement parler. Au fond de lui, l'Ours lui apportait nonchalamment sa force au prix d'un effort minimal : Béroc puisait toujours seulement ce dont il avait besoin, car il savait pouvoir compter sur lui. Tout comme sur la Pierre. Il la sentait, là, sur son torse, irradiant de puissance, diffusant cette énergie qui lui était propre, à l'image du chêne massif qui s'étirait vers le soleil pour porter la voûte céleste sans ployer. Et la lame montait lentement, sans discontinuer. Vers le receleur.

Ses bras étaient impuissants à retenir sa propre lame. Il s'efforçait à présent de la redescendre, mais elle montait toujours. Toujours. Elle se posa sur sa gorge, juste au-dessous de la pomme d'Adam, là où la peau est tendue, tendre. Panurge bandait ses muscles au maximum, brûlant les dernières parcelles d'énergie qui lui restaient. Pour sa survie. Pour sa survie. Pour… L'acier perça l'épiderme. Panurge sentit une goutte de sang perler sur sa peau basanée.

« Arrête ! Arrête ! »

Béroc ignora l'injonction. Ne pas écouter la première supplique. Ne pas montrer d'intérêt. Inspirer la terreur.

« ARRÊTE ! » lâcha le receleur dans un cri rauque.

La lame suspendit sa course. Mais resta. La deuxième supplique était la bonne, jaillissant avec l'unique espoir de la délivrance avant l'inéluctable. La voix de Béroc roula, résonna jusqu'à faire vibrer la lame. Panurge releva la tête jusqu'à sentir ses cervicales craquer.

« On t'a vendu une pierre bleue ce soir. Une grosse pierre bleue. Donne-la-moi !

– Je… Je vois pas de quoi tu parles ! Je… »

Une petite rivière noire se mit à suinter. Le fourgue retint un hurlement et se mit sur la pointe des pieds. La lame suivit le mouvement.

« À ma ceinture ! glapit le receleur. La bourse ! »

Voyant que Béroc n'esquissait pas le moindre geste – ni le couteau –, l'homme n'eut d'autre choix que de lâcher une main pour chercher fébrilement l'aumônière dans laquelle reposaient le pendentif et la Pierre. Il l'ouvrit et en extirpa le contenu d'une main tremblante.

« Là ! Là !

– Ouvre. »

Le receleur s'exécuta, fit jouer le capuchon. Béroc sentit la Pierre plus qu'il ne la vit. Une présence amie qui entrait en résonnance avec sa propre Pierre. Une de ses mains abandonna le couteau. Pierre et pendentif tombèrent dans la main tendue.

« Maintenant, lâche ton couteau. »

La lame tomba aussitôt à terre avec un bruit métallique. Le soulagement de Panurge fut palpable. Un coup de pied de Béroc envoya l'arme dans les profondeurs de la rue.

« Bien. Oublie cette pierre. Elle ne t'apportera rien de bon.

– Mais je l'ai payée une fortune ! protesta le fourgue.

– Tu as gagné au change : ta vie vaut bien plus. »

Sans ajouter un mot, Béroc tourna les talons. Panurge s'adossa au mur, essuyant le sang de sa gorge. Ses jambes tremblaient sans qu'il puisse les en empêcher. Il hésita un instant sur sa prochaine action : reprendre son bien ou écouter celui qui venait de le détrousser ? Cette deuxième pensée lui était odieuse. Il était Panurge ! En tout cas, un certain voleur ne perdait rien pour attendre…

La porte du Joyeux Kraken claqua tout près de lui. Deux silhouettes en sortirent, manquant de percuter Béroc qui s'éloignait.

« Mais quelle surprise ! »
Ektos souriait de toutes ses dents. Kleptos étouffa un renvoi sonore auquel la mauvaise bière n'était pas étrangère. La lumière de la lanterne accrocha la lame d'épée dentelée du petit homme.

Le fourgue disparut dans la nuit.

Chapitre 12

Continent d'Éther, port d'Ésode

Les quartiers du capitaine étaient calmes. Et déserts au premier coup d'œil. La table solidement fixée au plancher n'avait pas bougé d'un pouce. Les cartes qui la couvraient habituellement la recouvraient toujours, éparpillées selon un ordre savant. Les armoires étaient rangées, verrouillées. Le lit était fait, les couvertures pliées. Slétès lui-même avait été impressionné lorsqu'il était venu récupérer quelques affaires avant d'emménager chez son second : jamais sa cabine n'avait été aussi bien ordonnée depuis qu'une présence féminine s'était emparée des lieux. Tout le mérite en revenait à Théïa. Au contraire de la Hiérarque, monter dans un mât n'était pas chose aisée pour elle, surtout au milieu de ces hommes aux torses luisants de sueur qui la regardaient en souriant quand elle passait près d'eux, lui faisant monter le rouge aux joues. Alors, elle s'était occupée de la cabine du capitaine, davantage mue par l'envie de briser une inaction qui lui pesait qu'une soudaine passion pour le ménage. Si Slétès était un homme ordonné, il n'était guère ému par la poussière qui recouvrait meubles et bibelots, et s'accumulait dans les recoins en petites pelotes. Il prêtait avant tout une attention particulière à l'hygiène de l'Insouciant et à celle de ses marins : rien n'était plus ennuyeux et plus mauvais pour les affaires qu'une maladie déclarée à bord. Les autorités du port consignaient les hommes sur le navire pour une quarantaine jusqu'à ce que guérison ou mort s'ensuive. Si un matelot avait le malheur de contrevenir à ces règles et tentait de s'échapper du vaisseau, l'exécution pure et simple était bien souvent la seule sentence admise.

En rentrant dans sa cabine nouvellement briquée, Slétès n'avait plus eu le moindre doute sur sa nouvelle capacité à vaincre la maladie. Par contre, il doutait sérieusement de sa capacité à remonter le moral de la jeune fille en question. Car un examen plus attentif lui permit de distinguer dans l'obscurité ambiante une chevelure blonde qui dépassait du dossier d'une chaise. Chaise elle-même plantée devant les fenêtres qui tapissaient sa cabine à la poupe. Ces ouvertures offraient une vue imprenable sur le sillage du navire lorsqu'il fendait les flots, laissant derrière lui une traînée d'écume blanche. En ce moment, elle donnait surtout à voir la figure de proue d'un navire plus petit, une masse de bois informe qui ressemblait vaguement à une sirène. Slétès trouvait ça d'un commun au point qu'il en était venu à penser que le monde de la mer manquait cruellement d'imagination et basculait lentement vers un triste et dépressif conformisme des figures de proue. Ça n'était certainement pas ce paysage qui allait égayer la jeune fille plantée devant la fenêtre. Et encore moins depuis que la nuit était tombée.

Slétès était une personne joviale, portait haut le nom de son navire, mais n'en était pas moins sensible aux humeurs de celles et ceux qu'il côtoyait. En particulier, Théïa. Il avait beau ne connaître la jeune fille que depuis trois mois environ, il s'était attaché à ce petit bout de femme, frêle, mais dont il sentait une douceur et une force de caractère qui avaient des difficultés à s'exprimer pleinement. La découverte récente de sa mère, la vérité sur son père, une fuite contre des forces dont elle prenait seulement conscience, étaient autant d'évènements et de chocs émotionnels à encaisser, à assimiler, et mettaient ses nerfs à rude épreuve. Il voyait les relations entre Béroc et Théïa se distendre, plongeant son ami dans un désarroi dont il peinait à se sortir et dans une situation à laquelle il ne semblait pas trouver de solution. Le départ de Béroc et Daïna en début de soirée avait ravivé les tensions, Théïa avait observé avec un silence glacé son père adoptif l'évincer de la nouvelle action qu'il s'apprêtait à entreprendre. Béroc était parti sans un mot et la jeune fille s'était enfermée dans sa cabine. Les heures avaient passé et Théïa n'avait pas reparu depuis, y compris pour le souper.

Alors, le capitaine s'était mis à frapper à la porte de sa propre cabine. Il était entré malgré l'absence de réponse, pour trouver Théïa immobile sur cette chaise depuis dieux savaient combien de temps.

« Tu vas bien, jeune demoiselle ? » demanda-t-il en s'approchant.
La réponse tarda, laconique.

« Oui, oui.

– Mouais. Même un goéland ivre mort serait plus convaincant s'il me disait qu'il n'avait pas bu. »
Slétès attrapa une chaise qu'il ramena d'autorité près de la jeune fille.

Puis, d'un des placards fermés à clef, il sortit une bouteille et deux verres, dans lesquels il versa de généreuses rasades d'eau-de-vie. Il en fourra un dans la main de Théïa sans tenir compte de ses protestations et s'assit pesamment à côté d'elle. Il leva son verre avant de lui faire un clin d'œil :

« À nous, jeune demoiselle ! »

Slétès vida son verre d'une traite. La jeune fille hésita, puis l'imita. La morsure de l'alcool ne se fit pas attendre. Elle toussa, essaya d'articuler une remarque, mais ne réussit à émettre qu'un coassement qui fit glousser le capitaine, au point que des larmes se mirent à couler jusque sur sa barbe rougeoyante, tandis que sursautait son imposante carcasse.

« Mais c'est fort ! réussit-elle enfin à articuler.

– C'est ma cuvée des occasions spéciales : une eau-de-vie fabriquée par un des meilleurs brûleurs de Terra. Au moins ! Sens-tu cet arôme citronné, là, derrière ?

– Euh…

– Tu veux réessayer ?

– Sans façon ! »

Slétès éclata de rire.

« C'était une réponse franche !

– Désolée…

– Aucunement, jeune demoiselle ! Bon, fit le capitaine en reprenant son sérieux, qu'est-ce qui se passe entre toi et ton père ? Ça n'a pas l'air d'être l'entente cordiale en ce moment…

– Je n'ai pas envie d'en parler.

– Tu es bien la fille de ton père !

– Béroc n'est pas mon père ! bondit Théïa.

– Bien sûr que si ! »

La jeune fille foudroya le capitaine du regard et replongea aussitôt dans sa contemplation nocturne. Slétès leva les mains en signe d'apaisement.

« Excuse-moi, jeune demoiselle. Je ne voulais pas te paraître trop brusque. Je connais ton histoire et celle de tes parents : j'y ai participé un petit peu, indirectement… »

Les épaules de Théïa se raidirent. Slétès avait capté son attention. Faisant mine de n'avoir rien remarqué, le capitaine poursuivit :

« Béroc t'a caché tes origines pour des raisons qu'il t'a, je crois, déjà expliquées.

– Je suis finalement la seule à tout ignorer de mes origines, remarqua amèrement la jeune fille.

– Ne sois pas aussi dure avec toi-même, jeune demoiselle. Crois-moi : si Béroc t'a caché certaines choses, c'était pour te protéger. Pour cette raison, ne le juge pas trop sévèrement…

– Oui… Mais depuis quelque temps, j'ai l'impression de ne plus le connaître… Ses réactions sont… différentes… »

Slétès posa une main rassurante sur l'épaule de Théïa. Un frisson la parcourut : la sympathie du capitaine – ou la chaleur de l'alcool – réchauffait ses veines, faisant fondre la carapace qui retenait sa tristesse. Soudain, le capitaine se pencha vers elle. Dans sa barbe en broussaille, un sourire illuminait sa figure joviale.

« Ne t'inquiète surtout pas, jeune demoiselle ! Laisse ses réactions de côté et ne regarde que le bonhomme : c'est ce qui importe ! Et si cela peut te rassurer, Béroc est resté le même depuis la dernière fois que je l'ai vu ! Toujours aussi fringant et toujours dans les ennuis ! D'ailleurs… »

Slétès fit mine de jeter un regard méfiant autour de lui et se rapprocha un peu plus de Théïa avec un air de conspirateur :

« Même si je ne connais pas le passé de ton père après toutes ces années, je peux par contre te raconter notre rencontre ! Mais attention… (Slétès leva un doigt faussement menaçant) Pas un mot ! Sinon, ton vieil Ours de père serait capable de m'écharper vif ! »

Théïa ne put s'empêcher de sourire. L'engouement du capitaine était contagieux. Elle hocha timidement la tête.

« À la bonne heure ! Installe-toi bien et ouvre grand tes esgourdes ! »

Joignant le geste à la parole, Slétès se renfonça confortablement dans le dossier après avoir récupéré un coussin sur le lit et rempli son verre. Puis il plongea dans ses souvenirs :

« Voyons, voyons… C'était pas mal d'années avant ta naissance. J'étais au début de ma trentaine de printemps – sémillante, tu peux t'en douter – et j'étais l'heureux capitaine d'un navire appelé l'Insouciant. Celui-là même ! Les affaires n'étaient pas aussi florissantes que maintenant, mais je ne me débrouillais pas trop mal pour faire manger mes hommes à leur faim et vider quelques godets de temps à autre… »

*

* *

En arrivant à destination dans un petit port des Sables, le jeune capitaine Slétès sur l'Insouciant poussa un soupir de satisfaction. La dernière tempête qu'ils avaient essuyée avait été éprouvante et il lui tardait de prendre un peu de repos. Tout comme ses hommes, d'ailleurs. Eux aussi avaient les traits fatigués, tirant avec peine sur les cordages qui devaient permettre de carguer les voiles pour un arrêt complet. Quelques chanceux auraient quartier libre ce soir, laissant sans regret derrière eux leurs compagnons qui seraient chargés de nettoyer le pont et le reste du navire avant le chargement de la nouvelle cargaison. Slétès faisait partie de ces derniers. Mais le lendemain, les rôles seraient inversés. Le capitaine ne quitterait pas son vaisseau avant un bon moment, devant avant tout faire le point sur les avaries subies et les réparations à prévoir. Une première inspection avec son charpentier lui avait appris que la charpente de la coque et le grand mât étaient en bon état. Le mât de misaine avait quelque peu souffert mais ne nécessitait pas d'être changé. Finalement, seul un foc rentré trop tard s'était déchiré et la vergue avait tenu bon. Au prix du bois et de la main-d'œuvre, c'était une bonne nouvelle pour sa trésorerie. Plus important par-dessus tout le reste, la cargaison était intacte, à peine plus humide que d'habitude. Bien emballé, reposait dans la cale un ensemble de draps et de soieries, dont il avait fait l'acquisition auprès d'un marchand d'Émeraude. Faute de repreneur, celui-ci avait dû fermer boutique et vendre tous ses surplus. Slétès en avait négocié un bon prix et espérait bien le revendre à un prix meilleur encore : les produits étaient de très bonne qualité et pouvaient tout à fait satisfaire quelques familles bourgeoises de ce côté-ci de Terra. Proposer une marchandise gâtée aurait considérablement réduit ses bénéfices. Il lui fallait pour l'heure s'amarrer sans provoquer de nouveaux dégâts à sa coque, à sa cargaison et au quai qui l'accueillait.

Dès le lendemain, en fin d'après-midi, Slétès avait retrouvé son sourire jovial qui réjouissait ses hommes : un capitaine heureux était un capitaine généreux. Et pour cause, les bonnes nouvelles n'avaient cessé de s'enchaîner depuis la matinée : aucune autre avarie grave n'avait été constatée, l'Insouciant avait vaillamment résisté à toutes les épreuves des dieux capricieux du vent. Tout au plus son vaisseau aurait-il besoin de quelques ajustements mineurs et d'un peu d'étoupe pour garder un calfatage impeccable.

Ensuite, sa marchandise était partie à un prix bien supérieur à ce qu'il avait espéré. De quoi s'assurer quelques temps tranquilles en attendant sa nouvelle affaire et de distribuer une prime à ses marins, qui s'empresseraient de la dépenser dans ces plaisirs qui faisaient oublier un temps la difficulté du métier. D'ailleurs, il comptait bien les imiter dès ce soir. Quoiqu'avec une mission supplémentaire : recruter un matelot pour remplacer un incapable, qui, non content de discuter ses ordres, exécutait un travail sommaire, bâclé, et qu'un mousse aurait accompli avec de bien meilleurs résultats. Sa dernière erreur en date, un cordage mal arrimé qui avait failli emporter un autre membre d'équipage. Slétès l'avait puni de trois jours de cale, pensant que la punition le ferait réfléchir sur son comportement, mais il en avait été pour ses frais. Sitôt libéré, ses gens l'avaient averti qu'il tentait d'organiser une mutinerie pour prendre le contrôle de *son* navire. En entendant cela, Slétès était sorti de ses gonds et le marin récalcitrant n'avait plus quitté la cale jusqu'à leur arrivée au port. Le travail en avait été plus difficile, mais l'ambiance s'en était considérablement améliorée. Le capitaine l'avait relâché avec sa solde dès les manœuvres d'amarrage terminées. L'odieux personnage n'avait pas demandé son reste, chassé et hué par ses anciens camarades.

« Tu me le paieras, capitaine ! Je te jure que tu me le paieras ! » lui avait-il lancé avant de disparaître.

Slétès avait haussé les épaules et l'avait oublié. Jusqu'à ce qu'il se souvienne de pourvoir à son remplacement. Et le meilleur moyen de trouver un remplaçant à ce triste sire était bien sûr…

« …la taverne ! Il te faut savoir, jeune demoiselle, que la taverne est le meilleur endroit pour trouver des affaires à conclure rapidement et des marins à embaucher. Et c'est encore plus vrai quand le jeune capitaine que j'étais ne fricotait pas encore avec les gens de la haute ! Ça, c'est venu après ! Mais revenons à nos moutons… »

Slétès pénétra dans un des estaminets qui bordaient le port. Pourquoi celui-ci plutôt qu'un autre ? Si on lui avait posé la question à cet instant, il n'aurait pas su répondre. Sûrement parce que l'endroit était des plus animés : un petit groupe de marins en poussa la porte et des éclats de voix joyeux fusèrent par l'ouverture. Voilà le genre d'ambiance que le capitaine appréciait. Il entra à leur suite et découvrit une salle bondée : des serveuses circulaient entre les tables avec l'aisance de ballerines, échappant avec un souple déhanché de plus ou moins bonne volonté aux mains parfois trop insistantes de leurs clients, ou répondant avec un rire au bon mot d'une plaisanterie grivoise. L'atmosphère n'était pas aussi enfumée et pestilentielle que dans d'autres endroits du même genre : aux murs, de nombreuses lanternes en verre abritaient des bougies de cire qui se consumaient lentement tout en diffusant une lumière claire.

Jetant un coup d'œil aux bocks, Slétès vit une abondante mousse blanche qui aurait fait rêver plus d'un aubergiste des rades qu'avait pu traverser le capitaine. Et le patron, un gringalet à la démarche claudicante, paraissait des plus heureux derrière son comptoir. Comptoir vers lequel se dirigea obligeamment et prestement le capitaine de l'Insouciant. Il slaloma entre les tables, guettant une place qui se libérerait fort opportunément pour poser son propre séant, puis, chemin faisant, avisa dans le coin le plus reculé du lieu une table à laquelle le nombre de places vides dépassait de très loin le nombre de places occupées, une. Excepté que ladite place était occupée par un homme aussi barbu que lui, mais dont la carrure doublait sans peine la sienne. Devant lui, une chope de bois que le capitaine espérât vide ou sur le point de l'être. « Mazette, le grand gaillard ! » ne put-il s'empêcher d'admirer.

Sitôt atteint le bar, Slétès commanda deux bières, accordées par le tenancier avec un grand sourire. Le capitaine l'en remercia et s'en fût aussitôt vers la table occupée par le colosse.

« Salut mon gars, je m'appelle Slétès, capitaine du fier navire l'Insouciant. Quel nom t'ont donné les quatre vents ? »

L'inconnu dévisagea longuement le capitaine. Un regard impénétrable, une expression impassible, l'aspect du roc. Slétès se sentit fondre. Pour se donner une contenance, il poussa la bière vers l'inconnu.

« Je suis venu te parler affaires. Il me manque un membre d'équipage et j'ai besoin d'un costaud comme toi. La paye, c'est pas la meilleure, mais on mange bien. Et si les affaires sont bonnes, il y a prime pour tout l'équipage. Qu'en dis-tu ?

– Béroc.

– Pardon ?

– Je m'appelle Béroc.

– Pas courant, dis-moi ! Alors, marché conclu, Béroc ?

– J'y réfléchirai.

– Ah... »

Slétès ne put cacher son dépit. Mais le dénommé Béroc n'ajouta plus un mot.

« Inutile de te dire que ton père avait déjà cet art du dialogue et qu'il

m'avait refroidi plus sûrement que le blizzard ! Mais bon, je lui ai laissé la bière et la soirée, le temps de se détendre un petit peu. Je l'ai quand même surveillé du coin de l'œil : deux ou trois autres malheureux capitaines ont tenté leur chance après moi, mais peine perdue. Pourtant, j'étais certain que leurs conditions étaient meilleures que les miennes ! Je ne sais pas ce qu'il leur a dit, mais ils étaient tellement vexés qu'ils sont repartis avec les bières qu'ils lui avaient offertes ! »
Slétès s'étouffait de rire devant une Théïa médusée.

La déconfiture de ses confrères rassura Slétès et il ne vit plus aucun inconvénient à vider chope sur chope en galante compagnie, interrogeant tout de même de temps à autre quelques prétendants lorsque l'occasion se présentait. Au cas où. Mais il ne pouvait s'empêcher de lorgner en direction de Béroc. De toute la soirée, sa table demeura vide. Quelques téméraires encouragés par la boisson essayèrent bien de lui tenir compagnie, mais un seul regard du colosse avait suffi pour les tenir à l'écart. Sa table était restée inoccupée. Son silence, dressé comme une forteresse, décourageait quiconque s'approchait. Au grand dam du tavernier. Celui-ci voyait avec inquiétude la clientèle potentielle s'éloigner en marmonnant vers la sortie. Toutes les autres tables étaient pleines, or un client mécontent était un client qui ne revenait pas. Mais difficile de dire quelque chose à un type qui mesurait deux fois sa taille et qui consommait somme toute régulièrement. Il s'était finalement décidé à lui parler :

« Holà, matelot ! La bière est bonne ? »
Le "matelot" planta son regard dans le sien et acquiesça. L'aubergiste déglutit avec difficulté mais poursuivit :

« Tant mieux ! Alors pourquoi tu laisses pas les autres la partager à cette table ? »
La voix grave vibra des profondeurs de cette immense carcasse :

« Je ne les empêche nullement de s'installer. »
Le tenancier fut pris de court.

« Bon… ben… B… Bien… »
Il s'en retourna à son comptoir d'un pas encore plus raide que d'habitude. Et Béroc resta seul à la table.

« De mon côté, je passai une excellente soirée et finis un peu gris, il faut bien le dire. Ton père, lui, ne broncha pas une seule fois. La seule chose que je pus conclure à le voir comme ça était que j'avais devant moi un homme triste…

– Triste ?

– Ouais, triste. Mais quelque chose de plus insondable encore. Je ne peux pas te l'expliquer exactement, jeune demoiselle, mais même si j'ai pas mal bourlingué, vu et entendu un paquet d'histoires malheureuses, pour Béroc, cela semblait incurable. Enfin, bref ! Vint le moment où la bière a un effet secondaire bien connu… »

Les épaules de Slétès tressautèrent si fort et son teint vira au rouge si soutenu que ses compagnons eurent un instant peur de le voir tomber raide mort de sa chaise. À leur grand soulagement, le capitaine reprit son souffle dans une bruyante inspiration, essuyant dans le même temps ses yeux larmoyants.

« Elle est bien bonne celle-là ! rugit-il. Bien bonne ! Et grâce à vous et à cause d'elle, j'entends les latrines m'appeler bien fort ! »

Joignant le geste à la parole, Slétès se leva au milieu des encouragements et gagna en titubant la sortie en tapant sur toutes les épaules qui se présentaient. L'air frais et la nuit lui ramenèrent quelque esprit, suffisamment pour retrouver sa gauche et atteindre la rue adjacente, de laquelle se dégageait une forte odeur d'urine. Une fois soulagé comme il se devait, Slétès entreprit de se rhabiller avec l'aisance du matelot ivre, quand une main épaisse s'abattit sur son épaule.

« Hep-là, capitaine !

– Hmm ?

– Et alors, capitaine, on part sans dire au revoir ? »

Dans la brume de son cerveau, Slétès reconnut la voix. Puis la silhouette sèche et élancée qui se dressait devant lui. Son nom le fuyait, mais un souvenir – fort désagréable au demeurant – l'accompagnait.

« Va te faire pendre ailleurs, matelot ! grogna Slétès d'une voix pâteuse.

– Allons, capitaine ! Ce ne sont pas des manières entre vieux compagnons ! se vexa faussement la brute. Est-ce que ce sont des manières ? reprit-il en se tournant vers deux autres hommes derrière lui, qui les regardaient un rictus plaqué sur les lèvres.

– Non ! Sûr que non !

– Voyez, cap'taine ? Je suis juste venu fêter mon départ avec des amis…

– Content pour toi. Maintenant, pousse-toi de là, tu me fais de l'ombre…

– Doucement cap'taine, ne vous pressez pas trop vite. J'ai ouï dire qu'une prime avait été distribuée pour le travail accompli, mais il se trouve que j'ai malheureusement été oublié ! »

Slétès ne put s'empêcher d'émettre un petit rire.

« T'oublier ? Difficile d'oublier celui qui serait incapable de lacer ses chaussures sans un professeur ! Alors un nœud de cabestan, autant te demander de nous amarrer sur des récifs ! »

Les deux compagnons du matelot ricanèrent.

« Fais très attention à ce que tu dis, cap'taine..., grinça son ancien marin. Mais, fit-il en se reprenant aussitôt, je suis beau joueur : je vais te laisser partir. Avant cela, disons que je suis venu récolter le fruit de notre collaboration en espèces sonnantes et trébuchantes...

– En d'autres termes, tu viens me dépouiller, fripouille...

– Exact ! Je me suis même découvert un petit talent pour ça ! »

La brute saisit Slétès au col pour le tenir immobile. Bien trop secoué pour son état, celui-ci ne se fit pas prier pour se laisser bruyamment éructer au visage de son agresseur, le faisant reculer d'un bon pas devant l'odeur insoutenable.

« Un talent, hein ?

– Vous deux, saisissez-le ! » ordonna l'ex-marin en tenant Slétès à bout de bras.

Les malandrins s'exécutèrent avec une efficacité qui trahissait la force de l'habitude. Slétès se débattit mollement, mais la chape d'alcool avait rendu ses mouvements lourds et incertains. Dans un éclair de lucidité, il se reprocha vertement de ne pas s'être fait accompagner par plusieurs de ses hommes. Un coup de poing à l'estomac lui coupa le souffle. L'alcool absorbé anesthésia une bonne partie de la douleur, mais ne put empêcher la nausée de s'installer. Et s'il y avait bien une chose que Slétès abhorrait, c'était bien de rendre. Surtout lorsque la soirée lui avait été aussi agréable et la boisson aussi plaisante.

Un second horion à la mâchoire lui donna l'impression que ses dents s'étaient mises à jouer des castagnettes. Il essaya de bouger, mais les deux autres gredins lui tenaient fermement les bras. Sobre et sans ce début de nausée, il se serait sorti sans problème de cette situation. Ah ! Comme la bonne chère pouvait lui faire tourner la tête ! Pourtant, même au vu de ces circonstances désagréables, il se sentait heureux. Curieux comme il se sentait détaché... Jusqu'à ce qu'un troisième coup, une nouvelle fois porté à l'épigastre, le ramenât sur terre de bien brutale manière. Son estomac se souleva d'un bond.

« Non, non, non, non… », pria-t-il.
Peine perdue. Malmené autant par les malandrins que par sa quantité excessive de boisson en cours de fermentation, l'estomac ne put retenir plus longtemps ce qu'on lui avait confié et vida une partie de son contenu sur les pieds de son ancien collaborateur. Lequel vit rouge à défaut de voir clair et l'ombre derrière lui.

« Cette fois, t'as dépassé les bornes, sac à vin ! »
Le matelot leva un poing massif. Slétès ferma les yeux en priant dans ce qu'il lui restait de conscience pour que tout finisse vite. Mais rien ne vint. Après quelques secondes, il rouvrit un œil prudent et retint un hoquet, de surprise cette fois. Le poing brandi l'était toujours, mais était resté bloqué en l'air par une main salvatrice. Derrière le marin, la silhouette d'un colosse se dessinait dans les rayons verts de la Lune. Le nouveau venu détourna l'attaque, frappa à son tour sans attendre de réponse. La brute ne vit pas le coup venir, ne comprit pas ce qu'il lui arrivait : il eut seulement l'impression qu'une enclume venait de lui être envoyée avec une telle force qu'elle lui broya la mâchoire et le nez. Il s'évanouit sans demander son reste. Ses deux compères ne prirent pas le temps de s'inquiéter de leur compagnon, lâchèrent Slétès qui s'écroula par terre et s'enfuirent avec courage.

Slétès toussa, l'estomac endolori de tous les mauvais traitements infligés, mais néanmoins heureux d'avoir échappé à sa propre vomissure, à moins d'une encablure de son nez.

« Ça va, capitaine ? » s'enquit une voix grave.
L'image du colosse barbu – Béroc – lui revint tout de suite en mémoire.

« C'est toi, matelot ?

– C'est moi. J'ai réfléchi. J'accepte ta proposition.

– En… Entendu, matelot. Ta première mission : me ramener à bord… L'In… L'In…

– L'Insouciant ?

– C'est ça. Bienvenue à bord, matelot… »

« C'est après cette rencontre aussi fortuite que bienvenue que j'ai engagé ton père… Très honnêtement, jeune demoiselle, j'ai longtemps mis à lui demander : pourquoi moi ?

– Comment ça ?

– Je ne pensais pas lui avoir fait la meilleure impression de Terra en étant dans cet état. Et tu sais ce qu'il m'a répondu, le bougre ? Que j'avais été le seul à lui laisser la bière sur la table quand je lui ai fait ma proposition. « Ça m'a montré ta générosité », m'a-t-il dit.

– Typique de lui, commenta Théïa avec un sourire.

– Maintenant que je le connais, exactement ! Il m'a aussi avoué avoir vu l'autre marin de gravure sortir après moi. Tout ça pour te dire que c'est de cette façon que ton père a commencé à naviguer avec moi sur tous les océans et mers de Terra... Autant te dire tout de suite que je ne l'ai jamais regretté ! »

Slétès s'aperçut très vite que Béroc était une excellente recrue. Guère besoin lui était de lui donner des ordres, il savait où et quand intervenir dans les haubans, sentir les vents, carguer les voiles, lire les nuages et prédire le temps qu'il allait faire, fabriquer l'étoupe et calfater, s'occuper de la charpente, pêcher et même cuisiner le cas échéant. Il était un marin aux multiples facettes, très complet à tous points de vue. Si son travail faisait l'unanimité, les avis étaient partagés sur l'homme. Car il n'en restait pas moins réservé, discutant peu avec les autres membres de l'Insouciant, préférant garder le silence. Au début, les matelots s'étaient méfiés de lui, de son caractère taciturne, de son éloignement aussi avec le reste de l'équipage, se mêlant de manière effacée lors des calmes soirées passées à bord. Seul Slétès parvint peu à peu à le dérider au fil des mois : sa bonne humeur contagieuse et sa bienveillance à l'égard des hommes étaient ses meilleures armes contre l'humeur sombre de ce nouveau membre.

Un beau jour, le capitaine de l'Insouciant se rendit réellement compte que l'homme qu'il avait engagé possédait plus d'une corde à sa voile. Ce jour, il s'en souviendrait toute sa vie. Slétès venait d'accoster à Qonet, un port des Sables au sud-est de Terra, avec le projet d'acheter des collections de verre précieux et de cristal. Ses dernières affaires avaient été tout juste concluantes et le capitaine avait puisé dans sa fortune personnelle pour assurer une pitance et un salaire correct à son équipage. L'opération qu'il avait l'intention d'engager était risquée à plus d'un titre : un chargement fragile, un port d'approvisionnement éloigné donc des aléas météorologiques accrus et, surtout, un gain incertain. Slétès connaissait moins bien le produit, mais après divers renseignements pris auprès de revendeurs, il s'était aperçu qu'une forte demande de verre et de cristal émergeait. Il avait décidé de tenter l'aventure. Pensant revendre à bon prix les dernières étoffes précieuses qu'il lui restait de sa précédente escale à Ualine pour financer partie de son futur négoce, Slétès avait dû faire face à une première déception : deux concurrents étaient déjà passés et avaient revendu leur cargaison avant lui, faisant du même coup s'effondrer les prix. Et lorsqu'ils étaient arrivés à Qonet pour tenter une nouvelle négociation, le même scenario s'était répété. Il avait tout de même dut vendre ses stocks la mort dans l'âme et commencé des tractations pour des marchandises de verre, mais dont la qualité était clairement moins moindre que celle qu'il avait escomptée. Le hasard – les dieux ? – voulut que le matelot originaire des Sables qui devait accompagner le capitaine pour le marchandage de ces pièces tombât malade la veille et gardait encore le hamac quand ordre fut donné de partir. Béroc passant à proximité, le capitaine le héla et lui enjoignit de se joindre à lui pendant que son second surveillait le navire.

« Où est-ce que nous allons ? s'enquit Béroc.

– Tenter de négocier notre prochaine marchandise, grogna Slétès.

– Pourquoi moi ? demanda à nouveau Béroc sans se formaliser de l'humeur du capitaine.

– Tu étais le premier que j'avais sous la main. Et j'aime bien avoir quelqu'un pour surveiller les parages. On ne sait jamais…

– Des soucis, capitaine ? »

Le ton sérieux réussit à dérider Slétès malgré lui.

« Ne sois pas si formel, Béroc ! Nous ne sommes que nous deux : appelle-moi Slétès, voyons ! »

Un mince sourire s'esquissa dans la barbe du colosse.

« Et là, je te jure que c'est la première fois que je le voyais sourire, jeune demoiselle ! »

« Tu es un capitaine… particulier, Slétès.

– Je n'oublie pas que sans toi mon portrait ne serait pas aussi remarquable maintenant !

– Il ne s'agit pas de ça… J'ai connu d'autres capitaines avec bien moins de sollicitude pour leur équipage…

– Ma devise, c'est : “Prends soin de ton équipage et l'équipage prendra soin de toi”. Mon bateau est tout ce que j'ai, alors si je peux m'éviter une mutinerie… Mais ça y est, on est arrivé ! »

Devant eux se dressait une des plus importantes manufactures de Qonet, de laquelle irradiait une chaleur étouffante, en plus de celle causée par le soleil. Un homme vint les accueillir, avant de présenter à Slétès les créations de l'atelier : bibelots d'inspiration végétale ou animale, verres et vases de toutes formes et de toutes dimensions, moulages, soufflages, peintures sur verre de toutes les couleurs et même d'immenses plaques de miroirs qui n'étaient pas sans rappeler l'étonnant château de Béryl. Tout ce qui pouvait être marchandé et emporté était là. Le capitaine de l'Insouciant examina tout cela longuement, hochant la tête de temps à autre quand le bonimenteur guettait son approbation, posant les questions d'usage sur les prix de gros que l'artisan était prêt à lui faire, lorsqu'une aide du verrier appela celui-ci pour un conseil quelconque, laissant Slétès brièvement seul. Celui-ci poussa un soupir de soulagement.

« Nom d'un cachalot blanc ! J'ai cru que j'allais jamais m'en débarrasser !

– Il a flairé le gros poisson.

– Mais je n'ai pas envie d'être ferré ! Pas tout de suite en tout cas. Toi, qu'en penses-tu ?

– Le prix qu'il te réclamera sera toujours trop au-dessus de la valeur que sa marchandise a.

– On est arrivé à la même conclusion : je te parie que si je gratte cette peinture avec l'ongle, je la fais tomber en poussière.

– Je pensais surtout à la qualité du verre : j'ai regardé un peu leur processus de fusion, ils mettent bien trop de potasse... »

Slétès haussa un sourcil intrigué.

« De la potasse... ? Tu m'en diras tant...

– Tu en obtiens en brûlant du bois, des plantes... autrement dit dans la cendre. La potasse a pour effet d'abaisser la température nécessaire pour faire fondre la silice contenue dans le sable et qui compose l'élément principal du verre. Mais trop de cendres donne un verre de mauvaise qualité, qui se dégrade plus rapidement, voire devient cassant.

– Que me conseilles-tu alors ? s'enquit le capitaine d'un ton où perçait l'impatience, voyant revenir avec inquiétude le maître des lieux.

– Abandonne : tu perdrais bien plus que tu n'y gagnerais.

– Quoi ?! Mais tu es fou ! s'écria Slétès avant de baisser d'un ton (Le verrier avait froncé les sourcils et accéléré le pas.) Si j'abandonne ici, on se retrouve demain avec un steak en bois dans la gamelle !

– La mer pourvoira largement à nos besoins avant que ça n'arrive. Fais-moi confiance.

– Alors ? Je vous emballe toutes ces belles marchandises ? » claironna le verrier en se frottant les mains.
Slétès prit une profonde inspiration. Il jouait son va-tout et surtout la seule et unique chose qu'il possédait vraiment : son navire. Le regard tranquille de Béroc le convainquit plus que toute autre parole. Il se tourna résolument vers son interlocuteur.

« Ce jour-là, jeune demoiselle, j'ai compris deux choses : que j'allais garder l'Insouciant et que je pouvais placer ma vie entre les mains de ton père. Même si sur ce dernier point, je t'avoue qu'il m'a fait une peur bleue : on a passé presque deux semaines à pêcher, à manger tellement de poissons que j'ai cru me réveiller un jour avec des branchies ! Mais quand nous sommes arrivés à destination, je n'en ai pas cru mes yeux… »

« Mais tu te moques de moi ?! »
Devant Slétès se dressait un village de quelques maisons dont les façades arboraient un crépit blanc usé. Et nulle part le capitaine ne vit l'agitation ouvrière dont il avait été témoin à Qonet.

« À quoi t'attendais-tu ? sourit Béroc devant l'air désespéré de son ami.

– Des fours ! Des fourneaux ! Des bateaux pleins de marchandises de cristal !

– Regarde les fenêtres. »
Slétès plissa les yeux. Un rayon de soleil caressa une ouverture un peu plus loin devant lui. Et fut ébloui par un reflet.

« Du verre !

– Exactement. En fait, leurs fours sont plus loin dans les terres, là où se trouvent leurs ressources : le bois et l'eau. Demande à voir un échantillon de leur savoir-faire et tu verras que je ne t'ai pas menti… »

« Et là, jeune demoiselle, un verre aussi pur que du cristal et un cristal aussi pur que de l'eau ! Des objets façonnés avec une si grande délicatesse que je croyais réellement que l'oiseau de verre que j'avais dans les mains allait s'envoler !

– Mais je ne comprends pas, objecta Théïa. Si leur art était aussi fameux, comment se faisait-il qu'ils ne vendaient pas leur marchandise ?

– C'est exactement la question que j'ai posée à ton père, figure-toi ! Et la réponse était très simple : la route que nous avions prise pour arriver jusque-là ! J'ai cru nous envoyer par le fond une bonne douzaine de fois. Même les gars faisaient dans leurs chausses. Béroc m'a appris *après* que neuf navires sur dix faisaient naufrage sur les récifs qui la bordaient. À cause de ce trop grand risque, le lieu était très vite tombé en désuétude, mais les habitants avaient continué à créer par passion. Tout le reste de ma fortune personnelle y est passé et les étoffes précieuses que j'avais encore en cale me servirent à emballer ces merveilles. Autant te dire que j'ai fait un retour triomphal et un retour sur investissements dont l'équipage se souvient encore quand ils ont vu la prime que je leur ai donnée !

– Et Béroc ?

– Après cet épisode, je l'ai invité dans le meilleur restaurant de la ville, là où on avait fait escale pour tout vendre. Pour moi, ça reste un de mes meilleurs souvenirs ! Et ton père ivre…

– Père, ivre ?! (Théïa était abasourdie.)

– Oups…

– Mais… Mais il ne me l'a jamais raconté !

– Euh… Il m'avait aussi fait promettre de garder ça pour moi, répondit Slétès, gêné avant de se ressaisir. Mais bon ! Cette soirée a été suivie de beaucoup d'autres, au fur et à mesure que ton père me faisait découvrir Terra. Un comble pour moi qui me vantais de l'avoir parcourue de long en large ! Il connaissait notre monde comme ses fontes et savait exactement où prendre la marchandise et à qui la revendre au meilleur prix ! Autant te dire que j'ai pris une leçon de géographie autant que de négociation…

– Et il ne vous a jamais dit comment il avait connu tous ces endroits ? interrogea la jeune fille sceptique.

– Non. Ça faisait partie de son passé. Il ne m'en a jamais dit un mot et jamais je ne lui ai demandé.

– Pourquoi ?

– Parce que j'estimai que si ton père avait voulu parler de son passé, il l'aurait fait de son propre chef, de sa propre envie. S'il s'est tu, c'est qu'il ne voulait pas en parler, c'est aussi simple que ça, gloussa Slétès. D'ailleurs, même s'il ne me l'a pas dit, je crois qu'il m'en a toujours été reconnaissant… »

Slétès se tut et se reversa un verre d'eau-de-vie. Le contenu disparut d'un trait. Parler de tout ça avec la jeune fille lui remuait finalement un peu les tripes. Il regarda la bouteille qu'il tenait encore à la main. Curieux la vitesse à laquelle elle se vidait… Tout comme le temps qui passait. Plus de vingt années s'étaient écoulées depuis qu'il avait vu Béroc pour la dernière fois. Lui avait vieilli, pris des rides, des poils blancs dans la barbe et dans les cheveux, une bonne partie de l'équipage avait été renouvelée. Il s'était enrichi aussi, et même considérablement. Mais il avait toujours essayé de se préserver du pouvoir corrupteur de l'argent en le dépensant généreusement, autant pour se faire plaisir que pour des nécessiteux qu'il avait découverts et côtoyés durant ses voyages. Puis Béroc avait reparu, inchangé malgré les années écoulées.

« Capitaine ? »

Slétès s'ébroua.

« Excuse-moi, jeune demoiselle, je me suis perdu dans mes souvenirs ! Oui ?

– Vous ignorez le passé de Béroc, mais quelle raison le pousserait à le cacher ? s'obstina Théïa.

– Je ne sais pas et je ne veux pas le savoir, répliqua le capitaine avec un clin d'œil, avant de retrouver un ton plus sérieux. Mais je suis sûr d'une chose, jeune curieuse : ton père a dû énormément souffrir. Plus d'une fois je l'ai vu accoudé au bastingage, regardant bien plus loin que l'horizon. Ton père sait être impassible, mais j'ai appris à le connaître. Et une douleur aussi intense, j'en ai rarement vu ailleurs que dans ses yeux. Quand je l'ai rencontré pour la première fois, il avait perdu cette étincelle qui fait vivre. Et pour tout te dire, lorsque je lui ai proposé de venir sur l'Insouciant, je ne pensais vraiment pas qu'il allait accepter…

– Je ne l'ai jamais connu comme ça, commenta la jeune fille perplexe.

– Tu vas comprendre pourquoi : grâce à ton père et aux marchandises qu'il me dégotait, j'ai gagné en réputation au point de traiter avec les hautes sphères de Terra : le Siège, l'Aire, Béryl, partout où le gratin se trouvait, j'avais mes entrées. Et l'Archipel ne fit pas exception à la règle… »

Dans la ville d'Ocle, l'activité du port battait son plein. Et dans cette agitation, Slétès remontait le quai avec difficulté, n'hésitant pas à jouer des épaules et des coudes pour se frayer un chemin à travers la cohue, non sans s'attirer quelques commentaires désobligeants sur son propre passage. Il releva la tête, aperçut son objectif et accéléra le pas. Le capitaine n'avait même pas encore atteint la passerelle de l'Insouciant qu'il rugit :

« Béroc ! »

La tête barbue du colosse apparut au bastingage, tandis que Slétès achevait de débouler sur le pont.

« Holà ! Tu as l'air de bonne humeur, capitaine...

– Plutôt ! Figure-toi que nous avons l'immense honneur et privilège d'être invités à la cour d'Aigue-Marine !

– Toutes mes félicitations, Slétès, sourit Béroc. Ta réputation ne connaît plus les frontières...

– Comme si tu y avais été étranger ! riposta le capitaine. Plus sérieusement : un de leurs messagers vient de me demander de l'aide pour la livraison d'une vingtaine de tonneaux de denrées sur une île difficile d'accès. Ils sont en période de disette là-bas, et ils n'arrivent pas à ravitailler tout le monde. Et comme tous leurs gros tonnages sont partis chercher de l'aide...

– ...on compte sur nous pour faire le reste du boulot moyennant une belle récompense. Je me trompe ?

– On appareille ce soir ! » ordonna Slétès pour toute réponse.

« C'est ainsi que nous fîmes voile vers l'Archipel et vers un changement que j'étais loin d'imaginer. Grâce à ton père, l'opération de livraison se fit une nouvelle fois sans accroc et nous fûmes conviés peu après par les souverains de l'Archipel, la reine Kalaïa et le roi Théïos...

– Mes parents ?

– Exactement ! Tes parents, jeune demoiselle, tout jeunes et fraîchement élus... »

Le palais, situé sur l'île principale de Diafanéïa, était somptueux. Blanc, des colonnades évoquant des créatures marines fantastiques entrelacées, des cascades qui sinuaient le long des chemins pavés de marbre blanc, et partout des Sauriens stylisés, tour à tour menaçants et accueillants, sculptés, gravés, moulés, dans un style purement animal ou bien plus anthropomorphique pour accentuer les liens étroits qui rattachaient ses habitants aux Sauriens des origines.

Après une attente des plus brèves, Béroc et Slétès furent introduits dans une salle d'audience. Au centre de celle-ci, une fontaine laissait échapper une eau transparente de ses volutes végétales. Le bruit qui en résultait était apaisant, dissipant avec délicatesse tous les troubles de l'esprit. Il n'y avait pas de trône dans cette pièce, seulement des sièges un peu larges et surélevés d'une courte marche, faits d'une matière que

Slétès apparenta à un os poli de rorqual pour l'assise et le dossier, et de corail coloré pour le chef. Non loin, quelques sièges en bois simple pour les conseillers complétaient l'ensemble. Slétès s'avança d'un pas intimidé, tandis que Béroc progressait à côté de lui avec un calme olympien, indifférent. Autour d'eux, les murmures se turent avant de reprendre de plus belle : la carrure du géant faisait sensation. Le chambellan les introduisit d'une voix forte :

« Le capitaine Slétès de l'Insouciant, et son second, Béroc ! »

Béroc regarda Slétès, amusé.

« "Second" ? » chuchota-t-il.

Le capitaine lui fit un clin d'œil.

« Fais-moi penser à demander une augmentation après les festivités... »

Slétès réprima le sourire qui lui venait aux lèvres : ils approchaient et il devait avouer qu'il se sentait impressionné par autant de monde et d'apparat.

Arrivés devant les souverains, le capitaine fit une révérence maladroite, pendant que Béroc s'inclinait légèrement du buste. À leur grande surprise, Théïos se leva pour les accueillir, aussitôt imité par Kalaïa. Béroc avait les yeux rivés sur la reine.

« Nous vous souhaitons la bienvenue sur l'Archipel.

– C'est... C'est un honneur, Majesté, bredouilla Slétès.

– Nous tenions à vous remercier de vive voix, intervint doucement la reine. Votre intervention a été salutaire pour ceux que nous avons le devoir de protéger. »

Le regard de Kalaïa ne quittait plus Béroc.

« Je suppose que c'est à cet instant que s'est faite l'alchimie entre Béroc et ta mère. Après ça, nous sommes repartis en promettant de revenir, pour le commerce et l'agrément. Ce que nous fîmes. Et à partir de ce moment-là, Béroc proposa régulièrement ses services à tes parents. Ainsi, je repartais parfois seul, Béroc restant auprès d'eux. Si j'étais par moment triste de reprendre la mer sans lui, j'étais aussi heureux de le voir retrouver un peu de vie. Durant une de nos expéditions à l'Archipel, la reine Kalaïa demanda à Béroc de rester à son service pour quelques mois, le temps que ton père – ton vrai père – se rende à une importante assemblée au Siège qui requérait absolument sa présence. Je devais retrouver Béroc au retour de Théïos. Mais quand je revins comme prévu, ce fut pour apprendre de bien funestes nouvelles…

– Théïos mon père avait été assassiné…

– Exact. Et Béroc avait disparu. Plus tard, j'appris de la bouche même de la reine qu'une fille lui était née et que tu avais échappé à une tentative d'assassinat. Que Béroc était parti sur ses ordres, avec son enfant, pour te protéger. Inutile de préciser que j'ai fait une drôle de tête quand elle m'apprit toutes ces nouvelles, rit doucement Slétès. Mais le plus dur pour moi était à venir : elle me fit jurer de ne jamais chercher à vous retrouver.

– Pour ne pas nous compromettre…

– Encore exact, pour ne pas vous compromettre. Alors, quand vous avez débarqué sur mon bateau cette nuit-là, tu n'imagines même pas la surprise et la joie de vous découvrir ! Au point que j'ai cru que j'avais trop forcé sur le rhum avant de me rappeler que j'en avais plus ! »

Rien que d'y repenser, Slétès riait de bonheur en se tapant bruyamment la cuisse. À côté de lui, Théïa demeurait silencieuse pendant que résonnaient déjà sur l'Insouciant les préparatifs de départ. Les révélations du capitaine découvraient Béroc sous un jour complètement nouveau, dont elle n'avait jamais eu idée. Le portrait qu'en avait brossé Slétès avait été celui d'un homme amoindri, qui avait bien peu de choses à voir avec le père qu'elle avait côtoyé chaque jour durant toutes ces années. Tout à coup, Théïa se sentit coupable. Toute la rancœur accumulée contre Béroc s'estompait. Tous les secrets qui avaient entouré sa propre naissance avaient été dans le but de la protéger. Même si elle avait encore du mal à admettre ce dernier point qui remettait en cause sa propre identité, elle en comprenait les enjeux. Slétès s'approcha d'elle et, lui prenant les épaules, plongea son regard d'azur dans le sien :

« Je peux t'assurer d'une chose, jeune demoiselle. Depuis qu'il t'a recueillie, depuis que je le revois ces derniers mois, il a changé. J'ai compris en quoi lorsque je l'ai vu te regarder : il avait retrouvé cette étincelle de vie. Alors, petite demoiselle, tu peux croire le vieux Slétès : Béroc t'aime comme sa propre fille, et… »

Une voix puissante venant de l'extérieur l'interrompit :

« LARGUEZ LES AMARRES ! »

Chapitre 13

Continent d'Éther, bas-fonds d'Ésode

Finalement, l'attente dans ce tripot en avait valu la chandelle. Car depuis que leur voleur avait quitté la taverne, Ektos avait trépigné. Sur le point de se lever pour lui emboîter le pas, il avait été arrêté par son compagnon :

« Attends. »

D'un mouvement de tête, Kleptos lui avait désigné Panurge qui se préparait à partir et jetait des regards méfiants autour de lui. Les deux hommes avaient plongé la tête dans leur bock. Le Hiérarque avait rongé son frein pendant que Kleptos s'était employé à terminer avec applications l'ultime chope commandée. Le receleur s'était enfin levé. Jurant entre ses dents, Ektos avait encore dû attendre que le dernier sbire du fourgue passe la porte pour se relever. Il avait déjà jeté quelques pièces de bronze sur la table pour s'éviter les ennuis de la fois précédente.

« Kleptos ! Dépêche, on va le perdre !

– Deux secondes… »

Sitôt dit, sitôt bue, le petit homme s'était tranquillement levé à son tour, s'était assuré que ses deux pieds touchaient bien le sol et que celui-ci ne tanguait pas trop. Après toutes ces précautions d'usage, il avait fièrement annoncé :

« Je suis fin prêt !

– Pas trop tôt ! avait maugréé son supérieur en se précipitant vers la sortie. Et prépare ton coupe-choux ! On va certainement en avoir besoin… »

La surprise était de taille. Jamais Ektos n'aurait imaginé se retrouver nez à nez avec un des fugitifs les plus recherchés du Siège. Il dégaina aussitôt ses épées. Un sourire cruel aux lèvres, il contempla brièvement son adversaire. Béroc mesurait bien une tête et demie de plus que lui.

Un autre que le Hiérarque se serait senti le poids d'un roseau devant ce chêne dressé face à lui. Mais Ektos voyait une occasion de mesurer sa force, de faire couler le sang, de soumettre sa proie comme il lui plaisait. À côté de lui, Kleptos ne se rappelait pas avoir vu d'arbre dans la rue.

« J'ai promis de ramener ta tête au Grand-Prêtre..., susurra Ektos à l'intention du géant. Et je tiens toujours mes promesses ! »

Béroc ne réagit pas. La Pierre était en sécurité, mais la situation prenait une tournure aussi indésirable qu'inquiétante. Il coula un regard vers les deux longues lames que tenait son adversaire. Ses mains nues ne feraient pas le poids. Il se concentra. L'Ours répondit à son appel avec un grognement. À lui non plus, l'homme ne lui plaisait pas. Il puait le sang et la mort. Le picotement familier parcourut ses doigts et des griffes fortes, puissantes, jaillirent de ses extrémités en un battement de paupières, pendant que ses mains et ses bras se recouvraient d'une épaisse fourrure. La Transformation à peine achevée, Béroc attaqua. Il devait finir, et vite. Plus le temps passait, plus leurs chances de quitter Éther s'amenuisaient : si un régiment de soldats venait à accourir, ils ne pourraient pas faire front sans éveiller définitivement les soupçons.

Le Hiérarque para l'attaque in extremis, fit une pirouette et détendit son bras. L'épée glissa sur l'épaisse fourrure de l'épaule sans inquiéter son propriétaire. Puis le colosse se contenta d'écarter la seconde lame comme une mouche inopportune et contre-attaqua aussitôt. Ektos esquiva de justesse et dut en même temps bloquer une nouvelle offensive pour ne pas finir diminué d'une jambe. Ses bras résonnèrent de la violente charge. Malgré sa corpulence, l'homme était diablement rapide et enchaînait les assauts avec une rare dextérité. Le Hiérarque recula d'un bond pour rompre l'échange, détendant ses bras engourdis. Son sourire s'élargit. Ça, ça lui plaisait. Néanmoins, un détail l'empêchait d'apprécier pleinement la situation : mais que faisait donc Kleptos à bayer aux corneilles ?! Il avait un voleur à attraper !

C'était précisément sur ce détail que s'était arrêté le petit homme. Voyant le colosse, il l'avait prudemment laissé à son ami. Leur cédant obligeamment la place pour leurs prochains ébats, Kleptos s'était légèrement décalé dans la rue. Son regard avait été à cet instant attiré par deux formes qui se débattaient un peu plus loin contre le mur, de l'autre côté de la porte du Joyeux Kraken. Il s'approcha pour en avoir le cœur net et en resta bouche bée.

« Ektos ! »

Aucune réponse. Juste quelques bruits métalliques derrière lui.

« Ektos ! Réponds !

– Tu vois pas que je suis occupé ? grogna son compagnon dans un râle.

– Si ! Mais là-bas ! La Hiérarque ! Et notre voleur !

– Éh bien, qu'est-ce que t'attends pour les cueillir ?! »

Ektos porta un violent coup de pied au genou pour faire ployer Béroc, sans résultat. Par contre, il vit les griffes arriver sur lui avec beaucoup trop d'empressement. Il se baissa au dernier moment. Bien lui en prit : le coup de griffes circulaire qui aurait dû le priver de sa gorge entama le mur au-dessus de lui comme du papier, faisant tomber sur lui une pluie de briques et de mortier. Le Hiérarque roula sur l'épaule pour prendre de la distance et préparer sa nouvelle offensive.

Daïna fronça les sourcils. Ces voix ne lui étaient pas inconnues. Non… Ça ne pouvait être… La lanterne éclaira fugacement un visage, ôtant tous ses doutes. Elle jura :

« Ektos et Kleptos ?! La peste soit d'eux ! »

Dekas, qui s'attachait à trouver une solution pour se défaire de la poigne de fer qui le retenait, releva la tête en entendant la voix de la Hiérarque. Plus loin sur sa gauche, il aperçut deux ombres, dont une lui parut vaguement familière. Il fouilla sa mémoire, jusqu'à retrouver ce souvenir récent : une taverne dans la matinée, une bourse plutôt pesante dans la main et un propriétaire aux allures de militaire, habillé à l'époque d'un uniforme rouge arborant l'étoile enflammée du Siège. *Un soldat*. Une caste aux antipodes de la sienne. Dekas fut outré que cette belle inconnue fréquentât de tels personnages :

« Ma dame ! Vous connaissez ces ignobles individus ?! Vos relations m'apparaissent… »

Sans un mot, Daïna remonta d'un cran le bras du voleur dans son dos pour couper court à la péroraison.

« …bien peu recommandables ! acheva Dekas une octave plus haute. Mais parce que c'est vous, je passe l'éponge pour cette… Aaaah ! »

Voyant que la passe d'armes entre Béroc et Ektos s'éternisait, Daïna n'eut d'autre alternative que d'aller prêter main-forte au colosse. Ils ne pouvaient se permettre de s'attarder plus longtemps en ces lieux : tôt ou tard, une garnison d'Éther pouvait surgir, et mettre fin à toute tentative de fuite. Pour sa part, elle avait décidé de repousser le plus loin possible son retour au Siège et sa prochaine exécution. Avec une vitesse de réalisation éblouissante, Daïna fit accomplir un demi-tour à son prisonnier et effectua à la perfection une technique de projection qui envoya Dekas tutoyer des hauteurs insoupçonnées pour un homme dépourvu d'ailes. Sans plus se préoccuper du voleur, la Hiérarque se précipita vers les deux combattants. Elle n'avait plus de temps à perdre, quitte à passer sur le corps de Kleptos. Littéralement.

Sûr de lui, le petit homme s'avançait, sa grande épée dentelée à la main. Ça l'ennuyait un peu de découper son ancienne cheffe – jamais il n'aurait cru avoir cette pensée-là pour ce dragon qui, finalement, l'avait laissé relativement tranquille pendant ses dures années de labeur militaire –, mais Ektos était Hiérarque et l'ancienne Hiérarque une fugitive. Un voleur dans l'âme qui se tenait du bon côté de la loi, il faisait presque honte au métier…

« Ton compte est bon, Hiérarque de mon cœur ! » annonça-t-il fanfaronnant.

Kleptos ne vit rien venir. Daïna accéléra brusquement sur lui, dédaignant l'épée devant elle qui s'abattit dans le vide. La jeune femme sauta avec une légèreté aérienne. Son Aigle déploya ses ailes. Le petit homme n'était pas un obstacle. Juste un tremplin. Daïna prit appui sans vergogne sur la trogne de Kleptos – qui en vit trente-six chandelles – pour s'élever dans les airs. Les picotements dans ses omoplates devinrent des démangeaisons lorsque jaillirent humérus et ulnas.

Béroc l'aperçut du coin de l'œil et se décala légèrement pour se mettre dos au mur. La situation lui était défavorable, mais mettait Ektos en confiance. Le géant para trois attaques successives, repoussa son adversaire qui recula de deux pas sous la puissante charge du colosse. Sans se décourager, le Hiérarque voulut repasser à l'offensive, quand un mouvement dans un coin de son champ de vision attira son regard.

Daïna n'attendit pas que ses ailes fussent entièrement matérialisées : elle appuya sur un coussin d'air qui la propulsa en avant. La jeune femme jura entre ses dents. Ektos s'était légèrement tourné vers elle, mais Béroc avait pris le relais. Il leva une griffe menaçante. Le soldat n'eut d'autre choix que de reporter momentanément son attention sur le géant d'Émeraude. Béroc abattit puissamment sa patte. Ektos eut juste le réflexe de tendre ses épées devant lui pour se protéger. Ses yeux s'agrandirent sous la surprise, lorsqu'il vit Daïna se précipiter vers lui. Il avait connu situation plus favorable…

Se déployant de toute son envergure, Daïna fila au ras du sol, avant de pivoter brutalement sur elle-même. Les grandes rémiges de son aile droite fauchèrent les jambes d'Ektos. Le soldat s'écroula en même temps que la frappe de Béroc l'aplatit au sol. Sa tête rebondit sur le pavé, laissant une trace sombre sur la pierre. La jeune femme se redressa, ses ailes disparaissaient déjà. Béroc enjamba le corps, faisant signe à l'ancienne Hiérarque :

« Merci ! On s'en va, vite ! »

Tous deux disparurent dans l'ombre d'une venelle, tandis qu'une voix affolée résonnait derrière eux :

« Ektos ! »

Kleptos se précipita vers son compagnon. Derrière lui, le voleur s'était échappé sans demander son reste. Devant lui, le petit homme avait juste eu le temps d'assister à la chute de son ami pris en tenailles par les deux mécréants qui l'assaillaient. Serrant son épée d'une main et se tenant de l'autre main son front nouvellement orné d'une semelle de botte, Kleptos accourut vers le corps qui reposait en travers de la rue. Il fut tout d'abord horrifié de voir la tunique et le pourpoint de cuir au-dessous décliner une série de griffures qui auraient eu tôt fait de répandre ses entrailles s'il n'avait porté qu'un simple vêtement de tissu. Hormis quelques éraflures, aucune blessure n'apparaissait sur le torse. La tête, par contre… Kleptos le secoua avec douceur – enfin, à sa façon – pour réveiller son ami du mieux qu'il pouvait :

« Ektos ! Réponds-moi, vieux frère ! » appela le voleur tout agité.

Un gémissement lui répondit. Le petit homme sentit un grand poids s'ôter de ses épaules et s'autorisa un intense soupir de soulagement. Perdre son compagnon dans une bagarre de rue avait jusque-là été une idée des plus saugrenues : l'uniforme si affreux qu'on l'obligeait à porter de temps à autre offrait toutefois la protection du Siège. Mais loin de son confort habituel, le voleur prenait soudainement conscience qu'un mauvais coup pouvait vite arriver et que ses réflexes d'antan s'étaient bel et bien émoussés. Alors, perdre un compagnon de beuverie et sa meilleure source de revenus avaient de quoi l'angoisser… D'ailleurs, à propos de revenus…

« Je les tuerai… »

Une voix semblant provenir d'outre-tombe résonna, furieuse.

« Tu te sens comment, vieux ? s'enquit fort obligeamment Kleptos en revenant vers lui.

– Ma tête… Les maudits…, grimaça le Hiérarque en portant la main à l'arrière de son crâne.

– Comme ça, un simple soufflet et tu tombes dans les pommes ? plaisanta le petit homme pour cacher son inquiétude.

– Je les tuerai… Je te le jure…

– Doucement, tu te fais du mal… »

Kleptos aida son ami à se relever. Il récupéra les deux épées qu'il tendit à son légitime propriétaire. Celui-ci leur jeta un coup d'œil et les rengaina sans mot dire : c'était du bon acier d'Éther et elles ne portaient pas la moindre égratignure, elles…

Ektos était furieux. Sans l'intervention de l'ancienne Hiérarque, il était persuadé qu'il aurait pu passer cet Ours au fil de l'épée. Plus que la douleur, c'était de la rage qu'il ressentait, si profonde qu'il dut faire un effort pour ne pas se laisser déborder et massacrer les deux sbires du receleur qui se réveillaient tout juste. Hébétés, ils s'enfuirent sans demander leur reste. D'ailleurs, à ce sujet…

« Et notre bourse ? demanda-t-il à Kleptos d'un ton rogue.

– Quelle bourse ?

– Celle qu'on nous a volée ce matin ! grogna-t-il.

– Perdue pour de bon. Par contre… Attrape ! »

Deux bourses replètes atterrirent dans les mains du Hiérarque.

« Pendant que tu te réveillais, j'ai vu que nos deux lascars par terre tout à l'heure étaient un peu chargés… J'ai arrangé un peu les choses… » Kleptos souriait de toutes ses dents.

« Heureux de constater que tu sais garder le sens des priorités, marmonna Ektos.

– Merci ! Bon, maintenant que tu as fini ta sieste, on fait quoi maintenant ?

– On les chasse ! Oublie pas que notre mission est de rattraper la Hiérarque et on en était pas loin. C'était presque chose faite si… C'est quoi cette marque que tu as sur la figure ?

– Figure-toi que tu n'étais pas le seul à te faire piétiner pendant que je te défendais vaillamment…

– Ton aide m'a été utile, en effet, fit le Hiérarque d'un ton pincé.

– Merci ! T'inquiète pas, vieux : on les ramènera. Tu peux compter sur moi !

– Non, on ne les ramènera pas. Je les tuerai de mes propres mains. »

Dans les yeux d'Ektos, la flamme de la vengeance dansait si dangereusement qu'elle menaçait de devenir un incendie incontrôlable. Et le ton était si glacé que le voleur sentit un frisson lui parcourir l'échine.

*

* *

Le bruit de leur course résonnait sur les pavés. Béroc et Daïna couraient sans s'arrêter, parcourant des ruelles sombres, malodorantes, où caniveaux et latrines n'étaient bien souvent qu'une seule et même expression. L'obscurité était omniprésente entre les immeubles serrés, rarement percée par les lanternes déjà éteintes. Seule transparaissait par moment la lumière chamarrée des Lunes, guidant leur chemin d'un léger faisceau multicolore. Béroc ouvrait la marche, se dirigeant vers les quais avec une tranquille assurance : l'odeur de la mer remplaçait les abominables effluves dans lesquelles ils avaient trop longtemps macéré. L'Ours ne s'y trompait pas : il n'avait qu'à humer l'air, trier les odeurs et accourir.

Au bout d'une course interminable, les fugitifs marquèrent une pause, tous les sens aux aguets. Inutile de conduire leurs poursuivants jusqu'à l'Insouciant. Ils attendirent un long moment, mais le calme de la nuit demeura, seulement troublé par quelque sonore ronflement provenant d'une maison voisine et le grattement de petites pattes griffues longeant les murs. Des rats qui vaquaient eux aussi à leurs activités nocturnes. Daïna interrompit le silence :

« Vous l'avez tué ? demanda-t-elle à voix basse.

– Le soldat ? Non, je ne crois pas.

– Vous auriez dû : il va continuer à nous traquer. Le tuer aurait désorganisé l'armée du Siège à notre avantage.

– Si je peux éviter de faire couler le sang, j'aime autant. Soldat ou pas. »
La jeune femme ne répondit rien. L'inconvénient d'être avec des civils était leur incompréhension de la stratégie militaire qui était par moment nécessaire. Quoiqu'elle soupçonnât une autre raison pour Béroc. Elle n'eut pas le temps d'y réfléchir plus en avant.

« On y va ! » ordonna le géant.
Et ils reprirent leur course.

À l'angle d'une rue, les quais se dévoilèrent enfin. Tout était calme, bateaux et matelots dormaient. Un falot ornait chaque poupe, là où un marin montait la garde pour la nuit. Même les ivrognes s'étaient couchés. À l'autre bout du quai, une patrouille de soldats disparaissait derrière un entrepôt, poursuivant sa ronde en veillant sur la quiétude des lieux. Béroc repéra l'Insouciant trois navires plus loin, reconnaissable à sa figure de proue en forme de cheval. Il la désigna silencieusement à Daïna qui lui fit un signe de tête : elle l'avait vue. Elle s'élança en avant, suivie de près par Béroc. Soudain, tout se figea autour de la jeune femme.

Non loin de là, un insecte mit un temps infini à rejoindre le soleil qui brillait devant lui avant de se cogner contre une paroi invisible. Sous cette lanterne, une bouche s'ouvrit lentement, très lentement, découvrant des dents cariées dans un bâillement qui s'éternisait. Une ombre surgit, rapide ; ses ailes velues s'agitaient d'une façon qui devait être frénétique ; elle happa sans un bruit le papillon qui butait contre le verre. L'ivrogne ne se rendit compte de rien. Mais une autre ombre se dressait, toute proche de Daïna celle-là. Et à l'extrémité de cette ombre, des griffes. La bulle éclata dans la tête de la Hiérarque.

Danger !

« Attention ! »

La jeune femme poussa Béroc de toutes ses forces sur le côté. Les griffes s'abattirent sur le pavé avec un bruit métallique, à l'endroit même où se tenait Daïna quelques secondes auparavant. Un petit rire s'échappa de l'ombre.

« Heureux de vous voir, Hiérarque ! » fit la voix narquoise.

Daïna eut un temps d'arrêt. Elle reconnaissait cette voix.

« Karès !

– À votre service… »

L'immense prince sortit de l'obscurité dans laquelle il s'était dissimulé.

C'était la première fois que Béroc le voyait, quand bien même il le connaissait déjà de réputation. Et même si le jeune homme ne l'impressionnait pas le moins du monde, il devait reconnaître que c'était une force de la nature, le dépassant d'une bonne demi-tête et dont la carrure était aussi large que la sienne. Béroc baissa les yeux vers ses mains. En lieu et place des paumes et des doigts s'étiraient des pattes dont la taille de la seule dextre aurait permis de broyer la tête d'un bœuf. Et sans effort au vu de la musculature qui saillait sous la tunique.

« On dirait que votre voyage touche à sa fin…

– Je n'ai pas prévu de m'arrêter ici, répliqua froidement la Hiérarque.

Comment m'avez-vous retrouvée ?

– Le Siège a très envie de vous revoir, répondit le Prince avec un rictus de mauvais augure. Et n'hésite pas à y mettre les moyens.

– Flattée de l'apprendre…

– Vous pouvez. Et soyez encore plus flattée d'apprendre que votre tête ira orner le bureau du Grand-Prêtre ! »

Avant même d'avoir achevé sa phrase, le fils d'Élithios avait bondi, ses griffes pointées vers le cœur de la Hiérarque. Daïna esquiva sans mal d'un bond en arrière. Karès voulut frapper à nouveau, mais sentit son bras brutalement arrêté par une poigne de fer. Il le secoua violemment pour le libérer, mais la poigne tint bon. Il se tourna vers son propriétaire et vit l'homme barbu qui accompagnait la jeune femme, une espèce de bûcheron ou de matelot qui devait certainement servir de garde du corps à la régicide. Facile. Sa senestre partit pour lui arracher le ventre, quand il poussa un cri de douleur et s'écroula face contre terre. Derrière lui, Dekas releva la tête, cherchant du regard la Hiérarque. Lorsqu'il l'aperçut, il s'écria :

« Ma mie ! J'ai entendu ce vil gredin vous menacer et n'ai pas hésité à sauter de ce haut toit (le voleur désigna le petit immeuble derrière lui) pour vous porter secours et assistance ! Aussi, ma mie, permettez que je me mette à votre service ! Vous ne serez point déçue et…

– Je crois qu'un simple "merci" suffira… »

Pendant que Dekas pérorait, Béroc s'était approché du Prince d'Émeraude. Même s'il répugnait à l'avouer, il devait reconnaître que l'homme avait une maîtrise rare de ses Capacités et que sa puissance dépassait celle de bon nombre d'Élites qu'il avait connus. Mais ce coup de genou porté sur la nuque par Dekas depuis le haut de l'habitation avait tout de même eu raison de leur ennemi. Pour l'instant. Ses mains avaient eu beau redevenir celles d'un homme, il respirait encore. Béroc se releva et se tourna vers la Hiérarque sans prêter plus d'attention au voleur :

« Dépêchons ! Nous devons partir avant qu'il ne se réveille ! »

Daïna acquiesça et fit volte-face, plantant là Dekas qui lui promettait d'exécuter ses mille volontés. Elle partit aussitôt en courant derrière Béroc. Dès que l'Insouciant fut à portée de voix, celui-ci se mit à hurler :

« Larguez les amarres ! LARGUEZ LES AMARRES ! »

Il ne prit même pas la peine d'attendre qu'on l'entendît : ses griffes sitôt apparues tranchèrent la première corde qui retenait le navire à quai. Il nota avec soulagement que les préparatifs pour un départ à la mi-nuit étaient déjà bien avancés. Sans ralentir, Béroc indiqua la passerelle à Daïna :

« Montez ! Et prévenez Slétès qu'on appareille immédiatement ! »
Daïna hocha la tête, négligea la passerelle de bois, sauta. Ses ailes se déployèrent l'espace d'un battement, avant de retrouver sur le pont le marin de garde, qui ne comprenait nullement l'origine de toute cette agitation.

« Réveillez le reste de l'équipage : nous embarquons !

– Mais…

– Tout de suite ! »
Le ton autoritaire balaya toute tentative de discussion : le matelot se précipita vers le pont inférieur sans demander son reste. Au même instant, Slétès sortait de la cabine du capitaine en vitupérant :

« Mais qu'est-ce que c'est que ce raffut ?! »

Béroc trancha la seconde amarre du navire, puis se précipita sur la passerelle, avant que celle-ci ne devienne inaccessible : lui n'était pas homme d'Éther ! Il découvrit avec surprise que Dekas les avait suivis et lorgnait la silhouette de Daïna qui s'agitait sur le pont. Avant d'apercevoir avec inquiétude Karès qui se relevait déjà mais péniblement en se tenant la nuque.

« Mais qu'est-ce que vous faites ?! Fichez le camp ! cria Béroc au voleur en rejoignant la passerelle.

– Mais… Mais…

– Partez ! »
Béroc tourna les talons sans plus de cérémonie. Lorsqu'il atteignit le pont de l'Insouciant, Daïna mettait déjà Slétès au courant en quelques mots. En retrait, Théïa écoutait, inquiète.

« Compris, matelot ! » fit le capitaine en hochant vigoureusement la tête.
Les derniers hommes d'équipage émergèrent du pont inférieur, à peine réveillés, bougons et débraillés par ce réveil en fanfare.

« Z'en avez mis du temps ! beugla Slétès en se dirigeant lui-même vers la barre. Branle-bas de combat ! Hissez les voiles ! La bouline pour le dernier que je vois pas sur un mât ! »
Puis il avisa Béroc qui accourait vers lui :

« Béroc ! Ce que j'adore chez toi, c'est que la monotonie fait rarement partie du voyage !

– Désolé, Slétès : je…

– Père ! »

Le colosse ressentit un choc à la poitrine en même temps qu'une odeur iodée familière.

« Théïa, ma petite fille…

– Ne partez plus comme ça !

– Ça va, ne t'inquiète pas. On en discutera et…

– Béroc ! l'interrompit Slétès. Dans les mâts ! La bouline vaut pour toi aussi !

– À vos ordres, capitaine !

– Attention derrière ! »

La voix de Daïna avait claqué au bastingage.

Dekas allait de déception en déception. Depuis cette improbable rencontre dans une des tavernes les plus mal famées d'Ésode où il ne lui avait jamais paru aussi plaisant de se faire détrousser, menacer, houspiller, manger la boue du caniveau après un vol plané d'une exceptionnelle longueur qui l'avait laissé tout ébaubi et complètement sonné, il s'était réveillé avec la sensation d'une gueule de bois après une soirée trop arrosée, la sensation du réveil brutal qui dispersait le rêve une fois les yeux ouverts, et pire, cette sensation méphistophélique de cet instant trop beau qui refusa seulement de s'arrêter et pour lequel il en aurait bien malgré tout vendu son âme au diable. Malheureusement, lorsqu'il s'était relevé, l'apparition s'était évanouie. Première déception.

Dekas s'était vite esquivé avant que les deux soldats non loin de lui – un petit et un teigneux – ne s'intéressassent de nouveau à lui. Il avait beau connaître les rues de cette ville comme sa poche, il ignorait où son rêve s'en était allé. Comme un cauchemar. Pour remédier à cette fâcheuse situation, il eut la brillante idée – encore une autre – de grimper sur les hauteurs qui le surplombaient et de prendre un court instant de réflexion. La belle n'était pas d'ici, du moins pas de cette glorieuse cité, et son étrange compagnon... Une brusque angoisse lui avait étreint la poitrine : et si… ? Les dieux auraient-ils été cruels au point de lui promettre l'épouse d'un autre ? Il refusait de le croire. Mais pour s'en assurer, il devait avant tout la retrouver ! Mais où ? La réponse lui apparut, évidente : le port ! Puisque c'était sur les quais qu'il avait dérobé leur pierre. Heureux et fort de cette déduction, Dekas avait entrepris de passer de toit en toit. Tant et si bien qu'il était arrivé en même temps qu'eux.

Il s'était préparé à descendre de manière chevaleresque pour lui clamer son amour lorsqu'une ombre massive qu'il n'avait pas vue avait surgi du mur pour attaquer le couple sans sommation – rectification : les deux personnes de sexe opposé. N'écoutant que son courage, le jeune homme fougueux avait guetté… jusqu'à trouver l'ouverture qu'il attendait. L'ignoble personnage lui tournait le dos, parfait pour une attaque en fourbe – deuxième rectification : pour une attaque stratégique. Une fois ce vaurien à terre, il s'était attendu à ce que la sublime créature se jetât dans ses bras pour le remercier d'un baiser au goût de rose – nombre de femmes qu'il avait côtoyées, payées ou non, auraient eu cette attention somme toute normale – mais il n'en fut terriblement rien. Deuxième et cruelle déception. À peine un mot pour récompenser sa bravoure et déjà elle s'était enfuie. Il l'avait suivie des yeux, le regard perdu et le cœur éperdu. Elle était montée sur un bateau un peu plus loin. Mais il n'avait pu s'avouer vaincu. Dekas s'était précipité à sa suite.

Il l'avait retrouvée, elle sur ce bateau qui s'éloignait, lui sur ce quai dramatiquement fixe. Un croissant de Lune pourpre s'était détaché derrière elle, l'entourant d'un halo magnifique. La douce créature s'était penchée au bastingage pour le contempler, lui, Dekas. D'un coup, tous ses doutes s'évanouirent. Cette sublime beauté avait recouvré ses esprits et l'invitait à bord, il en était sûr. Elle tendait le bras vers lui. Elle lui parlait. Quelques paroles indistinctes qui flottaient vers lui, une musique exquise qui affolait son oreille…

« A…ention…errière ! »

Il se devait de lui répondre :

« Je suis tout à vous, ma mie ! » s'écria-t-il plein d'espoir.

Puis la musique lui parut soudainement étrange. Cette mélopée ne réjouissait pas autant ses sens que ce à quoi il s'était attendu… Dekas sentit un mouvement derrière lui. La musique se brisa :

« Attention derrière ! »

Troisième et ô combien insupportable déception ! Le voleur en aurait pleuré s'il en avait eu le temps.

Il tourna la tête et aperçut une ombre qui lui cachait le ciel étoilé. Il obéit au premier réflexe que les rixes d'ivrognes lui avaient enseigné : il fit un bond de côté et se précipita au sol. Des mâchoires d'une dimension improbable se refermèrent là où se trouvait son cou un instant auparavant. Dekas se releva et contempla l'Élite qui se dressait devant lui. Il ne put s'empêcher de retenir un sifflement d'admiration qui se mua bien vite en trille de terreur. L'Ours était si noir qu'il se confondait avec la nuit. Et les rangées de crocs qu'il arborait pointaient bien trop directement vers lui. Le jeune homme prit ses jambes à son cou, vers l'unique endroit où il se sentirait en sécurité : auprès de sa future dulcinée.

Karès avait perdu son sang-froid. Une misérable vermine l'avait empêché d'arracher la seule tête dont il aurait pu s'emparer et sa proie se trouvait à présent sur un bateau qui se dégageait déjà du quai. Furieux, il se précipita à la suite du scélérat. Mais le temps que sa masse imposante se mette à bouger, l'homme avait déjà pris quelques longueurs d'avance. Le Prince accéléra. Ses foulées s'allongèrent et il atteignit vite une vitesse respectable qui lui permit de reprendre du terrain.

Dekas avait l'impression de sentir sur sa nuque le souffle chaud de la bête. Il n'osait tourner la tête de peur de se retrouver une nouvelle fois nez-à-gueule avec le propriétaire de ce vilain museau. Regardant devant lui, il s'aperçut que la distance séparant le navire du quai s'était agrandie bien plus vite que prévu, réduisant à néant ses chances de monter à bord. Et que l'espace de quai avant de tomber dans l'eau s'amenuisait tout aussi rapidement… Bientôt, ses deux seules options restantes seraient des mâchoires d'un côté et un bain forcé de l'autre. Il devait bien avouer qu'aucune de ces possibilités ne lui convenait et qu'il se sentait absolument désespéré qu'*elle* lui échappât. Lorsque sa voix cristalline plus douce que le chant d'un oiseau lui parvint :

« Courez ! »

Penchée sur le bastingage, criant vers lui, c'était bien elle ! Son cœur bondit dans sa poitrine. Il était même sur le point de s'arrêter pour lui répondre en vers sa prompte arrivée, quand un hurlement bestial derrière lui lui rappela le besoin impératif de courir. Mais la fin du quai était proche. De plus en plus proche. Une puissante voix d'homme résonna du navire :

« Attrapez la corde ! »

Le Prince d'Émeraude entendit et accéléra à son tour. La vermine était à présent si près de lui qu'il percevait son odeur, un mélange de peur et d'excitation. Karès trouva cette dernière fragrance surprenante – habituellement, c'était plutôt l'urine ou de la matière fécale – mais il passa outre. Encore trois foulées et il sentirait ses os et le sang dans sa bouche. Ce serait son lot de consolation. Cette pensée le fit saliver et il accéléra encore jusqu'à en faire trembler le sol.

Béroc lança l'épais cordage. Le filin décrivit une courbe dans l'air nocturne. Béroc plissa les yeux : il n'était pas certain d'avoir atteint sa cible.

« C'est bon, il l'a attrapé ! » confirma Daïna.

Pour l'avoir attrapée, il l'avait attrapée. Saisie au vol, la corde lui avait aussi cinglé le front, le nez et la joue dans une magnifique diagonale ! Dekas l'avait vue au dernier moment, battu des bras comme un épouvantail pour s'en emparer, tout ça en pensant au monstre derrière lui qui claquait des mâchoires. Et qu'il était au bord du quai.

« Il saute ! cria Daïna.

– Compris ! » fit Béroc en prenant une grande inspiration.

Dekas sauta. Karès allait sauter. Avec sa puissance, le fils d'Élithios sauterait loin. Suffisamment en tout cas pour saisir le voleur aux jambes. Béroc tira sur la corde de toutes ses forces. Karès sauta. Ses mâchoires se refermèrent. Dekas cria. L'instant d'après, Théïa, Daïna et Béroc entendirent la chute d'un énorme poids dans l'eau. Craignant le pire, Béroc se mit à tirer sans ménagement sur la corde. Et fut tout de suite rassuré :

« La corde est lestée, on l'a toujours ! »

Un instant plus tard, le colosse aidait un Dekas trempé jusqu'aux os à se hisser par-dessus bord. Le voleur s'effondra de fatigue. Daïna l'examina d'un œil critique : aucune blessure apparente.

« Pourquoi avez-vous crié ? » s'enquit la jeune femme d'un ton rogue.

Dekas sentit son cœur s'envoler à nouveau vers un bonheur immense : sa mésaventure se transformait en rêve éveillé. Il se releva à demi, mettant un genou à terre.

« Ma mie, votre inquiétude touche mon âme ! Je voudrais vous dire combien je suis…

– Non, finalement, laissez tomber », coupa la Hiérarque.

Et la jeune femme tourna les talons. Le voleur désemparé chercha un soutien. Mais Béroc s'éloignait déjà, tandis que Théïa le regardait d'un air navré où se mêlaient la surprise et une pointe d'amusement. Arriva alors un homme à la barbe rousse et à l'embonpoint prononcé qui s'approcha de lui avec enthousiasme et lui administra une grande claque sur les omoplates. Dekas vacilla sous le choc.

« Bienvenue à bord de l'Insouciant, matelot ! Je suis le capitaine Slétès, mais sache que la génuflexion n'est pas de rigueur avec moi !

– Je… euh… merci, capitaine… »

Un puissant hurlement de rage leur fit relever la tête.

Trempé et furieux, Karès, Prince d'Émeraude, était remonté sur le quai et voyait, impuissant, s'éloigner le navire et la précieuse cargaison qu'il emportait.

« Je vous retrouverai ! hurla-t-il. Je vous retrouverai et je vous tuerai ! TOUS ! »

Ses derniers hurlements furent emportés par le vent et la distance. Théïa se serra contre Béroc.

« Qui était-ce, père ? demanda-t-elle inquiète.

– Une brute du nom de Karès.

– Mais que veut-il ?

– Se venger, parce qu'il croit que j'ai tué son père, intervint Daïna d'une voix sourde.

– Tu n'as rien à craindre, Théïa.

– J'aimerais en être aussi sûre, maugréa la Hiérarque. Nous le reverrons, c'est certain… »

Béroc était du même avis, mais préféra le taire. Sa fille lui était revenue et, pour l'heure, c'était tout ce qu'il lui importait. Surtout, plus rien ne s'opposait désormais à la poursuite de leur route vers les Sables.

Chapitre 14

Le Siège

« Sur Émeraude, plus de six mois se sont maintenant écoulés depuis le réveil des Parias. Leur nombre augmente, leurs attaques se succèdent, nos forces diminuent lentement mais sûrement, usées par leur guérilla. Désormais, leur absence de faiblesse ne permet plus de distinguer les citoyens et les citoyennes d'un Paria. Plusieurs rapports font état de condamnés, le visage découvert et se promenant tranquillement dans les villes et villages de nos contrées. Ces témoignages s'accordent à dire que les Parias en profitent pour s'approvisionner et faire des opérations de reconnaissance en vue de planifier de nouvelles offensives.

C'est en tout cas ce que nous avons pu en déduire après la découverte inattendue de l'un d'eux : cet homme a été arrêté, par hasard, parce que sa chemise s'était déchirée sur une écharde mal taillée d'une charrette qui passait à côté. De nombreux témoins rapportent ainsi avoir vu une tache d'importance recouvrant son dos et partie de sa poitrine. L'homme a essayé en vain de fuir et a finalement préféré se donner la mort avant d'être intercepté par une patrouille d'Émeraude. Cet incident a malheureusement eu deux conséquences. En se dévoilant publiquement – même malgré lui –, le Paria a engendré un climat de peur et de défiance sans précédent. La suspicion est partout : au sein des administrations, dans la rue, entre voisins, au sein même des familles. Au point que certains de nos compatriotes exigent que leurs interlocuteurs se présentent devant eux dévêtus. L'armée et les conseillers ont tout de suite prohibé ce genre de pratique, ce qui n'a pu toutefois empêcher des incidents de se produire, relatifs à des taches de naissance quelque peu marquées et la peur exacerbée de se retrouver face à un espion taché de Pourpre.

Mais le plus grave avec cet épisode, c'est que tout un chacun est potentiellement devenu un Paria. La suspicion règne, la confiance est brisée entre les citoyens et l'absence de souverain depuis l'assassinat du roi Élithios n'est pas sans arranger les choses. Au point que les rivalités entre clans explosent elles aussi. Des querelles intestines se sont transformées en guerres ouvertes et les conseillers qui assurent le gouvernement de transition ont toutes les peines du monde à empêcher un conflit généralisé et à rediriger les tensions contre l'ennemi commun.

D'un point de vue strictement militaire, les Parias sont très organisés et disposent de chefs compétents. Des éléments qui sont d'ailleurs trop souvent des exclus de nos propres armées pour des faits de corruption, mutineries, meurtres dans les pires cas, etc. Autant de prétextes qui ont justifié l'usage de la Pourpre. Certains de ces chefs ont été formellement reconnus par plusieurs de nos soldats. Il en résulte une double conséquence désastreuse : ils connaissent le terrain ; et ils connaissent nos tactiques, forces et faiblesses. Sur le terrain, cela se traduit par des embuscades très bien préparées, comprenant archerie et infanterie, à l'image de celle qui impliqua l'ancienne Hiérarque Daïna. Nous savons à présent que ce n'était pas une erreur d'appréciation de sa part. Les cibles sont choisies avec soin ; les itinéraires de nos contingents militaires et de nos convois de marchandises sont connus. Sur ce point, il est à craindre et à suspecter des traîtres dans nos rangs qui soutiendraient en secret la cause des Parias, par peur, conviction ou opportunisme. Des enquêtes internes sont en cours de diligence, mais n'ont toujours pas abouti, ou bien n'ont donné aucun résultat.

Pire encore, les Parias n'hésitent plus à attaquer des villes de plus en plus importantes pour en piller les ressources et se renforcer. Des populations tentent de fuir et de se réfugier dans des places que l'ennemi ne contrôlerait pas encore. Ce qui n'est pas sans créer de nouvelles tensions : beaucoup craignent que des espions des Parias ne profitent de la confusion pour entrer et récolter des informations, semer le trouble en vue d'une diversion. Émeraude la capitale en est la première victime. Notre ennemi a investi les chantiers de construction navale en bordure de la ville, provoquant du même coup l'arrêt des constructions de navires et, de ce fait, l'arrêt des paiements des armateurs, l'arrêt du commerce, etc. La situation économique de la ville est désastreuse. Ce n'est qu'un début, mais dont les conséquences se ressentent déjà sur tout le pays. Pour l'heure, Émeraude résiste, soutient le siège, mais pour combien de temps encore, nul ne le sait.

Concernant nos réponses stratégiques et tactiques, elles se sont avérées peu efficaces, voire complètement inefficaces. Comme je vous le disais tout à l'heure, celles-ci sont contrées par ces quelques anciens chefs militaires qui maîtrisent parfaitement nos rouages internes à tous les niveaux. Pour le moment, notre seul avantage consiste en l'incapacité des Parias condamnés à pouvoir faire appel à leurs Capacités de Transformation : la Pourpre leur en a clairement ôté tout moyen. Ce qui n'est pas le cas de notre propre armée qui peut toujours compter sur ses forces de Sentinelles, de Gardes et d'Élites. Nous étudions également la mobilisation par voie de conscription de tous les civils disposant de Capacités et en état de se battre. Là encore, sans pouvoir central fort, il sera difficile de l'imposer.

Pour conclure, et je serai bref, les Parias contrôlent près de la moitié du continent d'Émeraude. Éminences, messieurs, je vous le dis : Émeraude n'a jamais été aussi proche d'imploser et sollicite d'urgence l'aide du Siège pour enrayer la progression des Parias et rétablir l'ordre sur nos terres. Je vous remercie de votre attention.

– Général Lakana, nous vous remercions pour votre exposé complet sur la situation délicate que vit actuellement Émeraude. Nous en tirerons les meilleures conclusions. C'est au tour de votre homologue, le général Hérutri, commandant les forces de l'Aire, de nous faire le point sur la situation en Éther.

– Je vous remercie, Éminence. Notre position n'est guère plus enviable sur Éther et les derniers rapports guère plus encourageants. Ceux-ci font état de plusieurs groupes de Parias qui contrôleraient les ports secondaires des côtes est et nord-est nichés entre les Monts Déchirés. À l'heure où je vous parle, certaines de ces informations doivent encore nous être confirmées. Ces ports sont principalement des attaches commerciales de petite envergure, peu défendues pour la plupart et dont les principales activités sont le transport de minerais provenant de nos mines et de pierres semi-précieuses. Les milices employées pour défendre les cargaisons ont pu résister, tout du moins au début, mais n'ont pu faire face plus longtemps contre des Parias de mieux en mieux organisés et connaissant le terrain. Je ne parle évidemment pas des villes et villages de montagnes dont un grand nombre ont déjà connu leurs affres. Je ne m'étendrai pas sur ces derniers points pour lesquels les observations du général Lakana sont tout aussi pertinentes pour Éther. J'ajouterai cependant que si le nombre de Parias sur Émeraude est principalement dû aux querelles entre les clans, le nombre de Parias sur Éther est principalement dû à la recrudescence de vols, recels et meurtres de ces dernières années, notamment pour le contrôle des filières de métaux et minerais précieux, sans compter celles relatives aux pierres précieuses. Ce qui m'amène à formuler un constat qui nous est des plus défavorables : ce qui faisait auparavant économiquement notre plus grande force devient notre plus grande faiblesse face à un ennemi qui nous connaît de l'intérieur et sait tout de suite où frapper pour paralyser au mieux notre économie.

Concernant leur stratégie, ils ne semblent avoir comme préoccupation que la destruction. Des ports tombés entre leurs mains, il n'en subsiste que des cendres pour une grande majorité d'entre eux. Outre les commerces et habitations de nos concitoyens, tout a été réduit à néant : entrepôts, bâtiments administratifs, toutes les marchandises qui ne pouvaient être emmenées. On ne dénombre plus le nombre de bateaux envoyés par le fond. Cette politique de la terre brûlée a pour conséquence d'allumer des révoltes là où la nourriture se fait rare, d'apporter l'instabilité jusque dans les plus hautes sphères d'autorité sur la conduite à tenir et les décisions à prendre.

Les rares ports préservés – les principaux – ont été renforcés ; les navires les plus solides ont été assignés à quai pour être armés. Nous pensons que les Parias préparent des opérations de piraterie contre l'Archipel et à l'ouest, vers les Sables. Ce que l'arrêt des chantiers d'Émeraude et possiblement leur prise de contrôle à court ou moyen terme par les Parias conforterait comme hypothèse. Mais j'y reviendrai tout à l'heure plus en détail.

Les réponses que nous avons tenté d'apporter face à ces offensives se sont toutes soldées par des échecs, la difficulté essentielle résidant également dans l'identification de l'ennemi. Comme l'a souligné le général Lakana, les Parias les moins lourdement marqués font office d'espions et les prendre par surprise en devient une gageure presque impossible à relever. Et nos soldats ont fort à faire pour protéger et renforcer nos principales places fortes et contrôler les flux de population fuyant les combats. Ce dernier point est également problématique. La plupart des ports, villes et villages de montagne étant aux mains des Parias, toutes les populations se replient dans les grandes villes, avec tous les problèmes de famine, maladies et d'émeutes que cela ne manquera pas d'engendrer.

Le centre d'Éther est confronté au problème inverse avec des populations cherchant le salut dans les montagnes des Monts Déchirés ou de l'Aire. Pour notre plus grand malheur, la saison des grands froids est déjà là et, chaque jour, nos soldats comptent des morts qui se chiffrent par dizaines, hommes, femmes, enfants. Les blessés ne survivent pas ou peu. Ceux qui ont réussi à ne pas s'estropier sur les rochers sont pris d'assaut par les premières tempêtes de neige et meurent de froid, faute d'avoir eu le temps de s'équiper suffisamment dans leur fuite. Pour l'heure, il est impossible pour l'Aire de leur venir en aide, tous ses moyens se concentrant sur la mobilisation et la réorganisation de nos propres moyens de défense. Toutefois, tous ces efforts n'apparaissent pas suffisants devant l'ampleur de la tâche et des dégâts. Aussi, Éminences, messieurs, je sollicite d'urgence l'aide du Siège pour enrayer la progression des Parias et rétablir l'ordre sur Éther. Je vous remercie de votre attention.

– Nous vous remercions de votre exposé, général Hérutri. Tout comme pour Émeraude, nous étudierons attentivement tous les éléments qui nous permettront d'envisager la meilleure réponse aux problèmes des Parias. J'ai ouï dire que la reine Kalaïa de l'Archipel vous avait envoyé un rapport sur l'avancée des Parias en terres d'Aigue-Marine…

– Tout à fait, Éminence, confirma Hérutri. Je dois vous préciser qu'elle l'a fait à ma demande. Je souhaitais connaître les actions engagées par les Parias, dans quelles mesures et les solutions apportées pour y remédier. Sa réponse ne manque pas de surprendre. Dans les faits, très peu d'attaques de Parias ont été recensées sur les îles de l'Archipel. Elles ne sont pas coordonnées comme ça peut l'être sur Éther ou Émeraude, même si les objectifs visés dénotent ici aussi une connaissance du terrain et la volonté de nuire. Aucun chef Paria n'a pu être clairement identifié et aucun Paria n'a malheureusement pu être capturé vivant pour éclairer la reine sur ce détail. Les stratégies mises en place par la reine sont par conséquent bien différentes de celles que nous avons nous-mêmes mises en place : chaque île renforce ses propres défenses, fait provision de nourriture pour soutenir d'éventuels futurs sièges, forme ses citoyens au maniement des armes, bref, tisse un réseau de protection terrestre et maritime qui doit compliquer la tâche des Parias. En conclusion et pour une raison que nous n'expliquons pas, les Parias sont en nombre extrêmement réduit sur les terres d'Aigue-Marine et la reine Kalaïa maîtrise de bout en bout la situation à laquelle elle se trouve actuellement confrontée. Je lui ai demandé des renforts en faisant jouer les traités qui unissent les peuples de Terra, mais je n'ai eu pour l'heure aucune réponse.

– Votre demande était légitime bien que je doute de son aboutissement. Depuis la mort tragique de son époux, la reine Kalaïa a eu pour politique de se mettre en retrait du Siège et fait passer bon nombre d'affaires relatives à l'Archipel avant le bien commun. Toutefois, j'intercèderai personnellement en votre faveur, général Hérutri, mais aussi pour vous, général Lakana, au vu de la situation exceptionnellement grave dans laquelle nous nous trouvons.

– Merci, Éminence, répondirent en chœur les deux généraux.

– Mon devoir est de garder les peuples de Terra unis contre le Grand Bouleversement et de persuader chacun de nous de faire front contre cet adversaire commun. Cependant, poursuivit Prodotès d'un air sombre, la tâche n'est guère aisée : vous avez bien sûr remarqué l'absence d'un représentant des Sables. La raison en est simple : nous n'avons aucune nouvelle de ce qui se passe en ce moment sur ce continent.

– Aucun message ne vous est parvenu ? intervint le représentant civil des Sables (et un des quatre vice-présidents des assemblées du Siège représentant les quatre peuples).

– Aucun. Ni aérien, ni terrestre, ni maritime. Votre souverain, le roi Erm n'a répondu à aucune de mes missives. Mais vous-même ?

– Pour ma part, les dernières nouvelles que j'ai reçues sont trop anciennes pour être mentionnées.

– Je ne serais pas étonné d'apprendre que tous les messages aient été interceptés, l'hypothèse qui m'apparaît d'ailleurs la plus probable. Par qui, nous suspectons bien évidemment les Parias. Mais précisément, nous n'en savons rien.

– Autrement dit, nous sommes aveugles, assena le représentant des Sables.

– Nous sommes aveugles, confirma le Grand-Prêtre.

– Et le Hiérarque du Siège ? Ne peut-il intervenir ? Sous couvert du Siège ?

– La priorité du Siège est de renforcer les défenses du Siège et de s'assurer que toutes les routes y menant ne puissent être débordées par les Parias. En ce moment, il traque l'ancienne Hiérarque Daïna et…

– Pourquoi s'inquiéter d'une fugitive quand les Parias sont en train de brûler Terra ? s'emporta violemment Hérutri.

– Précisément parce qu'elle est accusée du régicide d'Élithios d'Émeraude et qu'elle a été le déclencheur des bouleversements que nous connaissons actuellement, répondit posément Prodotès. En outre, j'ai pu observer que les Parias se rebellaient systématiquement après son passage : ce fut le cas sur Émeraude, et je sais de source sûre qu'elle se trouvait encore sur Éther il y a quelques jours.

– Mais comment aurait-elle pu briser la punition de l'Orbe de Sang ? interrogea le vice-président d'Émeraude.

– Et comment expliquez-vous l'absence de réponse des Sables si la Hiérarque est sur Éther ? objecta le représentant des Sables.

– Pour répondre à la première question, je l'ignore encore et travaille toujours dessus, soyez-en certain. Concernant la seconde, je pense voir ma théorie se confirmer dans les prochaines heures ou prochains jours, que l'ancienne Hiérarque est *déjà* aux Sables… »

Un lourd silence s'abattit. Les révélations successives du Grand-Prêtre leur brossaient un avenir bien sombre de leurs terres respectives. Le représentant civil d'Aigue-Marine, un jeune homme blond dont le menton paraissait encore plus glabre que celui d'un nouveau-né, leva timidement la main.

« Éminence, commença-t-il d'une voix hésitante, vous avez évoqué le Grand Bouleversement. Qu'en est-il du peuple de Saphir ? Jusqu'à présent, tous les rapports n'ont fait mention que de Parias… »

La remarque déclencha un brouhaha agité. Prodotès leva les mains pour calmer généraux et dignitaires.

« Du calme, je vous prie. J'allais y venir. Oui, général Lakana ?

– Le vice-président a raison de soulever ce point. Mes hommes et moi-même n'avons vu aucun Loup. Pourtant, si nous prenons en compte la Prophétie, le Grand Bouleversement sera nécessairement conduit par le peuple renégat. Si tel est le cas, l'action des Parias n'est qu'un début. Le début de la fin…

– Doucement, général. Ne soyons pas fatalistes : je vous rappelle que les Lunes doivent être alignées pour que la Prophétie se réalise, rassura Prodotès.

– Les Parias ne seraient que les outils de Saphir ? releva le représentant d'Aigue-Marine en fronçant les sourcils. Et la Hiérarque, celle qui promeut les traîtres ?

– Je le crains, murmura le Grand-Prêtre. Je dois absolument trouver comment ils ont pu faire pour contrer la Pourpre…

– Vous faites de votre mieux, Éminence, le rassura le général Hérutri. Pour ma part, je ne peux m'empêcher de penser à l'ancienne Hiérarque et aux similitudes troublantes que vous avez soulignées par rapport à son parcours sur Émeraude, puis sur Éther. Et je m'interroge : j'ai eu l'occasion de la rencontrer à plusieurs reprises et me demande la façon dont cette âme droite a pu être pervertie...

– Vous seriez surpris de savoir que mon meilleur ami, une âme aussi droite et encore plus généreuse que l'ancienne Hiérarque, a été corrompu sans que je m'en rendisse compte le moins du monde. Et je n'ai dû mon salut et ma survie qu'à Miarah. Je puis vous assurer que cette deuxième trahison est tout aussi douloureuse que la première... »

Un murmure étonné parcourut la petite assistance : nul n'avait connaissance de cet épisode de la vie du Grand-Prêtre. Prodotès se leva, sans se préoccuper des murmures qui l'accompagnaient, puis se dirigea vers la carte tendue au mur. De petites chevilles de bois rouge marquaient la progression des Parias. Déjà Émeraude et Éther paraissaient submergés. Il se mit à la contempler pensivement. Les quatre représentants civils des peuples et les deux généraux présents se rassemblèrent derrière lui.

« Voyons..., réfléchit Prodotès. Nous avons d'abord cru que les Parias attaquaient de manière aléatoire, sans coordination. Nous savons désormais que cela n'est pas le cas et que l'ancienne Hiérarque est le maillon qui les unit. Maillon lui-même dirigé par Saphir. La question qui se poserait donc serait : quelle est leur stratégie, à eux ? »

Un silence de mort plana. La seule éventualité de penser à cette menace les figeait. Prodotès poursuivit sa réflexion à voix haute, une main se pinçant le menton. Ses yeux parcouraient la carte avec célérité, s'arrêtant sur un point, repartant aussitôt sur un autre.

« Nous savons que les Loups dirigent les Parias par l'intermédiaire de l'ancienne Hiérarque, et que celle-ci se rend sur chaque continent pour allumer le feu de la révolte. Sur ce point, il n'est pas incongru d'inclure d'emblée les Sables, j'en suis navré, vice-président...

– Vous l'avez vous-même dit, Éminence : le salut de Terra passe avant tout », répondit celui-ci d'une voix triste.

Prodotès le remercia d'un respectueux signe de tête avant de reprendre :

« Si nous regardons l'action dans son ensemble, les Parias mettent tous les continents à feu et à sang, nous obligeant de facto à répondre à leurs exactions en mobilisant nos forces armées – celles du Siège et de chaque peuple – sur l'ensemble de nos territoires. Et si nous regardons cette carte (Prodotès pointa un à un tous les continents en prise avec les Parias), que devons-nous en déduire ? »

Ce fut le général Lakana qui répondit, très au fait sur la question :

« Les Loups ont divisé nos forces…

– C'est exactement la conclusion à laquelle je suis arrivé. Les Loups ont divisé nos forces pour nous obliger à maintenir l'ordre sur l'ensemble de Terra. En nous affaiblissant de cette manière, cela ne serait pas Terra dans son ensemble qu'ils viseraient, mais… »

La main de Prodotès s'abattit sur la carte avec un claquement sec. Les autres sursautèrent. Puis comprirent, murmurant d'effroi et d'étonnement en même temps que la voix du Grand-Prêtre concluait, impitoyable :

« …le Siège ! »

Chapitre 15

Océan méridional, sud d'Éther

Dix-huit jours s'étaient écoulés depuis leur départ d'Ésode. L'Insouciant filait bon train, longeant la côte écorchée d'Éther, emmené par un vent vigoureux. La vie à bord avait repris son cours, Slétès criant ses ordres et guidant d'une main sûre le navire vers leur nouvelle destination, les Sables. Béroc et Daïna avaient retrouvé leur place dans la voilure, et Théïa auprès du capitaine.

Pour la première fois depuis longtemps, Daïna se sentait mieux. Seule au milieu de l'océan, portée par le vent, elle profitait brièvement de ce moment de répit que lui offrait la mer qui suspendait à sa façon le temps et les pensées. Même si elle gardait toujours pleinement conscience de sa condition de fugitive et de cette quête absurde qui l'accaparait bien malgré elle. Un effet de la Pierre qui ornait désormais son plexus ? Probable. Elle l'acceptait chaque jour un peu plus facilement. D'une part parce qu'elle se sentait de plus en plus profondément liée à elle, de la même manière qu'un organe mourant avait retrouvé sa place et se remettait lentement à fonctionner, faisant revivre entièrement son corps.

D'autre part, et de façon beaucoup plus pragmatique, elle voyait en la Pierre un outil qui aurait peut-être son utilité lorsque viendrait l'instant où elle ferait de nouveau face au Grand-Prêtre. Et quand arriverait ce moment, elle ignorait encore ce qu'elle ferait. Le tuer ? Le pourrait-elle seulement une fois devant celui qu'elle avait considéré comme un père ? Elle avait beau se remémorer les paroles de Béroc, prendre de la distance avec ce lien filial lui était difficile. Mais elle le sentait s'amenuiser avec ces derniers temps agités. L'Aigle lui donna une petite tape affectueuse sur l'épaule. Elle avait raison. Elle pouvait toujours compter sur elle. Et sur Béroc, ajouta-t-elle l'œil malicieux. Daïna ne put s'empêcher d'esquisser un sourire intérieur. L'épopée nocturne à Ésode les avait rapprochés d'une certaine façon. La méfiance faisait peu à peu place au respect mutuel. Il l'avait brièvement remerciée le lendemain, discret comme à son habitude. Elle n'avait rien répondu. Pour dire quoi ? En l'aidant à reprendre cette Pierre, elle avait désormais fait sien le combat que menait Béroc. Elle était toujours tiraillée, indéniablement : être fugitive ne lui facilitait guère la tâche et aider le géant avait aussi été un moyen d'assurer sa propre survie. Seule, sans ressources, même avec ses Capacités hors du commun, il lui aurait été difficile de survivre. La leçon au Siège avait été apprise. En attendant leur arrivée aux Sables – et les dieux seuls savaient ce que voulait faire Béroc là-bas –, elle n'avait d'autre choix que de prendre cette demi-liberté qu'on lui offrait et l'amenait plus proche du ciel que cette geôle dans laquelle on avait voulu l'enfermer. Tout comme elle l'éloignait des assiduités de cet insupportable voleur pour lequel elle n'avait qu'une envie : le jeter par-dessus bord.

Dekas, justement. Le jeune homme si sûr de son charme, chaleureusement accueilli par Slétès, était partagé entre le regret d'être monté à bord, la douleur de ses entrailles et l'espoir de voir sa dulcinée lui prêter quelque attention. Lorsqu'il repensait aux raisons qui l'avaient poussé à prendre le large, l'Ours monstrueux lui revenait immanquablement en mémoire. Au point d'avoir vaincu momentanément sa phobie du bateau. Quoiqu'il dût s'avouer pour la première fois de son existence que son mal de mer était brièvement passé au second plan depuis qu'il avait embarqué sur l'Insouciant : entre deux cauchemars de noyade et de naufrage, il voyait ce visage angélique venir le sauver de ces tourments qui l'assaillaient comme un maelström ininterrompu. Il voyait du fond de son seau où nageait sa bile jaunâtre les contours de ses traits fins qui ne cessaient de lui sourire. Il aurait tellement aimé lui répondre, mais les bonds et rebonds de son estomac dansant au rythme du roulis ou du tangage l'empêchaient de déclamer quelques vers fougueux pour lui déclarer sa flamme. Tout au plus arrivait-il à émettre des borborygmes qui résonnaient lugubrement dans le seau, devenu au fil des jours – à défaut d'avoir pu séduire la compagne de ses rêves – son meilleur compagnon. Toutefois, l'épreuve qu'il trouvait certainement la plus vexatoire était son incapacité à se mouvoir pour aller voir cette femme qui le faisait tant languir. Une fois seulement, il avait cru ses vœux exaucés lorsqu'au début du voyage, après une violente nausée, il avait entendu un pas léger venir vers lui. Il avait péniblement relevé le chef avec un espoir inouï malgré sa situation, espoir qui lui aurait momentanément permis de vaincre ce mal si tenace. À la vue de Théïa, il avait aussitôt replongé la tête dans le seau. La jeune fille s'était tout de même approchée de lui, en dépit des odeurs de vomissures.

« Vous n'avez vraiment pas l'air d'aller bien, avait-elle dit en se penchant vers lui.

– Je veux mouriiiiir… ! »

Sa voix avait résonné dans le seau, caverneuse.

« Tenez, respirez ça. »

La donzelle n'avait pas compris ses paroles. Ce n'était pas elle qu'il voulait. Mais à cet instant, il avait eu le sentiment que jamais son éblouissant amour ne descendrait le voir et s'enquérir de sa santé vacillante, de sa mort imminente. Le sentiment ne s'était jamais démenti depuis… Dekas avait tout de même respiré ce qu'on lui avait fourré d'autorité sous le nez et, par un réflexe physiologique encore vaillant, avait inhalé la forte odeur de menthe poivrée qui se dégageait du petit flacon. La fragrance était si prononcée qu'elle lui avait fait tourner la tête.

« Vous voulez ma mort vous aussi, s'était-il lamenté.

– Attendez un peu. »

Après un long moment qui avait paru lui durer une éternité, Dekas s'était senti mieux. Depuis, la jeune fille descendait régulièrement le voir dans la cale, seul endroit où ses odeurs corporelles et autres sécrétions étaient tolérées. Entre-temps, il s'était souvenu de son prénom, Théïa, fille de Béroc, le gros baraqué. Profitant de cette source d'informations inespérées, il apprit ainsi que l'élue de son cœur avait pour charmant nom Daïna et qu'elle était Hiérarque de son état. La première nouvelle lui fit l'effet d'un chant d'oiseau au soleil levant irradiant de chaleur ; la seconde l'avait douché plus sûrement que l'eau glacée d'un glacier du Grand Nord. Il en avait déprimé pendant une longue semaine et s'était naturellement épanché auprès de sa nouvelle amie.

Peu à peu, des liens se tissèrent entre eux et Dekas se mit à apprécier l'esprit vif de la jeune fille, qui, comme lui, souffrait d'une solitude certaine. Elle le forçait à boire et à se nourrir du mieux qu'elle pouvait, lui faisait respirer la menthe poivrée pour lui faire passer la nausée et soulager pour quelque temps ses maux avant qu'ils ne reprennent de plus belle. Les jours et les nuits s'écoulèrent ainsi pour Dekas, entre tristesse, râles en tous genres dès que le navire commençait à bouger un peu trop – c'est-à-dire tout le temps – et les visites de Théïa. Théïa, que la compagnie de Dekas sortait volontiers de sa monotonie.

Car depuis que l'Insouciant était reparti d'Éther, les jours s'égrenaient à nouveau lentement, rythmés par les flots qui battaient les flancs du vaisseau. Ce mouvement continu ne cessait de résonner en elle, plongeant le Saurien dans une morosité qui attristait la jeune fille : l'eau salvatrice était toute proche et il n'y avait aucun moyen pour elle et lui de l'atteindre. Depuis l'épisode d'Éther, son père lui avait recommandé la prudence et la discrétion : moins de personnes auraient connaissance de leurs Capacités, plus ils passeraient inaperçus. Y compris vis-à-vis de l'équipage : même de bonne volonté, un marin pouvait toujours laisser filtrer une information capitale lors de sa permission sur terre et, dans ces cas, l'alcool y était rarement étranger. Théïa s'y était docilement pliée et avait repris sa place auprès de Slétès, ravi de retrouver un peu de compagnie. Depuis leur discussion de ce fameux soir, Théïa se sentait apaisée. Ses liens avec Béroc s'étaient eux aussi resserrés. Elle le rejoignait avec plaisir lors des moments de répit que leur laissait la navigation. Et Béroc se mêlait plus volontiers à leur conversation : dès lors, il se passait rarement un instant sans que lui et Slétès ne rissent aux éclats lorsqu'ils évoquaient un souvenir commun. Cependant, aussi agréables que soient ces moments, elle venait à envier cette camaraderie qui lui faisait refléter sa propre solitude. Daïna l'intimidant trop et descendant trop peu souvent des mâts, contre toute attente, ce fut Dekas, cet étranger monté à bord bien malgré lui, et son mal de mer qui lui donnèrent l'occasion de rompre partie de son esseulement. Bien que sa conversation fût quelque peu limitée par ses nausées incessantes – même par temps calme –, elle en arriva à le trouver charmant et gentil bien que ses malheureuses histoires de cœur la fassent parfois rire aux dépens du malade. Pourtant, il n'en prenait pas ombrage et il la remercia plus d'une fois de venir s'occuper de lui au plus fort de ses crises dans cette cale à l'atmosphère empuantie. Contrairement aux autres marins, l'odeur ne la dérangeait pas outre mesure et elle allait régulièrement vider son seau de vomissures par-dessus bord. Les journées passaient ainsi une à une, déroulant leurs heures dans un flux lent et ininterrompu.

En haut d'un mât, les pensées de Béroc filaient à un rythme beaucoup plus soutenu. Il avait vu avec inquiétude sa fille se rapprocher de ce jeune homme, descendant de longues heures dans la cale et reparaissant de plus en plus souvent en souriant. Il avait soupiré. Il ne lui manquerait plus qu'elle s'amourache d'un brigand de petite morale ! Quoique sur ce point, il avait été vite rassuré : Théïa n'avait cessé de lui rapporter l'attrait que Daïna exerçait sur lui. Il ne savait pas lequel des deux était le plus à plaindre : la Hiérarque et sa droiture toute militaire, ou le voleur au phrasé théâtral. En dépit des relents de vomissement qu'il renvoyait, ce dernier n'avait pas l'air d'être un mauvais bougre, mais il restait un voleur. Puis il s'était morigéné : Théïa était sur le point de fêter son vingt et unième printemps, il devait arrêter de se conduire en chaperon. Sa fille savait très bien se débrouiller toute seule : elle l'avait démontré à plusieurs reprises. Et Slétès, hilare, ne se privait pas pour le lui rappeler, faisant sourire le géant malgré lui. Slétès que Béroc avait soupçonné d'avoir participé au changement radical de Théïa à son égard, comme il s'en était aperçu la nuit où ils avaient récupéré la Pierre d'Aigue-Marine :

« Slétès ?

– Oui ?

– Aurais-tu par hasard parlé à Théïa dernièrement ?

– Oui, pourquoi ?

– Qu'est-ce que tu lui as dit ? »

Le capitaine l'avait proprement rembarré en le renvoyant dans les mâts :

« De quoi je me mêle ?! C'était une conversation entre la jeune demoiselle et moi ! Allez, ouste ! Va plutôt filer un coup de main dans les haubans !

– À vos ordres capitaine. Avant ça, Slétès ?

– Quoi encore ?

– Merci.

– Fiche-moi le camp, damné matelot ! »

Béroc sourit dans sa barbe. Slétès avait le don de rabibocher les gens : ses liens avec Théïa s'étaient resserrés et il lui avait même semblé que sa fille le comprenait mieux qu'avant. Il espérait seulement que le capitaine n'ait pas raconté les années de leur rencontre. Il en avait encore des pics-verts dans la tête quand il repensait à certaines de leurs soirées. L'Ours lui administra une bourrade qui l'envoya rouler sur une dizaine de mètres. Tu parles qu'il avait apprécié : l'Ours ne l'avait pas aidé à réduire les tournées d'hydromel. Béroc tâta le collier à son cou. La Pierre était toujours à sa place, avec une chaînette en métal cette fois. Il se sentit rassuré. Il la garderait jusqu'au bout. Mais en attendant de la remettre à qui de droit, il devait se rendre aux Sables. Coûte que coûte. Béroc regarda le ciel. Et ce, même si le temps se couvrait. Le colosse se rembrunit. Dire qu'ils n'avaient pas encore atteint la pointe sud-est d'Éther. À ce train-là, ils ne rejoindraient pas les Sables avant plusieurs semaines…

Inquiet, Béroc redescendit du mât de misaine en haut duquel il s'était mis à lire le ciel, en profita pour vérifier le cordage d'une voile et arriva enfin sur le pont. Il le traversa à pas lent, saluant au passage Daïna qui s'apprêtait à monter sur le grand mât. Elle lui répondit d'un signe de tête et s'en fut le long du mât avec une agilité qui le surprenait toujours. Le géant marchait avec l'habitude du vieux loup de mer, anticipant le roulis croissant qui secouait le navire et le faisait grincer de toutes parts. Il arriva à l'arrière du brick et monta l'échelle qui menait sur le gaillard d'arrière et où officiait Slétès. Il remarqua tout de suite l'absence de sa fille, qui s'asseyait habituellement non loin de lui. Slétès surprit son regard.

« Ta fille est avec Dekas. Par ce temps, il doit rendre tripes et boyaux…

– Jamais vu quelqu'un d'aussi malade en mer.

– Moi non plus. Il va finir par me percer mon seau, l'effronté…

– Un gros grain à ton avis ?

– Il y a quelques années, tu ne m'aurais pas posé la question, sourit le capitaine.

– La météo n'a jamais été mon fort…

– À d'autres ! Tu serais capable de faire naviguer l'Insouciant en marche arrière, les yeux fermés et sans te tromper une seule fois de route !

– Et tout ça sans t'envoyer par le fond ? Ta confiance m'honore, capitaine. Mais même si j'ai quelques restes, cela fait longtemps que je ne suis pas passé par cette route… Alors ? »

Slétès haussa les épaules.

« Une tempête, je dirais… Mais plus on approche du Cap d'Est d'Éther, plus les vents sont capricieux. On arrive à une jonction qui me fait toujours craindre le pire. Sans compter cette côte : il y a plus de récifs que de vermine sur la tête d'un pouilleux.

– Pourquoi ne pas avoir pris plus au large ?

– À cause des hauts-fonds sableux et des ridens. J'ai beau garder mes cartes à jour, ceux-ci se déplacent constamment. À croire qu'ils ont la courante… Et plus au large encore, j'évite à cette période de l'année : il y a régulièrement des typhons. Alors, entre être arrivé et être presque arrivé, tu comprendras pourquoi je préfère passer par ce canal !

– Tu es un des meilleurs capitaines que je connaisse, Slétès. Je te fais confiance.

– Seulement “un” ?!

– Bon, d’accord, l’unique !

– Voilà qui est mieux, glousssa le capitaine.

– Sinon, encore désolé de t’avoir embarqué dans une galère pareille…

– Ne le sois surtout pas ! Très honnêtement, ça me rappelle surtout nos vertes années, quand il fallait toujours que je te tire d’un mauvais pas… »

Un rire silencieux secoua toute la carcasse de Béroc.

« Je crois que tu inverses les rôles, là… »

Les deux hommes éclatèrent de rire tandis que l’Insouciant poursuivait sa course sous les cieux menaçants.

Plusieurs heures s’écoulèrent encore avant qu’ils ne voient le premier éclair au loin, sur leur droite. La houle avait gagné en puissance et secouait le bateau de plus en plus fort. Les vagues s’étaient creusées et agitaient à présent le vaisseau comme un vulgaire navire de papier. Le regard de Slétès balaya le pont et se posa sur Daïna qui venait de redescendre du grand mât. Les voiles principales étaient resserrées, mais une ultime vérification s’imposait pour s’assurer que la cargaison était bien fixée dans la cale.

« Matelot ! » appela le capitaine en hurlant pour couvrir le bruit du vent et de l’eau frappant la coque.

La jeune femme releva la tête.

« Va vérifier que la marchandise soit bien arrimée ! Rien ne doit bouger si on doit essuyer le gros de cette tempête !

– Compris ! »

L’ancienne Hiérarque se précipita dans l’écoutille qui ouvrait l’accès au pont inférieur et aux cales.

« Qu’elle continue comme ça et elle fera un bon matelot, cette petite… », songea Slétès.

Sauf que le matelot en question n’était absolument pas enchanté de descendre les degrés qui menaient dans le ventre du navire. Daïna chercha une lanterne, en trouva une suspendue à un crochet et l’alluma à l’aide d’un silex. À peine arrivée en bas, une écœurante odeur de bile la saisit à la gorge. Visiblement, le mal de mer du voleur avait empiré avec le début de la tempête. Elle se glissa sans bruit entre deux caisses et, partant de la poupe, entreprit de vérifier les cordes, veillant à ce qu’elles ne se desserrassent pas. Sous la cabine du capitaine – là où les dames dormaient en ce moment –, la soute et la cambuse accueillaient provisions, tonneaux de vin et tout le matériel nécessaire à l'entretien du navire ; au centre, dans les cales, étaient stockées les marchandises ; tandis qu'à la proue étaient entreposés les tonneaux d'eau potable non loin des quartiers où dormait l'équipage et où se trouvait la cuisine du maître-coq.

Progressant de caisse en caisse et de tonneau en tonneau, Daïna finit par arriver au milieu de la cale. Une faible lueur éclairait le petit espace, provenant d'une autre lanterne qui se balançait au gré du roulis. Au même instant retentit un affreux gargouillis de régurgitation qui s'acheva dans un bruit de cascade. Daïna fronça le nez. L'odeur âcre de la bile était montée d'un cran.

« Beuuuh… Je meurs, ô souffrance indicible…, lâcha un Dekas à l'agonie.

– Courage, ce n'est qu'un mauvais moment à passer », le réconforta la voix de Théïa.

Daïna soupira. Décidément, ce voleur était indécrottable. Même avec la caboche dans un seau, il trouvait le moyen de jouer la victime de tragédie. Dekas releva justement la tête du seau, le teint verdâtre, épuisé par l'effort qu'il venait de fournir. Lorsqu'il aperçut Daïna qui tentait de se faufiler discrètement dans un recoin. Aussitôt, un sourire épanoui éclaira son pâle visage. Théïa, qui veillait aux côtés du jeune homme, releva la tête à son tour. Elle lui adressa un petit salut timide. Daïna gagna le centre de la cale en dissimulant son dépit.

« Ma mie ! Venez-vous me réconforter dans mes derniers instants ? Grâces vous soient…

– Du tout ! coupa Daïna. En cet instant, En cet instant, les marchandises m'importent bien plus. Et si vous mourez, essayez au moins de le faire en silence…

– Vous n'avez donc aucune compassion, gémit le voleur.

– Seulement quand ça en vaut la peine. »

Dekas replongea la tête dans le seau, désemparé. Théïa ne dit rien, trop intimidée par le ton cassant de la Hiérarque. Daïna traversa en deux enjambées l'étroit espace qui devait l'amener vers la seconde partie de la cale et la proue, quand la voix de Dekas retentit à nouveau, encouragé par une accalmie de son estomac :

« Ma mie ! Ne me quittez point ! Vous êtes le soleil de mon réconfort ! D'ailleurs, ne vous a-t-on jamais dit que vous étiez belle comme le jour ?

– Avec du liquide gastrique sur le menton ? Non, jamais. »

La réponse avait fusé, cinglante.

« Ô beauté cruelle… Si belle et si dure…, se lamenta le voleur. Serais-je donc condamné à mourir malheureux ?

– Si je réponds à votre question, est-ce que j'aurais droit à quelques minutes de sil… ?! »

Un craquement sinistre interrompit la Hiérarque, une forte secousse ébranla l'Insouciant et les fit vaciller. L'instant d'après, ils étaient les pieds dans l'eau. La surprise passée, Daïna rebroussa aussitôt chemin vers le pont supérieur pour avertir le capitaine.

« On a heurté un récif ! hurla Slétès. Béroc ! Charpentier ! Allez constater les dégâts et colmater la fuite ! Tous les autres : serrez-moi la misaine, le foc et la trinquette ! »

Les gabiers s'éparpillèrent dans les mâts et les haubans, et entreprirent aussitôt de plier et de carguer les voiles demandées. Dans l'entrepont, Béroc croisa Daïna.

« Qu'est-ce qui s'est passé ? s'enquit froidement la jeune femme.

– Récif ! Où est Théïa ?

– Dans la cale avec notre voleur.

– Bien, elle va m'aider ! Les gars vont avoir besoin de vous dans les mâts ! Votre lanterne ! »

Chacun se précipita vers sa destination respective.

« Théïa ?!

– Tout va bien, Père, je suis là ! »

La voix s'était fait entendre devant lui. Béroc arriva dans le petit espace où s'était installé Dekas. Déjà, l'eau leur trempait les chevilles. Sa fille aidait le voleur à se remettre d'aplomb sur ses jambes flageolantes. Béroc se porta à son secours et la remplaça d'autorité.

« Trouve la fuite pour la colmater ! Côté bâbord ! Je te rejoins… »

Le colosse se saisit du voleur comme d'un fétu et le porta avec son seau vers les degrés qui menaient à l'entrepont.

« Montez dans les quartiers d'équipage et ne bougez pas de là ! » lui ordonna-t-il sèchement.

Dekas n'eut pas le temps d'approuver. Il fut posé sans ménagement sur les marches. Il regarda avec désarroi autour de lui, mais Béroc avait déjà disparu.

« Ils sont où les quartiers d'équipage ? »

L'Insouciant tangua et le jeune homme replongea bien malgré lui le nez dans son seau.

« Daïna ! beugla Slétès lorsqu'il la vit sortir. Il me faut quelqu'un à la vigie pour me guider vers cette crique là-bas ! »
Le capitaine lui désigna un point devant lui. Malgré sa vision d'Aigle, elle fut incapable d'apercevoir la fameuse crique. Elle lui fit néanmoins signe qu'elle avait compris et s'attela à monter lestement les cordages vers le point culminant du navire. Les embruns lui fouettaient le visage et lui gelaient les mains. Les brusques rafales du vent hurlant menaçaient à tout moment de l'arracher de ses prises. Mais elle tint bon. Elle atteignit enfin la petite plateforme et regarda dans la direction indiquée par le capitaine : rien.

« Une crique, une crique… Où ça, une crique ? » pesta la Hiérarque.

Dans la cale, l'eau poursuivait sa montée et arrivait à présent aux genoux de Théïa. Non loin d'elle, Béroc prospectait, lui aussi à la recherche de la brèche. Le charpentier, un homme aux tempes grisonnantes, inspectait lui aussi méthodiquement la coque. Il claquait des dents, les jambes sciées par le froid. Béroc, avec sa force monumentale, déplaçait les caisses de marchandises ou les tonneaux d'eau potable quand cela était nécessaire pour permettre à Théïa de se faufiler dans les petits espaces ainsi dégagés. Elle évoluait avec grâce dans cette mer froide, sans en ressentir la morsure. Ce simple contact réjouissait le Saurien, d'habitude impassible, qui ne manquait pas de profiter de toutes ces sensations aquatiques dont il avait été privé jusqu'à présent. Cependant, malgré cet état apparent de désinvolture, ce fut lui qui attira l'attention de Théïa en faisant claquer sa mâchoire. La jeune fille fut aussitôt près de lui, le flattant de mots choisis qui le ravirent. Effectivement, un léger courant entrant glissait sur ses chevilles. Théïa remonta le courant qui gagna en force, pour finalement trouver ce qu'ils cherchaient. L'eau lui arrivait à présent à mi-cuisse.

« Père ! J'ai trouvé la brèche ! Ici ! »
Béroc la rejoignit immédiatement pour constater l'ampleur des dégâts. Trois planches avaient éclaté sous l'impact et celles qui les entouraient menaçaient de céder à tout instant.

« Charpentier ! Amène de quoi colmater, vite ! »
L'homme arriva l'instant d'après avec le matériel qu'il avait préparé à

cette intention : planches, clous et marteau. Ainsi qu'un seau débordant d'une résine noire et collante. Théïa reconnut l'étoupe sans difficulté, pour combler les derniers interstices et empêcher l'eau de filtrer. Aidé du charpentier, Béroc accola une solide planche sur celles à demi brisées et entreprit de la clouer méthodiquement avec de larges pièces métalliques. Sa force fit des merveilles : les pointes se fichaient dans la matière avec une facilité qui aurait fait passer le bois pour du beurre. La planche fixée, une autre suivit, puis une autre. Le flux se tarissait à vue d'œil. Pendant que le charpentier achevait de colmater les plus grosses fuites et vérifiait le reste de la structure, Béroc se tourna vers sa fille :

« Va dire au capitaine que la brèche est réparée, mais qu'il faut écoper au plus vite !

– Compris ! »

Théïa se précipita vers la surface. Au moment où elle y parvenait, un grand cri attira son attention :

« Attention ! »

Ballottée par les vents contraires, Daïna se tenait fermement au mât. Elle balayait l'horizon sans rien voir. Les embruns lui fouettaient le visage. Le vent avait forcé et hurlait de toutes ses forces. Les nuages noirs couvraient maintenant complètement le ciel, recouvraient terre et mer d'un même et épais voile noir. Au loin, tonnerre et éclairs lui parvenaient de temps à autre, avec quelques secondes d'écart. Ils n'étaient pas encore au cœur de la tempête. Pour l'instant. Le bateau tanguait à présent avec une importante gîte à bâbord. Et cela ne semblait pas s'arranger.

« Cette crique, bons dieux ! Où ?! »

Un éclair fendit le ciel noir. Tout à coup, Daïna la vit : un espace rocheux étroit qui s'ouvrait en entonnoir vers l'intérieur des terres.

« Crique à bâbord ! hurla la Hiérarque. Crique à bâbord ! »

Slétès leva la tête. Un nouvel éclair lui permit d'apercevoir Daïna s'agiter du haut de la hune. Le capitaine fronça les sourcils. Il la voyait crier, mais les mots étaient emportés par le vent. Il brandit la main en signe d'incompréhension.

« Quoi ?

– Crique à bâbord ! » répéta la jeune femme du plus fort qu'elle put.

Rien n'y fit. Bientôt l'Insouciant dépasserait ce refuge qui leur tendait les bras. Tant pis. Elle lâcha le mât auquel elle s'accrochait et mit ses mains en porte-voix :

« BÂBORD ! »
Slétès perçut enfin la bonne nouvelle. Il tourna la roue à fond. Au même moment, une vague plus forte que les autres heurta violemment le navire. Théïa qui sortait de l'entrepont faillit perdre l'équilibre, se rattrapa juste à temps pour entendre Slétès crier :

« À bâbord toute, matelot !... ATTENTION ! »
Sous les yeux horrifiés du capitaine, Daïna tomba.

La jeune femme se sentit aspirer par le vide. Sans même réfléchir, ses ailes jaillirent. La violente Transformation lui arracha une grimace de douleur. L'Aigle la rassura, la soutenant instinctivement dans l'effort, analysant pour elle le sens des vents, la trajectoire de la chute, la position des cordages, la direction du sol. Tant et si bien que ses ailes s'étaient déjà formées à la moitié du mât. Passées les cordes qui risquaient de la briser, elle freina sa chute au dernier moment d'un puissant battement d'ailes et Daïna atterrit en douceur sur le pont, sous le regard ébahi de Slétès et admiratif de Théïa.

« Éh bien, matelot ! J'en connais plus d'un qui aurait aimé avoir tes réflexes et tes Capacités !

– Je ne l'ai pas vu venir celui-là, grommela Daïna suffisamment fort pour se faire entendre

– Les joies de la navigation, matelot ! Assure-toi d'être plus prudente la prochaine fois !

– Certainement, capitaine, répondit Daïna vexée de se faire reprendre comme une débutante.

– Slétès ! intervint Théïa. Père a trouvé la brèche et est en train de la colmater avec le charpentier.

– Parfait. On s'assure d'arriver entier et on écope après. J'y pense : Dekas a pu s'échapper de la cale à temps ?

– Oui. Par contre, je ne sais pas où il est passé ! » s'exclama la jeune fille.
Le capitaine éclata de rire.

« Pas d'inquiétude, jeune demoiselle ! Un navire a cet avantage d'être comme une belle bouteille : de belles formes et une seule sortie ! Et c'est moi le seul et unique gardien de la bouteille et de la sortie ! »

Dekas, le teint verdâtre, releva la tête de son seau après une énième nausée. Il se sentait seul. Très seul. Dans cet endroit inconnu où régnait l'obscurité. Et personne pour veiller sur lui.

« Le monde m'aurait-il abandonné ? Quelle cruauté… »
Un nouveau hoquet l'empêcha de s'apitoyer plus loin sur son sort.

*

* *

Guidé par la main sûre de Slétès, l'Insouciant entra dans les eaux plus calmes de ce refuge inespéré. Les bourrasques se firent moins violentes, les vagues moins hautes. Même la pluie parut vouloir se calmer un peu. L'ancre fut jetée à une petite encablure de la côte et le navire s'immobilisa pour de bon, seulement ballotté par la houle tranquille qui secouait les eaux de la crique. Les voiles carguées, les cordages bien serrés, le capitaine se joignit à l'écope qui était en cours. Tout ce qui pouvait contenir de l'eau fut réquisitionné. Dekas – retrouvé dans un coin improbable du vaisseau – fut gentiment prié de rendre son compagnon de voyage afin que celui-ci retournât à la nouvelle et légitime tâche qui lui avait été dévolue. Et pour éviter que le voleur ne fasse monter le niveau que l'équipage s'escrimait à faire baisser, Théïa fut chargée de mener le malade au bastingage, du haut duquel on lui donna toute latitude pour reprendre les conversations qu'il avait eues avec son seau, mais sans lui.

En quelques minutes, une chaîne de matelots s'activa pour vider l'eau de la cale. Une fois le travail accompli, les marins épongèrent du mieux qu'ils purent le plancher : Slétès ne tenait aucunement à ce que le bois pourrisse ou que s'installassent des moisissures propres à détériorer la santé de ses hommes ou l'intégrité de ses marchandises. D'ailleurs, le capitaine entreprit de les vérifier minutieusement et Béroc le trouva précisément à cette occupation lorsqu'il le rejoignit. En entendant ses pas, Slétès se retourna vers son ami. Il sourit. Mais Béroc devina que ce dernier n'était que de convenance. Le capitaine paraissait surtout très ennuyé vis-à-vis de son compagnon :

« J'ai constaté les dégâts. Comme tu as sûrement déjà dû t'en douter, je ne pourrai pas vous conduire aux Sables. Pas tout de suite en tout cas : tu as fait de très bonnes réparations, comme d'habitude je dois dire, mais tu as vu tout comme moi que les planches mitoyennes sont fissurées sous la ligne de flottaison. La coque devra être réparée dans le premier bassin de radoub que nous trouverons. Désolé, Béroc… »
Béroc réprima une grimace de dépit, tandis que Slétès reprenait le che-

min du pont supérieur. Il lui emboîta le pas.

« Ne t'inquiète pas, Slétès : tu nous as déjà grandement aidés.

– C'est bien aimable de ta part, même si j'ai failli nous couler. On a surtout eu de la chance d'échapper au naufrage, soupira le capitaine en émergeant à l'air libre.

– Mais sans toi, nous serions aussi tous en train de boire la tasse. Nous trouverons un autre moyen.

– Malheureusement, ces moyens s'avèrent limités », intervint Daïna qui avait entendu la fin de la conversation.

Les deux hommes se tournèrent vers elle. Elle les attendait patiemment à quelques pas de l'écoutille, adossée à un des mâts. La pluie continuait de tomber, finement. Tous les marins avaient regagné les quartiers d'équipage pour se mettre à l'abri en attendant les prochains ordres. Théïa, qui se tenait au bastingage pour soutenir moralement Dekas, se retourna elle aussi quand elle entendit son père.

« Pour ne pas dire improbables, rectifia la Hiérarque après une courte réflexion.

– Qu'est-ce qui te fait dire ça, matelot ?

– Éther, tout simplement. Regardez autour de vous. »

Daïna désigna les hautes montagnes qui entouraient la crique, masses noires qui se confondaient par moment avec le ciel.

« Seules des ailes peuvent venir à bout des Monts Déchirés. D'ici, c'est-à-dire à peu près à partir du Cap d'Est, toute la partie sud-est n'est que falaises tombant à pic dans la mer. Le premier port de la côte est susceptible d'accueillir l'Insouciant pour des réparations se situe à plus de trente jours de navigation et le plus proche de nous serait même Ésode. En outre, même si je le voulais, je ne pourrais même pas vous aider à traverser les Monts : les Sentinelles et les Gardes de l'Aire les surveillent sans relâche. Vous aurez tôt fait de tomber avec moi quand je succomberais sous leurs plumes.

– Effectivement, de ce point de vue, ce n'est guère encourageant », commenta Slétès en fourrageant dans sa barbe.

Daïna poursuivit sans sourciller.

« De même, en admettant que nous puissions longer la côte à pied, aux falaises succèdent régulièrement des champs de récifs…

– Je peux aider ! s'exclama Théïa.

– …mais si nous ne mourons pas noyer dans les courants, ce sera de froid. Ces récifs s'étendent par moment sur plusieurs milles. Je ne doute pas de vos Capacités, malheureusement, un Saurien du Siège s'y est brisé les os lorsque nous voulûmes secourir les naufragés de l'Invincible échoués sur ces rochers…

– Je m'en souviens, confirma sombrement Slétès. Un de mes meilleurs amis avait réussi à se faire engager sur ce rafiot. Malgré son nom, ce navire ne lui a pas porté chance.

– Qu'est-ce qui s'est passé ? s'enquit Théïa.

– Je venais d'être nommée Hiérarque. Je revenais d'une mission diplomatique aux Sables et nous devions faire escale dans un port au nord d'Éther. Nous avons été pris dans une violente tempête qui a duré plusieurs jours, au point que nous avons été dans l'impossibilité de nous repérer. Puis, entre deux coups de tonnerre, nous avons entendu un terrible craquement. Juste devant nous, l'Invincible venait de se jeter sur un de ces champs de récifs. Leur malheur nous a sauvé la vie. Notre capitaine a juste eu le temps de modifier sa trajectoire. Quand la tempête s'est calmée au bout de trois jours, nous sommes retournés sur les lieux du naufrage. L'Invincible avait été emporté et il ne subsistait plus de lui que la pointe de son mât. Mât au bout duquel deux survivants épuisés nous appelaient à l'aide. Les éléments avaient beau s'être calmés, les vents étaient encore violents et la mer houleuse, avec des creux dépassant bien la hauteur de trois hommes, et qui menaçaient de submerger les deux marins. Le temps nous était compté et nous devions réagir vite…

– Qu'est-ce qui s'est passé ? Vous êtes intervenus ? demanda la jeune fille inquiète.

– Bien sûr, mais pas avec le succès escompté. Revenant des Sables, notre délégation était essentiellement composée de Scorpions. Conformément à l'usage, un représentant de chaque peuple complétait cette délégation, à savoir un Émeraudien, un Saurien et un Aigle, moi-même. Il était exclu qu'Émeraudien et Scorpions interviennent : ils n'avaient pas les Capacités et les ressources nécessaires pour agir. Quant à mettre un canot à la mer, c'était du suicide. Le Saurien a plongé et je me suis envolé. J'ai cru que les vents allaient m'arracher les ailes ou me précipiter dans la mer. Pour être franche, j'ai cru ma dernière heure arrivée. En arrivant au mât, j'ai vu qu'un des deux hommes était grièvement blessé. Je l'ai pris pour qu'on lui prodigue les premiers soins, mais il avait perdu trop de sang. Il est mort quelques minutes après avoir touché le pont…

– Et le Saurien ?

– Il n'a même pas pu atteindre le mât. Les courants l'ont pris et l'ont empalé sur l'épave de l'Invincible qu'on était censé secourir. Malgré la protection de ses écailles et son entraînement de soldat du Siège. Le temps que j'intervienne pour sauver l'autre homme, une vague plus forte que les autres a cassé ce qu'il restait du mât et emporté le matelot. Fin de l'histoire. Ces champs de récifs ne sont pas à prendre à la légère, surtout en cas de tempête.

– J'ignorais que vous étiez intervenue auprès de l'Invincible, Daïna, commenta Slétès. Vous êtes un matelot hors du commun !

– Je vous remercie, capitaine. Mais ça n'a pas suffi…

– Les regrets ne servent à rien, matelot ! Chaque homme et chaque femme ont leur temps sur cette terre ! D'ailleurs, en parlant de terre… » Slétès se gratta la tête, embêté.

« …ça ne résout pas le problème actuel. Je sais que tu es pressé, Béroc, mais je crois qu'il va falloir que vous patientiez jusqu'à ce que cette tempête se calme…

– Le réel problème est le temps que nous passerons ici. Non que ta compagnie me déplaise, Slétès, mais nous devons nous dépêcher…

– Pourquoi ?

– La Lune de Nuit grandit, Théïa.

– Paramètre indéniable. Encore navré, Béroc.

– Je te l'ai dit, Slétès : tu n'as…

– Père ! Regardez ! » coupa subitement Théïa.

La jeune fille se précipita au bastingage, pointant l'horizon devant elle. Le petit groupe se retourna.

« Nous l'avons notre solution ! »

À l'entrée de la crique, derrière le rideau de pluie, un petit navire glissait rapidement sur les flots, gagnant les eaux protégées où mouillait l'Insouciant.

Chapitre 16

Le Siège

La plume minuscule crissait sur le papier, traçant nerveusement des caractères serrés sur le non moins minuscule carré brunâtre, tenu à plat sur l'écritoire à l'aide d'un plioir. Prodotès s'appliquait, concentré. Son bureau était calme, déserté pour un court instant par ses conseillers, courtisans, représentants, fonctionnaires, généraux, messagers de tous horizons. La porte était fermée à double tour, le passage de la Hiérarque traîtresse dans cette pièce n'était plus qu'un mauvais souvenir. Toutefois, pour parer à toute autre éventualité de ce genre, le Grand-Prêtre avait veillé à renforcer les battants d'une mince feuille de métal qui devait arrêter tous les projectiles. Il en avait été de même pour la serrure et son mécanisme, conçus dans les métaux les plus durs pour résister aux tentatives d'effraction les plus violentes. Le même procédé avait été répété pour son bureau. Prodotès ne s'en était pas consolé pour autant de ce forcement et, chaque fois qu'il repensait au coffret, sa rage et sa haine ressurgissaient, intactes. Comme maintenant. La deuxième Pierre avait été activée, il en était certain. Il pouvait en ressentir ces émanations immondes : il avait trop longtemps côtoyé sa porteuse pour l'ignorer. Sa fureur ne s'en portait que mieux, quotidiennement nourrie par cet affront qu'elle avait osé lui faire.

Le crissement se fit plus fort, la course de la plume plus rapide. Le message. Se concentrer sur le message. La plume ralentit jusqu'à un rythme moins effréné mais toujours aussi rageur : les derniers traits étaient plus épais, plus espacés. Le destinataire ne s'y tromperait pas : il ressentirait à coup sûr sa colère. Tant mieux, cela ne pourra que l'encourager à accomplir sa mission. Prodotès mit un point final à sa missive. Il posa sa plume et son plioir, sécha l'encre à l'aide d'une poudre composée de sable fin et de cendres de cèdre, enleva l'excédent, puis roula le petit parchemin très serré, qu'il cacheta avec le sceau adapté : lisse, sans armoiries.

Le Grand-Prêtre retrouva sur le balcon le stupide volatile au jabot proéminent pourtant nécessaire à sa tâche. Il ne lui restait plus que celui-là. Quelques mots apaisés et l'oiseau sauta sur la main gantée de cuir. Les serres emprisonnèrent son perchoir humain. Prodotès n'y prêta aucune attention. Un nom imprégné de la magie de Miarah balaya cet esprit vide pour le remplir d'une unique pensée : rejoindre sa cible. La marque noire sur son front luisit, l'oiseau frémit. Ses plumes s'agitèrent brièvement, excepté celles du front, touchées par la Grande-Prêtresse. L'animal battit doucement des ailes. Il était prêt. Prodotès le lança vers le ciel. L'oiseau prit son envol, parut chuter un court instant avant de s'arracher à la gravité. Quelques dizaines de secondes plus tard, il avait disparu derrière un nuage vagabond. Le Grand-Prêtre resta pourtant figé, là, dehors, ses poings se serrant et se desserrant nerveusement, ses doigts se croisant et se décroisant par moment avec force, au point de faire blanchir toutes les jointures de ses mains. Ils ne s'interrompirent même pas quand retentit dans un murmure la voix de Miarah :

« Tes dernières instructions sont parties. Bien. »

Prodotès ne dit rien. Miarah ne s'en émut point.

« L'échiquier est tien, Prodotès. Mais la pièce qui te manque réellement n'était pas avec cet oiseau…

– Oui, Miarah ! éclata brutalement le Grand-Prêtre. Le sang me manque ! Toujours cette soif ! Sans cesse ! Elle me ronge, ME CONSUME ! ME CONSUME ! Me consume… Me consume… », répéta-t-il dans un sanglot.

Ses mains se serrèrent dans une dernière convulsion de désespoir, puis retombèrent, inertes. Miarah s'approcha, attendant patiemment – froidement – que Prodotès se calmât. Le voir dans cet état de faiblesse la laissait indifférente. Impassible, elle contemplait l'homme comme le scientifique contemple son cobaye : d'un œil glacé. La soif qu'éprouvait le Grand-Prêtre devenait de plus en plus fréquente. Tant qu'il n'y donnait pas libre cours, elle le dévorait, montait en puissance comme la marée grondante avant de tout submerger. Il la contrôlait, mais plus les jours passaient, les rapprochaient des pleines Lunes, plus sa soif grandissait, épuisait ce petit être.

« Je la sens toujours, là, brûlante… »

Prodotès se retourna. Il n'implorait pas. Il savait qu'il n'y avait aucune compassion à attendre. Il ne l'espérait pas non plus. Il attendait autre chose. Un encouragement. Mais il avait beau attendre, il savait au fond de lui que Miarah ne lui donnerait rien. Il était résigné à ne rien recevoir. Ces sentiments ambigus cohabitaient comme le feu et l'eau. Il ferait alors comme d'habitude : il attendrait le dernier moment, l'ultime instant pour se précipiter dans les oubliettes du Siège et réduire en charpie, démembrer, se reparaître du sang d'un pauvre hère vagabond, inconnu, puant et dont nul ne se souciait. Une existence insignifiante. En maintenant ainsi la soif le plus loin possible et en la combattant, Prodotès espérait repousser ses propres limites comme le messager s'entraînant pour porter ses missives sur de plus longues distances. Sauf que Prodotès échouait. Systématiquement. Et la soif gagnait. Systématiquement. Pire, elle gagnait en intensité. Ses crises étaient de plus en plus rapprochées. Plus violentes. Plus lentes à s'éteindre. Tout cela, Miarah le savait. Et l'intégrait dans ce projet qui s'acheminait doucement vers sa réalisation. Pour elle, cette soif n'était pas un problème. Sa gestion en était simple… Aussi simple qu'un petit encouragement qu'elle consentirait à lui donner, maintenant.

« Ta patience sera bientôt récompensée, mon cher Prodotès.

– Je le sais…, marmonna le Grand-Prêtre.

– Dès que tout sera accompli, ta soif sera apaisée. Sois-en certain. »
Ces dernières paroles firent tressaillir Prodotès. Le froid, le manque ou bien ce qu'il croyait être de la compassion ? Peut-être un peu des trois. Il serra ses bras contre sa poitrine pour se protéger. Ou se rassurer contre cette soif trop envahissante.

« Mais tu sais bien comment cette attente est épuisante pour moi… »
Miarah leva la main et, malgré son désintérêt, la posa délicatement sur la joue du Grand-Prêtre. Cette fois, le tressaillement de Prodotès eut une origine parfaitement identifiée : le soulagement. La sensation de cette main glacée dissipa le poids écrasant qui pesait sur lui. Ses épaules se redressèrent, la soif battit en retraite. Temporairement.

« Je le sais, susurra Miarah. Et je t'aiderai quoiqu'il advienne… »
Chaque parole distillée insufflait une nouvelle vigueur au Grand-Prêtre. Il se lova contre cette main salvatrice.

« Aussi, poursuivit-elle, après une dernière question, tes efforts seront récompensés à leur juste valeur… »
Une flamme incendiaire se ralluma dans les yeux de Prodotès.

« Du sang ?! »
Miarah leva un doigt autoritaire pour réfréner cette nouvelle ardeur.

« J'ai dit : après une dernière question. »
Prodotès se calma instantanément : sa désobéissance ne saurait être la cause de sa punition.

« Avant, je veux que tu me récapitules les prochaines manœuvres que nous avons prévues au sujet des Parias. Laisse-moi vérifier que ta soif n'obscurcit pas ton jugement. Notre pleine réussite en dépend.

– Certainement, Miarah, approuva Prodotès en baissant la tête en signe de soumission (Il se mit à réciter :) Sur chaque continent, les Parias ont pour mission d'instaurer une instabilité permanente en créant une insécurité latente et, si possible, de renverser les pouvoirs locaux. Tout acte de rébellion, violence, ou qui irait à l'encontre de la morale, des codes et lois établis, est encouragé. Sur Éther et Émeraude, les résultats sont très prometteurs et sont en constante progression. Plus de chaos il y aura, plus nos forces s'accroîtront. Les Parias en sont le catalyseur et le réceptacle, et nous permettront de contrer le pouvoir des Lunes.

– Bien. De la suite de nos opérations, des difficultés et du but ?

– Concernant les Sables, les manœuvres vont bientôt commencer. Elles s'appuieront essentiellement sur le criminel le plus recherché des Sables. (Prodotès sourit) Depuis le soulèvement sur Émeraude et Éther, le commandement des Sables s'attend à des actions des Parias. Il va avoir des surprises… Seul l'Archipel pose réellement problème, se rembrunit le Grand-Prêtre. Depuis la mort de Théïos, la reine Kalaïa se méfie du Siège. Cette mort était pourtant nécessaire : un rapprochement prématuré avec Saphir aurait signifié une difficulté accrue à contrôler ce continent en l'absence de Parias. Mais depuis ce temps, la reine d'Aigue-Marine a décidé de procéder elle-même aux jugements de tous les crimes par les citoyens d'Aigue-Marine, excepté pour les crimes de sang, puisqu'ils relèvent de l'autorité du Siège. Hélas pour nous, l'Archipel est remarquable de stabilité et le taux de criminalité est un des plus bas de Terra, avec une fâcheuse conséquence : peu de meurtriers. Le nombre de Parias n'en est que plus faible…

– Là n'est pas l'essentiel ni le plus important, analysa froidement Miarah. L'instabilité gagnera tôt ou tard l'Archipel et la gangrène des Parias se répandra lorsque ceux-ci prendront les Îles d'assaut depuis Émeraude et Éther. Et quand le chaos sera partout, quand tout espoir sera perdu, tous s'en remettront à toi. »
Les lèvres de Prodotès s'étirèrent en un mauvais sourire.

« Si tu avais vu la tête de nos vaillants généraux ce matin… La perspective de perdre le Siège leur a presque fait oublier les Parias. Et quand ce sera le cas, le Bouleversement sera notre victoire et notre vengeance son accomplissement…

– Ta soif a bien mérité d'être apaisée… » conclut Miarah d'un ton neutre.

Chapitre 17

Une crique au sud d'Éther

« Bienvenue à bord, crapule ! »

Le nouveau venu sourit. Plus petit, plus fin, plus sec que Slétès, il avait rejoint le pont de l'Insouciant, grimpant lestement par l'échelle de corde qui leur avait été jetée, suivi l'instant d'après par un matelot. La chaloupe par laquelle ils étaient arrivés avait été arrimée et attendait patiemment le retour de son capitaine en compagnie de deux rameurs. Non loin, la goëlette auquel appartenait la barque était bercé par la houle qui secouait les eaux de la crique.

« Salut, cap'taine ! Toujours dans la panade, pas vrai ? lança l'inconnu pour toute réponse.

– Absolument pas ! répliqua Slétès avec aplomb. Une simple difficulté, mineure qui plus est. Mais passons ! »

Le capitaine de l'Insouciant se tourna vers le petit groupe de voyageurs que constituaient Béroc, Daïna et Théïa. Dekas, accroché au bastingage comme à sa survie, tutoyait les flots sous le regard goguenard des autres marins, serrant fort contre lui le seau qu'on lui avait obligeamment rendu.

« Béroc, matelot, jeune demoiselle, je vous présente Dayo, un de mes anciens marins et…

– …Et un homme bien plus avisé que ce vieux loup de mer, coupa Dayo avec un clin d'œil à l'attention de Daïna (Celle-ci l'ignora).

– …Depuis, il s'est mis à son compte en croyant me faire de la concurrence…

– Et ça marche si bien, que je vais bientôt te mettre sur la paille !

– À un point tel que mes bénéfices ont doublé depuis la dernière fois que j'ai vu ton pavillon !

– Écoutez-le ! gloussa Dayo. La dernière fois que tu as vu mon pavillon… »

Pendant que les deux capitaines se chamaillaient pour savoir lequel des deux était le meilleur navigateur, les regards de Béroc et de Daïna se croisèrent. Béroc ne connaissait pas Dayo : Slétès avait dû le recruter après son départ de l'Insouciant. Si Slétès paraissait bien s'entendre avec lui, l'homme lui semblait plus fourbe et plus cupide que lui. Un avis que la Hiérarque partageait visiblement. La poignée de main rapide et nerveuse qu'elle lui octroya à contrecœur la conforta dans son jugement. Elle trouvait Dayo arrogant et uniquement motivé par l'appât du gain. Voir arriver ce navire sortant de nulle part avait été un soulagement. Mais maintenant que son capitaine se tenait devant eux, ils commençaient à douter de leur bonne fortune. Ils n'avaient malheureusement pas le choix. Béroc était pressé pour une raison que Daïna ignorait encore et les moyens de locomotion qui s'offraient à eux étaient réduits. Néanmoins, une question taraudait la Hiérarque :

« Dites-moi, capitaine…

– Mais tout pour vous faire plaisir, ma Dame ! s'empressa Dayo en roulant ostensiblement des épaules qu'il avait musclées.

– Comment avez-vous su que nous avions des difficultés ?

– Rien de plus simple ! expliqua le capitaine en bombant fièrement le torse. On vous a aperçus juste avant que la tempête ne se lève. Comme je peux me vanter de posséder le bateau le plus rapide de Terra, nous étions déjà en train de vous rattraper lorsque je vous ai vu entrer dans cette crique avec du gîte à bâbord ! Et quand j'ai vu qui était le capitaine de ce rafiot, point n'était difficile d'imaginer ce qui s'était passé…

– Tu as oublié de dire que c'est aussi moi qui t'ai tout appris, maugréa Slétès.

– Et je n'ai pris que le meilleur ! La preuve en est devant vous.

– Tu étais le fanfaron de l'équipage, ça non plus ça n'a pas changé !

– Que veux-tu ! Je fais partie d'une élite que tu…

– Merci de m'avoir éclairée, capitaine, coupa Daïna. Dans ce cas, j'aurais une faveur à vous demander…

– Très certainement, ma Dame, se rengorgea Dayo devant ce soudain intérêt pour sa personne. Tout pour vous plaire ! »

Daïna soupira intérieurement. Ce capitaine insupportable lui faisait horriblement penser à Dekas. Comble de malchance, Dayo n'était aucunement indisposé par la nausée. Au moins l'avait-il rassuré sur un point : il ne semblait pas être un chasseur de primes comme elle l'avait craint au début. Elle n'avait pas espéré que leur fuite d'Ésode passât complètement inaperçue, mais suffisamment pour éviter de s'attirer des ennuis supplémentaires, Ektos et Kleptos en premier lieu. Hochant poliment la tête devant Dayo, elle se dit qu'elle aurait peut-être finalement préféré un pirate : les négociations auraient certainement abouti plus vite qu'en faisant des ronds de jambe devant cet odieux personnage. Un homme à la mer ne perdait pas de temps en palabres.

« Excusez-moi de vous le demander aussi abruptement, reprit-elle, mais pourriez-vous nous conduire aux Sables ? Le plus tôt possible serait le mieux...

– J'avais plus ou moins prévu d'y faire escale, mais...

– Vous serez bien sûr généreusement récompensé pour les services rendus.

– La seule chose qui m'importe est de vous rendre service, ma Dame ! »

Qui a dit que l'argent ne faisait pas des miracles ?

Tandis que Daïna entreprenait de négocier les modalités du voyage avec Dayo, Slétès se pencha vers Béroc pour lui murmurer à l'oreille :

« Béroc ! Malheureux !

– Quoi donc ?

– Passer marché avec ce pirate... Tu n'y songes pas ?!

– Ton règne de premier navigateur de Terra prend fin, capitaine ! »

Slétès se retourna. Dayo le regardait, goguenard.

« J'ai l'oreille fine ! se vanta le capitaine.

– Et la langue trop pendue ! le réprimanda vertement Daïna. Concernant le prix du voyage, nous disions... »

Béroc recula de deux pas, Slétès suivit et reprit aussi discrètement que possible :

« Dayo a beau être un très bon marin, c'est une vraie crapule !

– Je sais, Slétès. Malheureusement, le choix ne fait pas partie de mes options. Par contre, explique-moi pourquoi je devrais me méfier de lui ?

– Parce que cette écrevisse de rempart a appris toutes les ficelles du métier avec moi, a quitté le navire comme un rat et depuis essaie systématiquement de me doubler ! Sa soif de gains n'a pas de limites, mais si en plus il peut vous faire trimer pour s'économiser le salaire de quelques marins, il le fera ! Tu es vraiment sûr de vouloir faire affaire avec lui ?

– Oui.

– Alors, il va falloir que je force un peu le trait. Sinon Dayo va en profiter pour vous faire payer le triple. S'il accepte seulement de vous prendre… »

Sans prévenir, Slétès se mit à sangloter sur l'épaule du géant :

« Pourquoi ? Pourquoi ?! s'exclama-t-il, théâtral.

– Heu… Slétès, n'en rajoute pas…

– Moi qui te considérais comme un frère !... »

Devant le raffut que créait Slétès, Daïna fronça les sourcils pendant que Dayo l'observait, intrigué. Théïa, en retrait depuis l'arrivée de Dayo s'approcha :

« Slétès, que se passe-t-il ? Qu'est-ce qui ne va pas ?

– Rien ne va, jeune demoiselle, rien ne va ! sanglota le capitaine. Personne ne m'aime !

– Je crois qu'il est temps de partir…, marmonna Béroc. Daïna ?

– C'est bon. Le capitaine Dayo et moi nous sommes accordés sur le prix. »

Dayo la regarda avec des yeux ronds.

« Ah bon ? »

Un nouvel éclat de Slétès les interrompit.

« Va, traître ! Que l'Insouciant ne soit plus pour toi qu'un souvenir s'effaçant dans la brume de Saphir !

– Bon, on y va ? pressa la Hiérarque.

– Hum… Oui, oui, répondit Dayo désarçonné par l'attitude de son ancien capitaine. Quelle tristesse : la bouteille a eu raison de sa tête…

– Après tout ce que j'ai fait, ça me rend malâââââde ! »

Une main prévenante lui tapa gentiment l'épaule.

« Vous voulez mon seau ? » proposa un Dekas aimable quoique déphasé, aussi vert que sa tunique.

Devant le contenu qui clapotait au fond et la forte odeur qui s'en dégageait, Slétès eut juste le temps de tourner la tête avant de se retrouver contributeur bien involontaire de cet épanchement gastrique.

La tempête dura encore deux jours. Durant ce laps de temps, Théïa annonça la nouvelle de leur départ à Dekas. Le voleur mit un certain temps à en comprendre que Daïna s'en allait, mais dès qu'il eût compris de quoi il en retournait, il fit des pieds, des mains et du seau pour faire partie du voyage. Si Slétès, Béroc et Théïa n'y voyaient pas d'inconvénient majeur, il en était tout autrement de la Hiérarque. Apprendre que le voleur voulait l'accompagner par monts et par vaux au péril de sa vie ne l'enchantait absolument pas. D'un autre côté, laisser à Slétès ce pénible voyageur réveillait en elle quelques scrupules dont elle se serait bien passée. Elle donna son accord à contrecœur et en informa Dayo qui fut ravi de compter un nouveau revenu… – voyageur – supplémentaire.

Le petit groupe procéda aux derniers préparatifs du voyage… ainsi qu'au paiement de celui-ci. Slétès avança généreusement les fonds malgré les protestations de Béroc : « Ce n'est qu'un juste remboursement de ce que tu m'as donné », dit-il en lui fourrant les sacs d'argent dans les mains. Daïna, Béroc et une Théïa émue firent leurs adieux à un Slétès tout aussi ému et prirent place dans la chaloupe, qui les ramena à bord de leur nouveau navire.

Dekas suivit vaille que vaille, non sans réaliser avec horreur que le "péril de sa vie" était arrivé bien plus tôt que prévu. Bien moins chevalier que Slétès, Dayo se fit tirer l'oreille par Béroc afin qu'il leur donnât une cabine uniquement pour les dames. Ce qu'il fit après un temps de réflexion outrageusement long et de bien mauvaise grâce après que Béroc lui eût refusé une contribution pécuniaire supplémentaire. Puis la goëlette de Dayo quitta la crique, laissant derrière lui l'Insouciant et Slétès, qui agitait frénétiquement une main dans leur direction :

« Aux quatre vents, matelots ! Bonne chance !

– Aux quatre vents, capitaine ! répondirent en chœur Daïna et Théïa.

– Merci pour tout, vieux pirate ! » ajouta Béroc d'une voix puissante.
Le vent s'engouffra dans les voiles et, bientôt, le vaisseau glissait avec aisance sur les flots en emportant sa cargaison humaine vers sa nouvelle destination. Béroc en fut soulagé. Il était ennuyé de laisser son ami dans une telle posture, mais le temps jouait contre lui. Et même s'il partageait l'avis de la Hiérarque concernant Dayo, le capitaine restait pour l'heure leur seul espoir d'avancer.

« Capitaine ?

– À votre service, ma Dame !

– Quand serons-nous aux Sables ?

– Avec ces vents, en un temps record ! Aussi vrai que mon navire s'appelle le Véloce ! Mais puis-je vous appeler Daïna ?

– Certainement pas. »
Et la Hiérarque tourna les talons. Le voyage allait être long…

Chapitre 18

Océan méridional

Sept semaines avaient passé. Dans le ciel, les Lunes croissaient inexorablement. Et, depuis bien des cycles, de façon homogène. Les marins et les gens de la côte observaient des marées plus hautes ou plus basses, la mer se retirant parfois sur des kilomètres ou au contraire submergeait des terres autrefois hors d'eau. Les jardiniers constataient que plantes et arbres connaissaient une croissance jamais vue, chaque espèce tendant ses branches et ses rameaux plus hauts que jamais dans le ciel, étoffaient leur tronc comme si la nature avait peur d'être brutalement déracinée. Quant aux fermiers et aux chasseurs, ils voyaient avec surprise les animaux devenir plus agressifs, plus territoriaux, moins enclins à se laisser tomber sous la flèche de son prédateur ou sous le couteau du boucher. Tous étaient unanimes : les temps changeaient. Et la Lune de Nuit en était l'unique cause.

Sur tous les continents, les astronomes prévoyaient des pleines Lunes simultanées, un fait rarissime. Les minces croissants avaient lentement grossi, s'étoffant pour s'affirmer davantage derrière les nuages. Désormais, la Lune de Nuit affichait pleinement ses couleurs : un bleu profond avec de nombreuses nuances foncées qui, par moment, la faisaient paraître presque noire. Sur Terra, les regards qui tendaient vers l'astre étaient chaque jour plus inquiets. Ce qui était auparavant des murmures entre astronomes initiés devenait brouhaha dans les chaumières : hommes, femmes, enfants, chacun prédisait à sa façon le malheur contre lequel le Siège devait faire face. Les hommes affûtaient leurs armes, organisaient des milices, se réunissaient au coin du feu ou dans la taverne la plus proche pour conter leurs futurs et sanglants exploits contre l'engeance tapie dans un recoin sombre de Terra. Des activités somme toute déjà d'actualité au vu de la menace récurrente des Parias.

Les femmes n'étaient pas en reste : au lavoir, dans les champs, dans les salons, les langues se déliaient en l'absence des hommes, devisant sur les meilleurs moyens de tuer un Loup, discutant du meilleur endroit où cacher une arme sous leur jupe ou dans leur chemisier. Les plus délurées se demandaient si les guerriers de Saphir tiendraient aussi bien la distance qu'un guerrier Scorpion, réputé pour être un amant aussi ardent qu'endurant. Quoique cette dernière remarque fût tout autant un sujet masculin, mais à propos des femmes.

Et les enfants ? Les enfants, eux, menaient d'incroyables batailles contre les renégats sanguinaires qui tremblaient de peur devant eux, les suppliant de les épargner, évènement qui, bien évidemment, n'arrivait jamais.

Bref, sur chaque continent, dans chaque échelon de la société, tous sur Terra avaient un deuxième sujet commun sur lequel débattre (après les Parias), pendant que la Lune de Saphir continuait de grandir. Et depuis peu, un autre sujet de discussion s'invitait de plus en plus fréquemment dans les conversations, en lien avec le premier et non moins passionnant : les Aïrétions.

Depuis le retour de la Lune de Nuit, la Prophétie – un temps tombée en désuétude, bien qu'enseignée dans toutes les écoles de Terra – avait ressurgi dans les esprits avec une vigueur renouvelée. Commentée, disséquée, examinée sous toutes les coutures par tous, petits et grands, jeunes et vieux, riches et pauvres, elle avait l'avantage de s'adresser à tous et l'inconvénient d'être revendiquée par tous.

Quant aux Pierres de Lunes, nul ne s'en souvenait. Prodotès y avait veillé avec un soin tout particulier, faisant de leur réalité une vague rumeur et leur seule mention une pure invention infantile. Toutes les traces incommodantes avaient disparu des livres depuis bien longtemps. La courte mémoire des hommes avait fait le reste. Et si un érudit, un historien ou un chercheur exhumait un antique fragment de parchemin à l'origine forcément douteuse, interrogeait le Grand-Prêtre à ce sujet, osant remettre en cause ou simplement supposer de leur réelle existence, Prodotès regardait l'indélicate ou le curieux droit dans les yeux, demandant d'un ton tranquille : « J'ai connu les derniers Aïrétions. Ils ont été mes amis. Et je n'ai jamais vu de Pierres. M'accuseriez-vous de mentir ? » L'aura et le prestige de l'homme, sauveur de Terra, Éminence du Siège, grand protecteur contre Saphir, dissuadaient de poursuivre la conversation. Et les recherches. Dans le cas contraire et si tel était le cas, Prodotès laissait faire, mais ne manquait pas de surveiller lesdites recherches.

Dès lors que l'existence des Pierres avait basculé dans l'oubli, il n'était plus resté aux peuples de Terra que le vague souvenir des Aïrétions. Un souvenir que le Grand-Prêtre n'avait guère eu de mal à raviver pour détourner toutes les attentions et les convaincre d'une évidence : combattre des Loups nécessitait des guerriers. Des combattants hors normes. Les Anciens (des nourrissons aux yeux du Grand-Prêtre) s'étaient replongés dans les livres anciens à la recherche des rites devant sacrer ces guerriers d'exception. C'est ainsi que dans d'antiques ouvrages – volontairement épargnés par Prodotès au vu de leur importance historique mineure voire inexistante –, des chercheurs trouvèrent mention d'obscures cérémonies organisées pour déterminer les Aïrétions. Comble de l'ironie, des conseils et des précisions furent même demandés au Grand-Prêtre sur cette époque révolue. Dévoué à Terra, Prodotès ne put qu'accéder à leur requête avec sa bienveillance habituelle et ne se fit pas prier pour leur donner moult détails sur les tenants et les aboutissants de ces cérémonies. Les sages et autres dirigeants n'hésitèrent pas à organiser ces rituels – Élithios et Émeraude en tête –, tant pour canaliser vers un but l'énergie des peuples qui menaçaient de déborder de façon incontrôlable sous la panique de voir la Lune de Nuit apparaître, que pour tester leurs propres Capacités et satisfaire les orgueils et leur soif de gloire.

Hélas, seule Émeraude eut le temps de reconnaître son représentant contre les Loups avant que ne se déclenchât la guerre contre les Parias. Et encore, cette nomination avait trouvé nombre de détracteurs, que ce soit à cause d'Élithios accusé de népotisme, ou de Karès lui-même, davantage reconnu pour sa cruauté que pour être l'incarnation des valeurs désintéressées de l'Aïrétion. En Éther et aux Sables, les rituels devant les révéler auraient dû être initiés après que les Lunes aient atteint leur pleine moitié ascendante, c'est-à-dire à peu près au moment où le groupe de Béroc faisait route vers les Sables, emmené par le capitaine Dayo. Avec la rébellion des Parias, tout s'était interrompu. Au grand dépit de celles et ceux qui s'étaient crus appelés à devenir les nouvelles reines et les nouveaux rois de Terra ; et à la grande satisfaction de ceux pour qui ces tournois n'étaient qu'une mascarade : comment décider d'un ou une vainqueur quand les meilleurs guerriers se trouvaient au Siège ? Sur Éther, la Hiérarque Daïna avait beau avoir été condamnée à mort par contumace, l'opprobre jeté sur elle et son nom, ses Capacités n'en restaient pas moins admirées par les Élites de sa terre. Toutes les cérémonies avaient été ainsi annulées, remplacées par les préoccupations immédiates de résister aux Parias, et les Aïrétions remisés, laissés au folklore populaire. Dans le ciel, les Lunes poursuivaient inexorablement leur course, témoins silencieuses du chaos qui s'installait. Et de la tempête que s'apprêtait à affronter le Véloce.

*

*   *

Slétès avait eu raison sur deux points. Dayo était un bon capitaine, il savait manœuvrer son navire. Le Véloce, plus petit, plus rapide, fendait les eaux toutes voiles dehors avec aisance. Mais Dayo était aussi un brigand, attiré par l'appât du gain plus sûrement qu'une nuée de mouches sur une goutte de miel. Non content d'avoir été grassement payé par Slétès et comme ce dernier l'avait prédit, Dayo avait exigé que ses nouveaux passagers prennent une part de travail sur le bateau, là où le capitaine de l'Insouciant les avait généreusement accueillis. Béroc ne s'était pas démonté et avait aussitôt réclamé le remboursement de la somme octroyée pour couvrir leurs frais, venant en sus du prix du voyage. Dayo avait dû affronter un choix cornélien : retourner une partie de la somme rondelette que son coffre peinait à présent à contenir ; ou bien user de son pouvoir de capitaine pour les obliger à exécuter les ordres. Cette seconde possibilité lui était évidemment apparue la plus alléchante, mais les mots s'étaient bloqués dans sa gorge quand il dut faire face au colosse. Dayo en avait maté plus d'un de ces mutins, pourtant, à cet instant, la lueur indéfinissable dans les yeux de Béroc l'avait tétanisé. Il avait estimé qu'une prudente marche arrière s'imposait et s'en était tiré sur une boutade qui ne convainquit personne.

Quant à Daïna, cette femme au caractère fier, Dayo la poursuivait de ses assiduités, mais n'obtint d'elle qu'une absence de réaction qui le hérissa au plus haut point. La Hiérarque ne s'en émut aucunement et eût tôt fait de prendre place sur le mât le plus haut, près du ciel, ou à la proue, à l'exact opposé de la barre tenue par Dayo. Béroc ne tarda pas à l'imiter : travailler lui évitait de penser à Prodotès et au temps qui passait. Pour ce qui était de Théïa, la jeune fille s'aperçut sans mal que le nouveau capitaine n'avait pas la conversation aussi fantaisiste que Slétès. Tous ses sujets tournaient autour de l'argent, de ses exploits maritimes et féminins, et de la célérité de son navire. Sa vantardise n'avait pas de limites. Elle abandonna bien vite sa compagnie, passant le plus clair de son temps avec Dekas, toujours aussi malade, et le maître-coq avec qui elle sympathisa. Ce dernier avait le verbe haut et avait élevé la bonne chère en véritable art de vivre. Une gageure quand arrivait le moment de préparer les derniers vivres – haricots secs, fèves, biscuits, lentilles, céréales en tous genres – que l'équipage mangeait sans discontinuer depuis trois semaines : renouveler chaque jour les saveurs de ces plats l'avaient ainsi obligé à se constituer une collection éprouvée d'herbes et de condiments de toutes sortes dont il connaissait les parfums et les arômes sur le bout des papilles, se considérant lui-même comme un chef d'orchestre des saveurs. Et comme le vit Théïa, l'équipage lui en était redevable, cherchant régulièrement à lui pêcher nombre de poissons différents pour améliorer leur propre quotidien et que lui seul savait mettre en valeur comme personne.

Bref, le temps s'écoula finalement paisiblement au rythme des vagues que fendait la coque. Seul Dekas trouvait le temps extrêmement long et subissait les affres du voyage, le seau ayant l'inconvénient de présenter un paysage des plus monotones. En outre, ses nausées tenaces ne l'encourageaient guère à en sortir la tête, malgré les efforts de Théïa et les effluves de menthe poivrée qui avaient cessé de lui faire de l'effet depuis bien longtemps. Mais, de son propre avis, le plus dur n'était pas le mal de mer, mais l'indifférence dans laquelle semblait se complaire Daïna à son égard. Entre deux jets de bile, il s'efforçait de coucher sur quelques bouts de papier trouvés par Théïa les mots qui sauraient séduire l'indomptable Hiérarque. Le voleur était rompu à l'exercice, employait ses plus belles phrases, chargeait les mots de son émotion la plus intense, mais tous restaient lettre morte.

« Mais pourquoi ? » demandait-il désespéré à Théïa en la voyant revenir invariablement avec sa prose à la main.

La jeune fille ne répondait rien, gênée. Comment pouvait-elle lui dire que la Hiérarque refusait ne serait-ce que de les prendre pour les lire ? Quand elle avait vu les morceaux de papier grossièrement déchirés arriver, à l'odeur nauséabonde et couverts d'une écriture malhabile que le roulis rendait tremblante, elle avait opposé un refus catégorique à s'en saisir et avait prié Théïa de ne plus lui présenter ce genre d'immondices. Puis Daïna était remontée au grand mât en se demandant comment le jeune homme pouvait être encore vivant après des semaines et des semaines à agoniser au fin fond de la cale. De son propre avis, Théïa s'occupait trop bien de lui…

Et le voyage se poursuivait bon train, au gré des humeurs des uns et des autres, au rythme des vents et des courants qui emmenaient tout ce beau monde vers leurs destinations respectives.

*

* *

Une nouvelle vague balaya le pont sans ménagement. Le bateau gémit, mais tint bon. Dayo s'assura que tout le monde était là, avant de fixer son attention sur la barre. Cette nouvelle tempête durait déjà depuis plusieurs heures et ne montrait aucun signe de faiblesse. Les voiles avaient été pliées et carguées une à une, soigneusement. Ses hommes avaient serré les cordages au mieux : il fallait au moins ça pour éviter que ces dizaines de toises carrées de voile s'envolassent, au risque de casser un mât, ou pire de tuer un matelot. Le capitaine se mit à siffler avec entrain, excitation. Lutter contre les éléments était un défi qui lui plaisait. Il voyait se dresser contre lui et son Véloce des murs d'eau, qui tentaient systématiquement de les abattre tous les deux. Et seulement eux deux : tous ses hommes s'étaient réfugiés dans les quartiers d'équipage, à prier les dieux dans leur hamac de les épargner. Les dieux. Il aimait à penser qu'il les défiait, là, dans ce ciel encombré d'éclairs et de nuages si noirs qu'ils paraissaient ne faire qu'un ; dans ce vent qui rugissait à ses oreilles, tentant de faire chavirer son bateau avec une vigueur chaque fois renouvelée ; et dans ces flots qui ne cessaient de se dresser contre lui, toujours plus hauts, plus larges, plus durs. Et chaque fois, il les vainquait, un à un, les fendant, les pourfendant, les esquivant avec cette maestria que lui enviaient nombre de ses pairs. Sauf Slétès.

Slétès n'avait jamais compris son engouement pour le danger, de se mesurer à la force des éléments. Son mentor avait souvent préféré se soustraire à leurs caprices, ou bien ne les bravant que contraint parce qu'aucune autre route ne s'offrait à lui. Trop de prudence, trop d'ennui qui avait rapidement exaspéré le jeune marin d'alors. Dayo en avait ressenti un souverain mépris envers le capitaine, contrebalançant l'admiration qu'il lui avait vouée à ses débuts. Slétès en avait éprouvé de l'agacement, puis de la tristesse devant son entêtement. Dayo n'en avait eu cure : il était devenu presque aussi bon que lui. Presque. Le Véloce était plus rapide que l'Insouciant, nécessitait moins d'hommes à la manœuvre, mais inexplicablement, Slétès le devançait de comptoir en comptoir, ne lui laissant que les miettes des transactions. Une seule fois, de dépit, l'ancien matelot lui avait ouvertement demandé comment Slétès réussissait ce tour de force avec l'Insouciant tellement plus lent. Son ancien capitaine lui avait répondu sans malice et sa réponse l'avait désarçonné :

« Je vais là où le vent me porte, matelot. Non contre lui. »

Dayo n'en avait pas compris le sens et était reparti à l'assaut des tempêtes, tremblant d'excitation à chaque nouveau déchaînement des éléments. La foudre illumina le ciel. Dayo se sentait si vivant... Avant de hausser un sourcil étonné : une tête barbue venait d'apparaître à l'échelle devant lui, celle qui permettait d'accéder à la roue de navigation. C'était bien la première fois qu'un de ses hommes osait braver la tempête pour venir le voir. Des épaules massives apparurent. Si massives qu'elles n'appartenaient qu'à un matelot : Béroc.

Daïna grommela. Elle n'espérait qu'une chose : que cette coquille de noix tienne bon jusqu'aux Sables. Elle aurait bien aimé s'envoler pour fuir cette tempête infernale, mais elle se serait fait balayer par les bourrasques. Si elle ne se faisait pas foudroyer avant, toute Aigle qu'elle était. Le bateau tangua brusquement. Elle compensa le soudain changement de direction avec légèreté, suivant le tangage que la mer en furie imprimait au navire. Sur le lit, à l'autre bout de la cabine, Dekas laissa échapper un énième gémissement à fendre l'âme. La Hiérarque retint un mouvement d'humeur. Depuis que Théïa l'avait appelée, paniquée, pour remonter de la cale le voleur soi-disant à l'agonie, il n'avait cessé de geindre, de se plaindre, de se lamenter, d'invoquer les dieux à la clémence et autres mièvreries ou suppliques du même acabit qui devaient lui permettre de garder la vie sauve. Sans compter les déclarations enflammées – mais surtout très éteintes – qu'il n'avait pas manqué de lui adresser entre deux borborygmes dans un seau qui faisait caisse de résonnance au point d'imiter le tonnerre grondant au-dessus de leur tête. Daïna avait arrêté de lui répondre depuis longtemps, confiant à Théïa le soin de s'occuper de lui. Béroc les avait rejointes peu de temps après dans la cabine du capitaine après avoir serré la dernière voile. Il se moquait bien de ce que pouvait dire Dayo pour cette entorse au règlement : sa fille passait en priorité et serait davantage en sécurité ici qu'écrasée par les ballots de marchandises dans la cale. Le géant était fatigué mais restait calme, en habitué des tempêtes. Théïa tentait de faire bonne figure, mais ne pouvait dissimuler totalement le masque d'inquiétude qui déformait parfois ses traits, lorsque le Véloce plongeait brusquement dans un creux. Et toujours rien à l'horizon.

« Sommes-nous encore loin des Sables ? s'était brusquement enquise la Hiérarque après une éructation de Dekas plus bruyante que les autres.

– Aucune idée, avait répondu Béroc. Je vais aller demander au capitaine. »

Béroc avait disparu, laissant derrière lui un lion en cage, sa fille et un moribond qui ne l'était pas encore assez. Théïa rassurait le jeune homme comme elle pouvait, quoiqu'elle se surprenait encore à constater avec quelle constance le voleur résistait si bien à son mal de mer. Plus d'un homme aurait guéri depuis le temps. Ou serait mort depuis longtemps. Les pensées moroses de la jeune fille s'envolèrent dans une tempête qui lui prouvait toute l'absurdité de sa situation. Depuis le début de l'aventure, elle avait parcouru un nombre de lieues incalculables en un temps record, appris à connaître un père qu'elle pensait connaître, et avait déjà échappé plusieurs fois à la mort. Tout ça pour quoi ? Simplement pour sauver Terra. *Sauver Terra*. Les mots lui paraissaient tellement surréalistes lorsqu'elle voyait les éclairs parcheminer le ciel, prêts à s'abattre sur le navire. Que pouvait-elle faire pour ça ? Elle n'était pas militaire comme Daïna. Elle admirait la jeune femme autant qu'elle lui faisait peur. Sa force, sa détermination, autant de qualités qu'elle ne possédait pas. Une femme un peu à l'image de son père. Que pouvait-elle bien faire pour aider alors ? Soutenir un malade, et encore. Si elle avait été vraiment bonne à ça, Dekas ne se serait pas en train d'agoniser à côté d'elle. Alors, *sauver Terra*, elle avait envie de rire et de pleurer à la fois. Mais au fond d'elle-même, elle se sentait terrorisée.

« Daïna ? osa timidement la jeune fille.

– Quoi ? » grogna la Hiérarque irritée.

Prenant conscience que c'était Théïa qui venait de parler, et non son prétendu soupirant, elle se radoucit légèrement :

« Désolée. Oui ?

– Qu'adviendra-t-il de Terra si nous échouons ?

– Je ne sais pas. Et ce n'est pas moi qui détiendrais la réponse. Il y a encore quelques mois, j'avais l'impression d'œuvrer à sa survie. À présent, je ne suis plus sûre de rien, plus sûre du combat à mener.

– Vous n'avez pas confiance en Père ?

– Votre père m'a sauvée en même temps qu'il m'a condamnée. Je ne lui fais pas confiance par choix. Seulement par absence de choix. Il peut être sincère, mais les derniers évènements de l'Archipel ne plaident pas en sa faveur. Trop de secrets. Encore combien ? Lesquels ? Pour qui ? Contre qui ? Il m'est difficile de me positionner quand je n'ai pas toutes les données en main. Encore moins quand je sais que certaines sont truquées.

– Être Aïrétion ne vous apporte aucun réconfort, aucun espoir ?

– Si cela avait été le cas, croyiez-vous que j'aurais refusé la Pierre ? »

Théïa se tut. Elle avait espéré trouver un quelconque réconfort avec Daïna. Elle en était pour ses frais. La Hiérarque était assaillie de doutes. Malgré les secrets de Béroc, Théïa, elle, savait pouvoir se reposer sur lui. Pour n'importe quoi et à n'importe quel moment. Qu'importent ses secrets.

CRAAAC

*

* *

Dayo poussa un cri sauvage. Le bateau monta, monta, s'érigea presque à la verticale de l'énorme vague qui se dressait devant lui. Le Véloce passa la crête in extremis et dévala l'autre versant à une vitesse vertigineuse. Le capitaine cria encore, électrisé par les décharges d'adrénaline successives. Il avait perdu toute notion du temps. Il ne voyait que vagues, foudre et lui, guerrier contre les éléments déchaînés. Dayo était tellement obnubilé par son défi qu'il vit apparaître Béroc d'un mauvais œil : ce passager intempestif allait lui gâcher son plaisir, il le sentait.

« Dayo ! » hurla Béroc pour couvrir le bruit de la tempête.

Le capitaine fit mine de ne pas avoir entendu.

« Dayo ! »

La main du géant s'abattit sur son épaule. Ne pouvant faire autrement, l'interpellé tourna la tête de mauvaise grâce.

« Quoi ?

– À quelle distance sommes-nous des Sables ?

– Guère loin ! Selon mes calculs, nous arriverons à bon port dans quelques heures !

– Il faut absolument sortir de cette tempête… !

– J'aimerais bien, croyez-moi ! mentit Dayo sans vergogne.

– …Mais nous serons forcés de rester au large et de tenir ! Sans quoi nous finirons sur les récifs !

– Je connais la navigation ! rétorqua sèchement le capitaine. Je maîtrise parfaitement la situa… »

Le coup de tonnerre éclata si fort, que les deux hommes sentirent leurs tympans vibrer. Il fut aussitôt suivi d'un craquement sinistre.

CRAAAC

« …tion ? » termina le capitaine d'une voix chevrotante.

Béroc et Dayo devinèrent plus qu'ils ne virent la foudre pulvériser à sa base le grand mât devant eux. À peine retenu par les cordages qui l'entravaient, le mât s'effondra avec un gémissement. Béroc arracha Dayo à la barre de navigation et le précipita sur le côté. Le mât s'écroula pile dessus, ne leur offrant plus qu'un souvenir de ce qui avait été le système de gouvernail.

« M…Mais… »

Dayo ânonna. Tous ses rêves de puissance et de gloire s'écroulaient. Béroc ne lui prêta aucune attention. Sous le poste de gouvernail, la cabine du capitaine. Théïa. Il sauta sans attendre du gaillard d'arrière et se rua sur la porte. Qui s'ouvrit brusquement devant lui. Daïna, le pied encore en l'air, le regarda à peine. Elle agrippait Dekas qui avançait en vacillant, soutenu par Théïa. Béroc prit d'autorité la place de sa fille. Il entraîna le voleur avec une telle vigueur que ses pieds touchèrent à peine le sol.

« Ça va ? cria Béroc.

– Oui ! s'époumona sa fille en retour. Heureusement que Daïna était là : c'est elle qui a entendu la foudre frapper le bois !

– Ce n'était qu'un coup de chance ! hurla la Hiérarque. C'est pas vrai ! Où est l'équipage ?! »

Béroc réalisa que la jeune femme avait raison. Malgré le bruit et la tempête, aucun marin n'était sur le pont… Elle se précipita au-dehors. Et s'arrêta juste avant de heurter Dayo qui descendait à son tour du poste de gouvernail.

« Où est l'équipage ? » hurla Daïna.

Dayo regarda autour de lui, perdu.

« Je… Je ne sais pas…

– Éh bien, bougez-vous ! Allez les chercher ! Sonnez la cloche !

– La cloche ?! Mais regardez : il n'y a plus de cloche !

– Éh bien, bougez-vous ! répéta la jeune femme excédée. Faites la cloche au lieu de rester plantée là ! Prenez une hache et libérez l'écoutille ! Sauvez vos hommes ! »

La voix de Théïa perça. À côté de la jeune fille, Dekas avait encore pâli si cela lui avait été encore possible :

« Trop tard... », murmura-t-il.

Un éclair déchira le ciel ; une masse noire, énorme, se dressa devant eux.

« Je ne sais pas nager..., marmonna encore le voleur. Mourir tout de suite après avoir trouvé l'amour, quelle triste fin... »

Ses dernières paroles furent couvertes par le tonnerre et un juron fort peu conventionnel de Béroc. Le Véloce s'écrasa contre les rochers.

Chapitre 19

Ailleurs

Dans le ciel bleu, le soleil brillait d'une intense chaleur. Non loin de lui, la lune, blanche, gibbeuse, lui tenait compagnie, dérivant paresseusement dans l'espace. Elle grossissait lentement. Inexorablement. Immuablement. Encore. Pourtant, les gens qui peuplaient ce monde s'en rendaient à peine compte, tout juste levaient-ils les yeux vers elle pour admirer sa blancheur inégale. Ils préféraient regarder vers le sol, promesse tenue de garder la tête et les pieds sur terre, où rêver pouvait s'avérer dangereux. Comme ce garçon là-bas. Celui qui, en bordure de forêt, rêvait de quitter cette contrée inhospitalière, peu importaient le moyen et la douleur. Mais se laisser mourir était péché mortel disait le prêtre. Le dimanche, il n'allait jamais chanter à la messe avec les autres, ni écouter les sermons du prêtre, mais au moins avait-il appris ça. Et il avait pris peur. Brûler en enfer, être condamné à l'éternelle souffrance… Non, il n'était pas prêt à payer ce prix. Pas encore. Par contre, le curé n'avait rien dit concernant les rêves. Ou, pour être exact, il n'en avait jamais entendu parler. Et ce n'était pas plus mal comme ça. Le carré de terre apparut. Finie la rêverie à présent, il était temps de travailler. L'hiver rigoureux était passé, le printemps faisait renaître toute la forêt et le travail ne manquait pas.

Le jeune homme aux cheveux blancs jeta un coup d'œil critique autour de lui. Rien aux abords de la forêt. Ni dans les massifs d'arbres qui émergeaient ponctuellement de l'herbe et sur les collines environnantes. Il resta un long moment à guetter. Personne. À peine rassuré, le jeune homme s'avança jusqu'à l'orée, devant laquelle il avait accolé un discret carré de culture complétant avantageusement son propre potager. Comme les quelques autres qu'il avait disséminés à l'abri des regards suivant les orientations du soleil et la composition de la terre. Dans ce carré de simples, de nombreuses plantes médicinales poussaient pêle-mêle, associées à quelques herbes aromatiques qui embarrassaient les insectes les plus gourmands : souci, thym, camomille, absinthe, verveine, armoise, amarante, sauge sclarée et sauge officinale, citronnelle, mélisse, pimprenelle ou marjolaine. Toutes avaient leur usage, pour soulager maux de ventre, brûlures, vers intestinaux, diarrhées, nettoyer les blessures infectées, accélérer la cicatrisation, faire tomber les fièvres ou permettre de trouver le sommeil. Pour l'essentiel, des simples qu'il avait du mal à trouver en forêt et pour lesquelles il en tentait une culture parfois difficile. Les autres étaient nées parce que le terrain leur convenait bien. Il les laissa en veillant bien à ce qu'elles ne gênassent pas les autres. Le jeune homme regarda l'ensemble d'un œil critique. Des mauvaises herbes, sans rapport avec celles qu'il faisait pousser et qui ne lui étaient d'aucune utilité, menaçaient d'envahir son petit pré. Il les repéra soigneusement, puis entreprit de les arracher avec précaution de la terre humide. Concentré sur son labeur, il ne vit pas trois jeunes hommes sortir d'un des bosquets non loin du jardin improvisé.

Le petit groupe était mené par un grand blond, des épaules larges de charpentier, un visage séduisant et qu'on aurait dit imberbe tant sa barbe blonde était rare, et sur lequel brillaient deux yeux vifs. En cela, ses deux compagnons se différenciaient de loin de manière remarquable : plus petits d'une bonne tête, ils avaient le cou massif semblable à celui du taureau, les jambes trapues et le tronc massif des apprentis forgerons. Un duvet noir pour l'un, une barbe déjà drue pour l'autre, envahissaient les figures encore juvéniles, soulignant le noir corbeau de leurs cheveux et leur appartenance à la même fratrie. Des jumeaux que toute ressemblance opposait. Un sourire tout aussi malveillant que celui de leur compagnon éclairait leur trogne.

« Jean, chuchota le premier, tu crois qu'il nous a vus ?

– Parce que tu crois qu'il nous aurait attendus si cela avait été le cas ? » rétorqua son ami sur un ton mordant.

Urbain approuva le raisonnement. Sûr que la dernière fois que le Fol les avait vus, il avait couru comme un lièvre. Un sourire étira ses lèvres. Il était bizarre, le Fol. Ses cheveux blancs, d'abord. Qui dans le village avait les cheveux de cette couleur ? Personne ! Excepté les vieux, bien sûr. Alors que le Fol, lui, devait avoir dans les… – il compta sur ses doigts – …environ vingt printemps, à peine deux ou trois de plus que lui. Il l'avait toujours connu. Du moins, aussi loin qu'il s'en souvienne. Et aussi loin qu'il s'en souvienne, il ne lui connaissait pas de prénom. Toujours "le Fol". Le Fol, le fils de la sorcière. Le Fol qui ne venait jamais à la messe chanter pour le salut de son âme. Il soupesa la pierre dans sa main. Il l'aimait bien, le Fol. Autant que son frère et Jean. C'était un bon défouloir. Ça, et courir les filles, surtout la Marie. Mais à son grand dépit, il n'avait guère eu de succès. Contrairement à Jean. Il était fier de l'avoir comme ami. Il était toujours le premier à donner la chasse au Fol. C'était fou comme il s'amusait ! Bien plus que le travail à la forge ou la garde des moutons.

Jean abaissa son bras. Le signal !

« Haro sur le Fol ! »

Le bras d'Urbain se détendit puissamment, aussitôt imité par son frère, Calixte. Jean avait déjà lancé sa pierre. Urbain regarda avec intérêt sa pierre décrire un léger arc de cercle dans l'air. Il la vit toucher au but avec un cri de joie. Même celle de son frère. Celle de Jean, en revanche, rata sa cible, tombant non loin de leur victime.

Le Fol chancela et chuta dans l'herbe. Sa vision se brouilla en même temps que la douleur fusait dans son crâne. Il avait bougé au dernier moment, pour soulager son dos ankylosé. D'autres pierres le frappèrent. Des pas qui se rapprochent, lourds de menaces.

« Dégage, le Fol ! hurla Calixte.

– On t'a déjà dit qu'on ne voulait pas que tu traînes près de nos bois ! » renchérit Urbain.

Un rire trop connu éclata, tout proche de lui. Jean. Le pire.

« Tu as entendu le Fol ? Mes amis sont très en colère ! s'amusait le jeune homme. Dépêche-toi de partir : je ne pourrai pas les retenir très longtemps… »

Le Fol se leva tant bien que mal et prit ses jambes à son cou sans prendre la peine de regarder vers ses bourreaux. Et nul besoin de se retourner pour savoir à qui appartenaient ces rires qui le poursuivaient. Toujours les mêmes. Jean et les deux frères. Ils ne cessaient de le tourmenter. Il avait essayé de leur parler une fois. Pour comprendre. Le résultat avait été désastreux. Depuis, il les fuyait comme la peste. Une pierre tomba non loin de lui. Il s'enfonça dans la forêt sans hésitation. Derrière lui, les quolibets le poursuivirent longtemps, vibrant à ses oreilles :

« Retourne chez ta sorcière ! Ne te représente plus jamais devant nous ! »

Le Fol s'écroula enfin derrière les branches touffues d'un laurier, épuisé. La tête prise de vertiges, il sentait ses artères battre sourdement à ses tempes, au rythme rapide de son cœur. Il porta la main à son crâne douloureux. Ses doigts rencontrèrent un liquide poisseux. Il sentit l'odeur ferreuse avant de la voir. Du sang. Un sang rouge vif. Il sentit poindre l'onde du contre-choc. Ce fut d'abord ses mains qui se mirent à trembler. Puis la vague s'empara complètement de lui. Tout son corps fut pris de secousses qui durèrent longtemps. Trop longtemps. Le Fol l'identifia immédiatement. Autre chose poussait en lui. Poussait fort. Il réfréna violemment les secousses, pris de panique.

« Pas maintenant. Pas maintenant… Pas maintenant ! »

La vague enfla, enfla. La retenir à tout prix. Le Fol serra les dents. Il la repoussa une nouvelle fois du plus fort qu'il put. Avant qu'elle n'ait eu le temps de se ressaisir, il l'étouffa brutalement. La douleur ne fit pas attendre. Le Fol cria.

« Écoutez-le ! Non mais écoutez-le ! ricana Calixte à l'orée de la forêt. Comme le goret qu'on égorge !

– Pour sûr ! s'exclama son jumeau. Et encore ! Le goret lui-même est plus séduisant et moins bruyant que ce pourceau ! »

Les rires repartirent de plus belle.

Jean sourit, satisfait. Il se sentait d'humeur badine. Il devait avouer que tourmenter le Fol faisait partie de ses menus plaisirs favoris depuis de longue date. Et il n'arrivait pas à s'en lasser. Mais cette fois, une once d'inquiétude traversa ses yeux gris : ce qu'ils venaient d'entendre, ce hurlement, c'en était presque inhumain. Il haussa les épaules. Ce hurlement n'était pas une menace, c'était un trophée. Flanqué de ses deux compères, il entreprit de regagner tranquillement le village.

Derrière eux, dans la forêt, régnait un silence de mort.

Tables des Matieres

Dépôt légal : en cours

www.ingramcontent.com/pod-product-compliance
Lightning Source LLC
LaVergne TN
LVHW011952220826
846092LV00001B/161

9782957235247